水《すい》神《じん》の棺《ひつぎ》

古代豪族ミステリー 和《わ》邇《に》氏《し》篇

橘 沙羅

ハルキ文庫

角川春樹事務所

目次

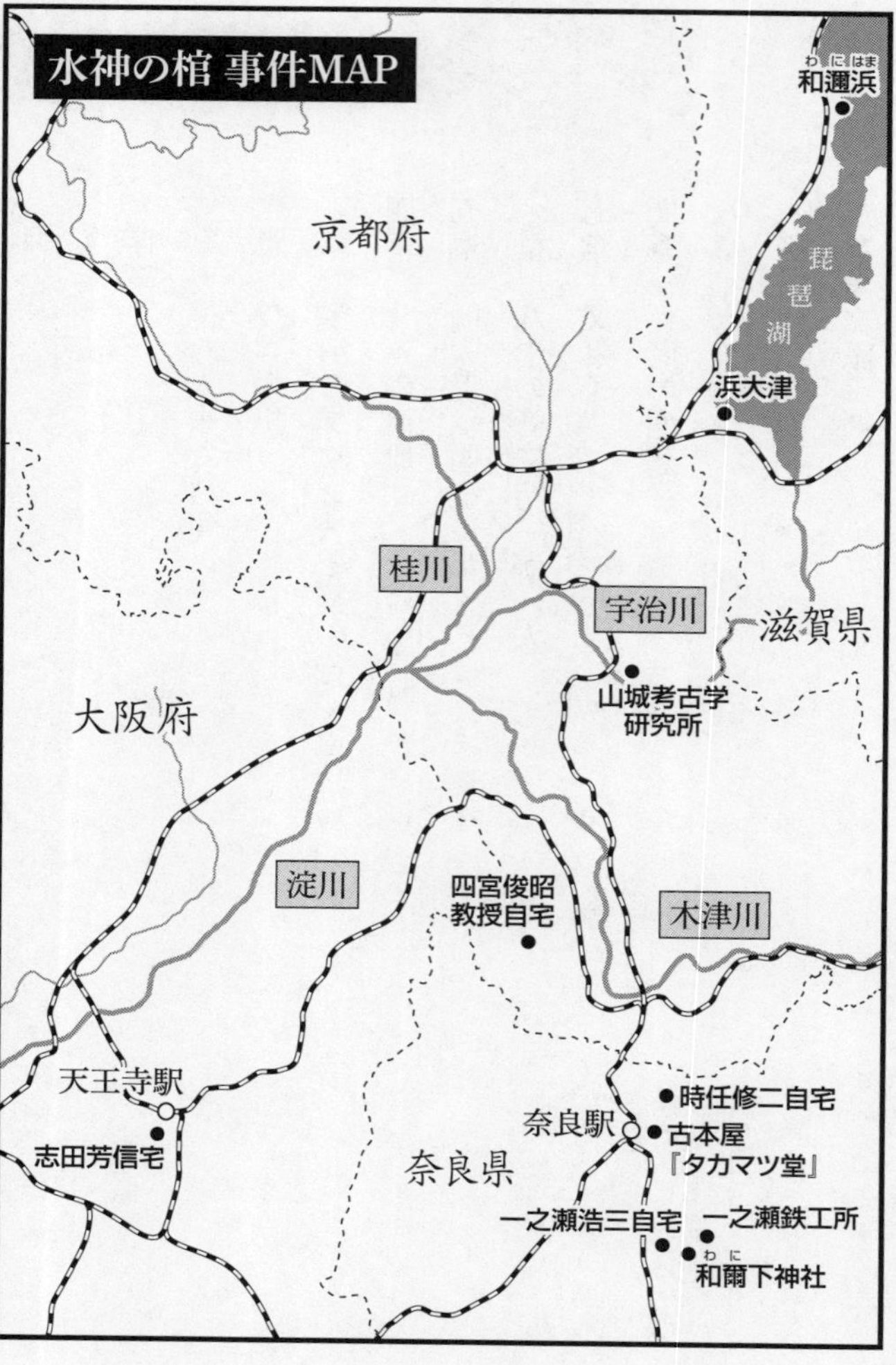
水神の棺 事件MAP
和邇浜《わにはま》
琵琶湖
京都府
浜大津
桂川
宇治川
滋賀県
山城考古学
研究所
大阪府
淀川
四宮俊昭
教授自宅
木津川
天王寺駅
志田芳信宅
時任修二自宅
奈良駅
古本屋
『タカマツ堂』
奈良県
一之瀬浩三自宅
一之瀬鉄工所
和爾《わに》下神社

序章

乗ってきた自転車を放《ほう》り捨て、男は駅前の公衆電話に飛び込んだ。ダウンジャケットから引っ張り出した小銭が床に散らばる。慌てて拾い上げて手のひらに並べたら、十七円しかなかった。情けなさに悪態をつく。夕方小腹が減って、普段は買いもしないコンビニの肉まんの代金を、きっちり小銭で払ったせいだ。

通話できるのは、せいぜい十秒か、よくて二十秒。唯一のコインを投入してすぐ、ダイヤルボタンに伸ばした指が宙に浮いた。

それにしたって、どこへかける？

親兄弟はいない。知人と言っても、仕事上の付き合いばかり。ましてやこのご時世、自宅の番号ですらおぼつかないというのに、他人様《ひとさま》のナンバーを覚えているはずがない。

いや、一つだけ——。昼間に話したばかりの相手の顔が浮かんだ。続いて得意げな声。どうやこの番号、覚えやすいやろ、困った時には電話せえ。

二五九二《ジゴクに》－一〇五九《テンゴク》。

無我夢中でボタンを押した。地獄に天国。悩める衆生《しゅじょう》から如来《にょらい》様への直通電話。そういうことに、万事こだわるやつだ。何にでも意味をつけたがり、実際何にでもうまく意味をつけられる。それに引き替え、自分はいつも間が悪い。これだってそうだ。スマホを落としてきたのも最悪だ。どうしてこうなった？　どこからこうなった？

そもそも、ワニに手を出したのが間違いだったのか？

ガラスに映った自分の顔越しに、おもてをのぞき見た。瓦屋根《かわらやね》の小さな駅舎に人影はない。上下線とも一時間に二本だけのはずだから、次の電車はまだ当分来ないだろう。隣の駅前公園には、クリスマスツリーのイルミネーション。目の奥に極彩色のまだら模様がちらつき、神仏が幅を利かすこの町には不似合いだな、とどうでもいいことを考えた。

五回のコール音で、留守電に切り替わった。失望が膨れ上がり、電話機を叩《たた》いた。この時間で出ないということは、十中八九仕事だ。つまり、今夜もまた人が死んだのだ。

ピーッという発信音がし、急いでメッセージを吹き込んだ。

「すまん。僕やけど、ちょっと困ったことになってもうて、正直わけが分からへん。とにかく頭が混乱して、誰《だれ》かに話したなったんで――」

言葉が喉《のど》につかえてうまく出てこない。口下手なのはいつものことだが、加えて今は後頭部が激しく痛む。まずは要点を言うべきだ。

「迷惑とは思うけど、できれば助けてほしい」

これでは状況説明になっていない。わざわざ公衆電話など探さず、自宅の固定電話で相談なり何なりゆっくりすればよかった。だが、ここから家まで一時間近く、一人平静にチャリを漕《こ》いでいられるか？

どちらにしろ、もう時間がなかった。要領の悪さに腹が立つ。

ボックスのガラス戸を叩き、受話口に怒鳴った。

「僕は殺してへん！」

言い終わるか終わらないかのうちに、電話が切れた。

一章　待ち人来たらず

1

小さな噴水のてっぺんで、僧侶《そうりょ》の像が凍えている。

民衆とともに生きた、奈良《なら》時代の有名なお坊さんらしい。駅ビルとアーケード商店街の間にある、広場と呼ぶには少し物足りない一画で、目を閉じ口を引き結んで冬の寒さに耐えている。

まさに苦行だな——。

自分の息で眼鏡を白く曇らせながら、宇野千秋《うのちあき》は再び腕時計に目を戻した。

午前十時十八分。

——奈良で待ち合わせ言うたら、行基《ぎょうき》さんの前です。地下の改札出て、東大寺《とうだいじ》方面へ上がったとこにいてます。

そんな説明をしどろもどろで寄こしてきた当人が、まだ来ていない。寝坊か、交通事情か、その他の急用か。会ってくれと頼み込んだのはこちらだが、二十分も遅刻するなら連絡の一本くらいくれても罰《ばち》は当たらないだろう。千秋は今朝、ここへ来るため五時に起きたのだ。

東京発博多《はかた》行きののぞみN700系は、厚い雲に隠された富士山を横目に西へ西へと疾走し、雪化粧の関《せき》ヶ原《はら》にいたって、ついに冷たい雨を見た。休日で混み合う京都で近鉄に乗り換え、終点の奈良まで四十分ちょっと。その間、体に沁《し》み入るような細かい雫《しずく》が、どこまでも千秋を追ってきた。

正倉院《しょうそういん》展も特別開帳も紅葉も終えた十二月半ばの奈良は、来たる正月の前につかの間の静けさを取り戻す。今日は広い空を灰一色に塗りあげて、千三百年の夢の跡を音もなく濡《ぬ》らしている。

「あら嫌だ、やっぱり降ってる」

「あいにくねえ」

ホームから地上へ出てきた旅行者たちは、みな一様に残念な顔をして、傘を片手に目の前のだだっ広い坂を上っていく。興福寺《こうふくじ》の阿修羅《あしゅら》、東大寺の大仏、国立博物館、春日大社《かすがたいしゃ》、そして鹿《しか》──。誰《だれ》もが思い描く「ザ・奈良」を見るためには、春日山へ向かってなだらかに続く幅広の道を、どこまでも歩いて行かねばならない。

十時三十分。

想定外の事態に、新幹線の車内で無理やり食べた朝食のサンドイッチが、今になって重たく胃の底に沈んだ。

こんなことなら、早めに胃薬を飲んでおけばよかった。千秋は後悔しつつ、その間に三回電話を入れ、さらにもう五分ねばってから歩き出した。

道中の車内で、すでにスーツとウインドブレーカーの間に薄手のダウンを着込んでいた。リュックにもシューズにも、たっぷりと防水スプレーをかけてある。筋金入りの雨女に、抜かりはなかった。

子供の頃《ころ》、楽しみにしていた学校行事は、いつも決まって雨だった。

運動会がまたもや雨天延期になった小三の秋、てるてる坊主の力に絶望した千秋は、みずからに「雨女」のレッテルを貼《は》った。環境が人を作るというなら、その後の十八年、千秋に忍耐と諦《あきら》めのさじ加減を教え続けたのは、この降りしきる雨と強力な自己暗示だったに違いない。

と、ポケットの中でスマホが震え、相手の名も確かめずに急いで出た。

「時任《ときとう》さん、今どちらですか」

――時任さんじゃないんだが、今いいかな。

父の輝之《てるゆき》だった。昨夜は確か、法律事務所の同僚と忘年会だとかで、ずいぶん遅くに帰宅した。案の定、寝ぼけた声で「胃薬どこだっけ」と来る。

「ごめん、瓶ごと持ってきちゃった。どうしても必要なら買って。明後日《あさって》の……月曜の夜まで帰れないから」

——何だって。一体どこにいるんだ。

「金沢。加賀《かが》百万石。言っておくけど、旅行じゃなくて仕事だから」

——ほう、あの弱小出版社が、盆栽《ぼんさい》専門誌の編集者に出張手当を出すのか。

「お言葉ですけど、今は海外でも盆栽ブームなんです。すごいのは数百万の値がつくの。この間だって、フランス人が」

——でも、フランス人はお前んところの雑誌なんて見ないだろう。

「もういい？　私、忙しいの」

——ああ、めんごめんご。じゃあ切るから。できたら、きんつばでも土産《みやげ》に買ってきてくれ。うん、ところで、時任さんて誰。

これ以上嘘《うそ》を重ねるのも気がひけて、ろくに返事もせず切った。二十七にもなった娘相手に根掘り葉掘り、弁護士はこれだから嫌だ。

無論、大学まで出してくれた父には感謝している。三年前の母の死をきっかけに、千秋が再び世田谷《せたがや》にある輝之の家へ戻ったのは、二階建ての一軒家が男の独り所帯ではあまりに寂しく見えたのと、こうでもしなければ父との縁がますます薄くなってしまう気がしたからだった。

実際、同居生活はうまくいっていた。少なくとも、あの新聞記事を、父の書斎で見つけてしまうまでは。

千秋は駅ビルを通り抜け、タクシーに乗り込んだ。

「すみません、このメモの、法蓮町《ほうれんちょう》の住所までお願いします」

「そこやったら、歩いたって二十分もかからんけど」

「急ぐんです」

運転手の浮かない顔を見ないよう、窓際に体を預けて目を閉じた。時任修二《しゅうじ》の住所は、すでに聞いてある。自宅まで押しかけるなんて、いかにもストーカーじみていると思ったが、旅人の大胆さとのっぴきならない事情が、普段の不安定な神経になにがしかの興奮剤を投与したらしい。

窓ガラスの冷たさをこめかみに感じ、瞼《まぶた》の裏を無数の雨滴が流れていくのを想像する。

物事は水脈と同じだ。一度途絶えたように見えても、じつは地下深くを細く長く流れ続けて、ある日ひょっこりと思わぬ時に思わぬ所から顔を出す。終わったと思っていたはずの過去も、今になって突然現れる。きっとそこには偶然なんてないのだ。

ああ、こんなことばかり。

小さく吐いた溜息《ためいき》に反応して、遠い昔に流行《はや》った歌の物憂《ものう》いメロディーが、頭の中でゆっくりと渦を巻き始めた。

ああこんな事ばかり
ああこんな事ばかり
いつまで続くのだろう
雨は三日でやんだのに
俺の涙はまだかわかない
ねえ牧師さん　あの娘《こ》に手紙を書いておくれ
サヨナラって字がわからない

千秋はきつく目を閉じたまま、カセットテープの入ったリュックを膝《ひざ》の上でしっかりと抱えた。ラメ入りの透き通った黄色いテープ。取れかけたラベルには、手書きの文字で『ジッタリン・ジン』とバンド名が書いてある。

人から借りたCDをカセットテープに録音していた時代があったなんて、今の子供にはきっと想像もできない。実際、十六年前のあの頃でも、カセットはずいぶんと時代遅れになっていた。当時小学生だった千秋はただ、色とりどりの鉛筆キャップや透明な消しゴムに憧《あこが》れるように、そのラメ入りの黄色いテープが欲しかっただけなのだ。

観光エリアに背を向けたタクシーは、県道を北上して佐保川《さほがわ》を越え、ものの数分で法蓮町の住宅街に入った。ここから三キロも行けば、京都の木津《きづ》に出る。

「そこの路地やけど、行き止まりでUターンでけへんから堪忍《かんにん》して」

運転手に言われるがまま、少し手前で降りた。

傘を傾けてのぞきこんだ狭い路地の端に、どう見積もっても築三十年はいっている二階建てのアパートが、重たい雨空をしょって軋《きし》むように建っていた。敷地を囲むフェンスも階段の手すりも錆《さび》で赤茶け、壁面の『メゾン・ド・法蓮町』という文字も、かろうじて見て取れる程度だ。

迷惑なことに、道幅いっぱいに黒いクラウンが停《と》めてある。千秋は開きっぱなしのサイドミラーの脇《わき》を慎重にすり抜け、アパートの横手にある小さな門へ向かった。自転車置き場と門の間には八世帯分の郵便受けが並んでおり、男が一人、傘もささずに隅のボックスを引っかき回している。

一階には、狭い廊下に等間隔で置かれた旧型の洗濯機が四台。どの部屋にもネームプレートはなく、手前の一〇一から順に番号が振ってある。

いかにも時任らしい住まいだ、と千秋は思った。

およそ三十過ぎには見えない万年学生風の時任は、多方面での活躍ぶりからは想像もできない地味な外見で、喋《しゃべ》り方も喉《のど》に物がつかえたようにたどたどしい。本職は地元広報誌のカメラマンだと聞いたが、あんなに人見知りでうまく立ち回っていけるのか、他人事《ひとごと》ながら心配になってしまう。今回、千秋に時任を紹介してくれた同期の下條亜佐美《しもじょうあさみ》などは、

——母性本能をくすぐるタイプ。さもなければ、とことんいじめ倒したくなるタイプ。と身も蓋《ふた》もなく言ってのけたものだった。

時任の部屋は、一〇四。一番奥のドアの前で、千秋が雨で広がった癖毛を手で押さえつけた、その時だった。

「——あんた、どちらさん」

思わぬ方角から飛んできた声に振り向けば、入り口で郵便受けを引っかき回していた男が、肩で風を切るようにこちらへ近づいて来た。あれが時任かと自問したのも一瞬のこと、千秋は男の風体に恐れをなして、我知らず後退した。

キャメルのロングコート。白いスーツ。紫のペイズリー柄のシャツ。黄色いサングラスに金のネックレス——。中肉中背の素朴な時任とは似ても似つかぬ悪趣味の権化が、薄暗い廊下の真ん中で異様な光を放った。

「やくざだ……」

「おねえさん、心の声が漏れとるで」

男は言い、サングラスの縁越しに千秋を睨《ね》めつけた。鋭い目と百八十超えの長身が発する威圧感にあてられ、情けない心臓が一気に速くなる。

男はコートのポケットに手を入れたまま、一〇四のドアを顎《あご》でしゃくった。

「こいつん所に何の用や、え」

「待ち合わせ場所にお見えにならなかったから、心配になって来てみただけです」

「わしも探しとる。時任とは一昨日《おととい》から連絡つかん。あんた何者《なにもん》や」

「私は、時任先生の、その、担当編集者です」

千秋は身を縮めて半分だけ嘘をついた。動揺しているせいで、いつもよりいっそうぼそぼそした話し方になってしまう。「編集者ぁ?」と聞き返した男がわずかに身を屈《かが》めた時、よく知った何かの匂《にお》いがふと千秋の鼻をかすめたが、不安と緊張ですぐにかき消えてしまった。

「どの雑誌や」

「創造之社《そうぞうのしゃ》の、月刊『アカシック』です」

「宇宙人が古墳造ったり、聖徳太子《しょうとくたいし》がタイムスリップしたりて、しょうもない記事ばっか載せとるあの『アカシック』か」

「よくご存じで……」

月刊『アカシック』は、千秋の働く創造之社で唯一売り上げを伸ばしている軟派な古代史専門誌だ。歴史好きのライターや在野の研究者が、アカデミックな説にとらわれず自由に持論を展開——というのが売りらしい。執筆者の中には「土子雄馬《ツチノコUMA》」などというふざけた名前の自称・歴史家もおり、毎号どこそこの寺と神社と古墳を線で結んでは、地図上に〝聖なる図柄〟を出現させているそうだ。

時任は、その土子雄馬と『アカシック』誌上で人気を二分する、アマチュアの研究者らしい。トンデモ説に振り切っている土子とは対照的に、信憑性《しんぴょうせい》と説得力をほどよくブレンドした連載が、好評を博しているという。以上、時任を担当している下條亜佐美の説明だ。

「『アカシック』の編集者ねえ」

男は千秋を上から下までじろじろ見ると、手を差し出してきた。

「ほな、名刺もらおか」

「え、嫌ですよ。なんで初対面のあなたなんかに」

「初対面の相手に渡すんが名刺違《ちゃ》うんかい」

言うなり、男は内ポケットからヒョウ柄の名刺入れを手慣れた手つきで取り出した。

「志田芳信」という名と大阪の住所が書いてある。

「あの、ここ、肩書きに〝光願寺《こうがんじ》住職〟ってありますけど、これはどういう……」

「ドォもレェもあれへん。見ての通りのお坊さんや。空海《くうかい》、最澄《さいちょう》、志田芳信《しだほうしん》。しきそくぜくぅのかんじぃざい。さ、わしは名乗ったで。あんたは何子さん」

水滴のたくさんついた眼鏡を押し上げ、今度は千秋がまじまじと男を見る番になった。

「お坊さんなのに、どうしてボーズ頭じゃないんですか」

「仏心があれば、外見はどうでもええねん」

やくざを装った潜入捜査官や探偵だと言われた方が、まだ信じられる。それでも僧侶だと言い張るとは、つまり本物だということだろうか。

そうして初めて気づいた。先ほど千秋の鼻に漂ってきた匂い。この男の身体《からだ》に染みついた匂いは——線香だ。

「時任先生とは、どういうお知り合いなんですか」

「しいて言うなら、今流行《はや》りの異業種間交流っちゅうやっちゃ。悲しいかな、あいつわししか友達がおれへん。で、あんたは」

「宇野千秋です……」

ぼそぼそと本名を告げてから、「下條亜佐美」にしておけばよかったと後悔した。この志田という男は、坊主に悪人はいないという一般人の思い込みを、最大限に利用しているかもしれないではないか。強引で、うさんくさくて、何より趣味が悪い。穏やかな風景を、原色の合成写真でめちゃくちゃにされた気分だ。

「ほんなら宇野さん。詳しい話はあとにして、共同戦線と行こ。まずは聞き込みや」

「でも……」

千秋の返事を待たず、志田はさっそく隣の一〇三号室を叩《たた》き始めた。しまいにはドアを蹴飛《けと》ばす始末で、千秋が再び志田の素性を疑い出した時、トレーナーを重ね着した二十歳《はたち》前後の若者が、盛大に寝癖を跳ね散らかして出てきた。いかにも独り暮らしの学生らしい呑気《のんき》な顔が、志田を見るなり真っ青になる。「何か……」

「隣の時任さんのことで、聞きたいことあんねんけどな。一昨日の夜から、連絡取れんようになってもうて。あんた最近、見てないか」

「本人は見てないけど……一昨日の夜なら、彼女さんが来てました」

「彼女？　あんな唐変木《とうへんぼく》の朴念仁《ぼくねんじん》に女がおるかい。まさか、この人やないやろな」

学生ははれぼったい目で千秋を一瞥《いちべつ》するや、即座に首を振った。

「もっと可愛《かわい》い感じでした。髪が長くて、目が大きくて、洒落《しゃれ》た服を着て……」

むっとする千秋の横で、小さく笑った志田が「ほんで」と先を促す。

「八時半くらいでした。俺がコンビニから帰ってきたところで、時任さんの部屋から出てきたんです。ピンクの軽に乗ってました。アパート前に、迷惑駐車してたんで……」

「ほお、あんなふうにかい」

体をずらして路駐のクラウンを見せた志田に、学生は「あ、いや」と口ごもる。

「電気は。そん時、時任の部屋に電気はついてたか」

学生は胡乱《うろん》に視線をさまよわせ、不安げに答えた。

「そう言われてみれば……暗かったかもしれないですね。何です、俺が見た女、まさか泥棒ですか」

「うん、あんたも気をつけ」

いっそう青くなる学生の胸を軽く叩き、志田は「ありがとさん」と礼を言って踵《きびす》を返した。千秋は後を追い、一緒に雨の路上へ出て尋ねた。

「時任さん、本当に一昨日から連絡つかないんですか」

「わしはそう言うたで。ここへは確認に来たようなもんや」

「部屋から出てきた女性に、心当たりはあるんですか」

「ない。妙な話やけど、今はこれ以上どうしょうもないしな」

「あの、これは例えばの話なんですけど……」

千秋は唾《つば》を飲み込み、思いきって続ける。

「私たちがいないと思い込んでるだけで、じつは時任さん、お部屋にいらっしゃるってことはないでしょうか。つまり——」

「中で死んどる？　女に殺された？」

クラウンのロックを解除しながら率直に返してきた志田に、千秋の方が狼狽《ろうばい》した。

「そこまでは言いませんけど……でも病気か何かで」

「あっこに時任がおらんのは確かや。お友達のわしが断言する」

迷いのない口調の裏には、それを裏付ける根拠があるらしい。

「それより、なんでおらんのかが問題やで。次のとこ当たったら、また何か分かるかもしれん。あんたはどうする。こっからすぐやけど、一緒に来るか」

「どこへ……？」

「時任が編集委員やってる、在野の研究会。一昨日、時任がその会長と会うところまでは分かってる。近鉄奈良駅のすぐそばや」

眉根《まゆね》を寄せ、千秋はリュックの肩ベルトを握りしめて考えた。まず時任に会わねば、ここへ来た意味がない。そして少なくとも、志田は千秋より時任のことをよく知っている。何より、ずうずうしくて押しが強いから、情報も得やすいだろう。だが、たった今会ったばかりのうさんくさい坊主に、これ以上つき合っても大丈夫か——。

雨のそぼふる細道を、黒猫が横切っていく。

千秋の逡巡《しゅんじゅん》を見透かしたように、志田はクラウンの屋根に手をかけたまま、意地悪く笑った。

「安心せえ。お坊さんに、悪人はおれへん」

2

わずか一キロちょっとの距離を行く間に、クラクションを三回、急ブレーキを二回、悪態を七回ついて、志田はクラウンを近鉄奈良駅近くのコインパーキングに突っ込んだ。

駅前から続くアーケード商店街には、土産物屋や飲食店が所狭しと並んでいる。横断幕やポスターによると、この数日は「春日若宮おん祭」の期間らしく、近辺は静かな中にもどこか華やぎが感じられる。周辺には伝統的な町屋を生かした「ならまち」が広がり、しっとりした古都の景観を楽しむ観光客が、猿沢池《さるさわのいけ》や細い路地の間を縫うように、のんびりとそぞろ歩くのだった。

しかしそんな情緒にひたる暇もなく、千秋は風情《ふぜい》のフの字も感じられない志田の早足を追い、堆《うずたか》く本が積み上がった古本屋までやって来た。青いテントに、『タカマツ堂《どう》』とある。志田は「ここや、ここ」と顎をしゃくり、積み上がった本の隙間《すきま》へでかい体を割り込ませるように入っていった。

店内は床から天井まで本また本。その黴《かび》臭い山塊に抱かれるようにして、カウンターに小太りの男が座っている。小さく五木《いつき》ひろしの流れる中、客にも気づかず夢中で読んでいるのは、和辻哲郎《わつじてつろう》の『古寺巡礼《こじじゅんれい》』だ。売っている本も奈良や古代に関する研究書、図録、写真集などが多く、さすがにご当地の古本屋だと千秋は感心した。

「こんにちは」志田はこつこつと拳《こぶし》でカウンターを叩くと、前置きもなく切り出した。

「『古代逍遥《しょうよう》の会』会長の高松順平《たかまつじゅんぺい》さん、いてますか」

「僕ですけど……」

赤いセルフレームの眼鏡を持ち上げ、店主の高松は不審げに返した。志田のなりを見れば、当然の反応ではある。

「わし、時任修二のお友達なんやけど、一昨日の夜から連絡つかんようになってもうて。聞けば会長さんに会《お》うてからのことやし、何ぞ知ってはるんやないかなと思いまして」

「そういうんは、ちょっと……」

露骨に迷惑がる高松に、志田は「あ、せや」とわざとらしい仕草で、くだんの名刺を取り出した。「お坊さん……」とこれまた当然の反応で、高松はとまどう。

「ほんまもんですか？」

「偽のお坊さんがありますかいな。ほんで、こちらはこう見えて、東京から来た編集者さん。二人とも、時任さんに会えんで困ってるんです」

何が〝こう見えて〟なのか問いただしたい気持ちをこらえ、千秋は志田の後ろで小さく辞儀をした。頭を上げないうちに、志田の声がかぶさる。

「じつは時任さんのお母さんの三周忌が、暮れも押し詰まった辺りにあるんです。天涯孤《てんがい》独な男やし、せめてきちんと親の供養をさせてやりたいんですわ。そのために、どうしても連絡とらなあかんのです」

どこまでが嘘でどこからが本当か、千秋には判別できない。ただ、坊主から神妙に法事の話題をもちかけられて、邪険にはねのけられる大人はそうそういない。案の定、高松も心なしか居住まいを正して、まともに受け答えし始めた。

「……スマホなくしただけとか、そういうことやないんですか。あの人、そそっかしい所あるし。家の鍵《かぎ》、自転車の鍵、財布、いつもないない言うて騒いでますでしょ」

「家に行っても留守やったんで、そのままここに寄らしてもろたんですわ」

「わざわざ大阪から？　そりゃまた、ご苦労さんです」

「こう見えてわし、友達思いの優しい男なんです。ほんで、時任とは一昨日の何時頃会われました」

「一昨日は確か……、何だかんだ話して、結局六時半頃までここにおったん違《ちゃ》うかな。ならFMで〝シカちゃんズトーク〟が始まったあたりやから、間違いないです」

謎《なぞ》の女が時任のアパートから出てきたのが夜の八時半頃。そのわずか二時間ほどの間に何かが起こったのだろうか。時任の人となりをよく知らない千秋に行方が推測できるはずもなく、ただ志田に任せるしかない自分が歯がゆい。

「時任はここで、何の話をしました」

「そらもちろん、次号の『古代逍遥』に載せる論文のことです。うちが出してる季刊誌。――これが最新号です」

高松はカウンターの下からA5判の冊子を取り出し、志田に手渡した。『古代逍遥』のタイトルと論文の題がいくつか、素っ気なく書かれただけの白い表紙だった。のぞき込む千秋の横で、志田は無造作にペラペラとページをめくり、「で、これが一冊なんぼです」と値段を尋ねた。

「会員でない人は、一冊千六百円。時任さんのおかげで、最近じゃホテルとか博物館の売店にも置かせてもらえるようになったんです。ほらあの人、地元広報誌のカメラマンやってるでしょ。その関係で、あちこち顔が利くみたいです」

「そら大繁盛《だいはんじょう》や」

「それがそうでもない。観光客は土産に論文集なんて買わへんし、古代史好きの人は名の通った学者先生がたの本を選ぶから。見ての通り、うちの投稿は完全に一般の、在野の人だけ。在野は在野ってだけで相手にされへんから、そういう方々に発表の場を提供してるんですわ。まあ、年会費五千円と、ページ負担三千円ちょうだいしてますけど」

志田は「高いわ」とぼやき、それかけた話題をもとに戻した。

「ほんで、一昨日ここにおったんは、おたくと時任の二人だけ？」

「うん。いつもは店の奥の部屋で相談するんやけど、一昨日は立ち寄りついでの立ち話でした。編集委員て大げさな名前つけてても、じつは僕入れて三人だけですから。会員が投稿してきた論文を、載せるか載せへんか文殊《もんじゅ》の知恵で決めるんですわ」

「そん時、何かトラブルがあったなんてことは……」

その問いに、高松の丸い顔がわずかに引きつった。「どういうことです？」と声までトーンが上がる。

「時任さんと連絡取れへんようになったんが僕のせいやなんて、万が一にも思われたら心外です。冗談やない。時任さんにまで抜けられたら、こっちだって困る」

「〝まで〟って？」

思わず口を挟んだ千秋に、高松はいっそうたじろいだ。

「いや、それは何と言うか……」

「時任以外にも、連絡つかんようになった奴《やつ》がおるんか」

「憶測で物言うて、妙な噂《うわさ》が立っても困ります。『古代逍遥』は会員の年会費と季刊誌の売り上げだけでやりくりしてます。これ以上――」

「ごちゃごちゃ言いな。連絡つかん会員が、ほかにもおるんか、おらんのか」

いつの間にか敬語を捨て去った志田が、カウンターに片手をついて前のめりになった。

高松は救いを求めるように千秋を見、無言の圧力に負けてまた志田に視線を戻すと、エプロンのポケットに両手を突っ込んで溜息をついた。

「……時任さん入れたら、これで三人目です。でも、ただの偶然かも分からんし、音信不通はさすがに言い過ぎや思いますけど」

「あとの二人はどんな具合や」

「一人は、さっき話した編集委員。昨日電話したら、一昨日からどこかへ出かけてて、奥さんも行き先が分からんそうです。もう一人は、十月に入ったばかりの新会員。自分の論文が載ってる最新号がもう一部欲しい言うから、送料浮かせよ思て、二冊一緒に送ったんですわ。ただ、一冊分は別途料金を振り込んでもらわなあかんから、確認のため二、三日前に電話したんです。そうしたら、やっぱり出えへん」

このままずっと払わん気ぃやろか、とぼやく高松に、志田はかまわず『古代逍遥』の最終ページを開いて、「いなくなったもう一人の編集委員て、ここのスタッフ紹介にある一《いち》之瀬《のせ》浩三《こうぞう》いう人か」と尋ねた。

「そうです。一之瀬さんは天理《てんり》で小さな鉄工所やってはるご老体やけど、古代史研究が趣味で、ちょっと前に盛り上がった生涯学習の古代史講座とか、文化財保護運動なんかにも熱心に顔出してるみたいです。最新号にも論文載せてます」

　時任も一之瀬浩三も、姿を消したのは一昨日。千秋はそう頭に刻み、「じゃあ、もう一人はどの方《かた》です？」と『古代逍遥』を指した。志田がすかさず開いた目次を、高松は眼鏡の弦《つる》を持ち上げてのぞき込む。

「奈良の三郷《さんごう》の人や言うだけで、僕も詳しくは知らんのです。入会申し込みも投稿も書面だけやし、電話では話せずじまい……。ええと、この人です。――渡井《わたい》隼人《はやと》」

　渡井隼人。

　その瞬間、千秋は神経回路がメビウスの輪のようにねじれたのを、額《ひたい》の裏ではっきりと感じた。身体が軸を失い、一気に血が下降する。目の前が歪《ゆが》み、世界がくるりと回ったと思ったら、次にはもう背中から本の山に倒れ込んでいた。

　らせんを描いてゆっくり頭上に降ってくる本の雨。遥《はる》か遠くで千秋を呼ぶ誰かの声。古書のにおいと古代の題材が過去を呼び寄せ、記憶が渦を巻いて脳裏になだれ込んでくる。

あの日も雨だった。窓を滑り落ちる水滴。椅子《いす》にかけたランドセル。ジッタリン・ジンの黄色いカセットテープ。

喉がふさがれ、息もつけない。ああ、溺《おぼ》れる、とパニックになりかけた時、力強い手が千秋を引っ張り起こした。

「しっかりせえ。誰もボケてへんで」

線香の匂いが鼻先に漂う。徐々に焦点が合い、志田の姿が目に飛び込んでくる。キャメルのロングコート。白いスーツ。紫のペイズリー柄のシャツ。黄色いサングラスに金のネックレス——。曖昧模糊《あいまいもこ》とした不安定な過去は消え、悪趣味で強烈な現実が戻った。

「私——」ふらつく体で立ち上がり、千秋は埃《ほこり》だらけのまま謝った。

「すみません、体調によって、ときどきこうなるんです。今朝もあんまり寝てないから、きっとそのせいです。もう平気ですから、先を続けてください」

「言うても、顔が真っ青や。リュックと傘置いて、水でももらい。しかも、デコ擦《す》りむけてんで」

高松が持ってきてくれた水で、常備薬の精神安定剤と胃薬を飲んだ。いいと言うのに、千秋の額に無理やり絆創膏《ばんそうこう》を貼りつけながら、志田が再び高松に切り出す。

「さっきの話、時任はその二人と接点があったんか」

「さあ……、一之瀬さんとは同じ編集委員やし。ほかにも古代史関連のイベントか何かで顔を合わせてた可能性はあるやろうけど。渡井さんに関しては、どんな人かも分からん」

「ほんならもう一つだけ。時任に女はいてるか。可愛らしいて、ピンクの軽に乗っとる」

「どうやろね。最近じゃ塩顔が流行りて聞くけど、時任さんはしょっぱすぎでしょ」

志田は千秋のアクシデントで気を殺《そ》がれてしまったらしく、髙松もまた崩れた本の山にちらちら視線を走らせている。結局話は尻《しり》すぼみで終わり、髙松が自発的に声をかけてきたのは、千秋と志田が店を後にする直前の一言だけだった。

「あ、お坊さん。『古代逍遥』持ってくなら、千六百円払《はろ》うて」——。


その後、千秋は『タカマツ堂』の前にある昭和レトロな喫茶店に入った。気づけば正午を回っており、「きちんと昼飯を食うた方がええで」と志田に誘われたからだった。

「どうせ奈良に美味《うま》いもんはない。志賀直哉《しがなおや》もそう言うとった。無難なとこで、ビーフカレーにしよ」

失礼極まりないことを言いつつ志田はコーヒーを頼み、千秋には「具合が悪いんならココアにせえ。ココアにしとき」と熱心に勧めてくるのでそうした。曰《いわ》く、「とりあえずココア飲んどいたら元気百倍て、兄嫁が言うとった」とのこと。

それからカレーが運ばれてくるやいなや、志田はまるで精進料理でも食べるかのように姿勢を正し、いただきますの合掌まで見事に決めて、半分以上黙々と食べ進めたところでようやく口を開いた。

「で、あんたはそもそも、奈良で時任と会うてどないするつもりやった。取材か」

千秋はスプーン片手に、どこまで話すべきか躊躇《ちゅうちょ》した。結局、ここで嘘をついても仕方がないと判断する。

「今日は打ち合わせと、平城京《へいじょうきょう》の庭園を取材予定でした。何だったかな……」

「東院庭園苑池《とういんていえんえんち》か。平城宮の敷地内に建物ごと復元してあるやつや。唐の影響を受けた、奈良時代の庭園。何で時任が古代苑池なんて書くんやろ」

「こちらがお願いしたんです。時任先生には、〝小さな宇宙――庭園から盆栽へ〟という通史の古代部分を担当していただいて、読者が興味を持つような記事をと……」

「『アカシック』が、そんな真面目《まじめ》でつまらん企画を組むんか」

テーマは本当だ。時任にはきちんと盆栽雑誌の編集者として依頼をしたから、多少こじつけ感はあっても問題はなかった。

だが、志田は妙に鋭い。一度『アカシック』編集者として名乗ってしまった手前、千秋はボロが出ないよう曖昧に返事をして、カレーを一口頰張《ほおば》った。ライスには〝古代米〟と称する赤米や黒米が混ざっており、濃厚なルーによく合う。

「……それから、明日は京都の四宮《しのみや》教授の講演会に連れて行ってもらう予定でした」

「四宮て、四宮俊昭《としあき》か。テレビに出てから人気が出て、最近じゃコネがないと講演会のチケットも手に入らんて聞いたで」

千秋は小さく頷《うなず》いた。四宮は、京都にある山城《やましろ》大学の日本史学教授だ。彫りの深い日本人離れした目鼻立ちで、トレードマークはピンストライプの三つ揃《ぞろ》い。そんなシルバーグレーの洒落者が、視聴者にも分かるよう易しくかみ砕いた言葉で日本史を解説するものだから、あれよあれよという間に各局の歴史番組の「顔」になった。

「時任先生は、紫香楽《しがらき》のトークイベントで四宮教授と対談して以来の顔見知りだそうで、ブログの写真でもよく一緒に写っておられます。今回、四宮教授が平等院《びょうどういん》の庭園と極楽浄土《ごくらくじょうど》に関する講演をされると聞いたので、時任先生に無理を言って連れてってもらうことにしたんです」

「へえ、四宮教授とねえ。あいつ、わしにはそないなこと一言も言わんかったで」

「友達だと思っているのは、志田さんだけかもしれませんよ……」

「あんた、心の声がちょろちょろ失礼やな」

まだ温かいココアを食後の甘味代わりに、千秋はカップを両手で抱えて黙りこくった。うるさい男を遠ざけて、一人でいろいろ考えたかった。

何より時任は、どうして突然連絡を絶ったのか。

少なくとも、これで千秋の計画は狂ってしまった。

すべては四宮教授と会うためにやったことだというのに。

テレビに出演し、講演会で全国を飛び回り、大学の講義や出版や監修で多忙を極める教授に、冴《さ》えない盆栽雑誌を作り続けている一介の女が近づくには、細い人脈を強引にたどるしかなかった。

千秋はあの新聞記事を父の書斎で見つけた直後、たまたま『アカシック』で時任のコーナーを見た。時任は自分の記事に信憑性を持たせるため、教授からじかに聞き出したという説を引用していたし、ブログにもツーショットを頻繁《ひんぱん》にアップしていた。それを知った時、千秋は決心したのだ。

そうだ、この人を糸口にしよう――。

さっそく下條亜佐美に古代庭園と盆栽の企画を説明し、時任を紹介してもらった。その後メールや電話でのやり取りを繰り返して、ようやく今回の運びとなったのだ。

だがこのままでは、黄色いカセットテープも意味がなくなってしまう。

ふと父の輝之を裏切っている気になり、罪悪感が心に影を落とした。今なら引き返せる。時任に会えなかったことこそ、天の啓示ではないのか。大体、実際に四宮教授と相対して、自分は何を告げようというのか。

と、『古代逍遥』をぺらぺらめくっていた志田がついと顔を上げた。

「そう言えばあんた、〝渡井隼人〟に心当たりがあるんか」

我知らず、頬が強張《こわば》った。先ほどの影響か、まだ手指が小刻みに震えている。何と答えたらいいものか言葉を探していたら、千秋の手元を一瞥した志田が、「ないならええ」と素っ気なく返して、再び『古代逍遥』に視線を戻した。

「それより、時任はほんまのとこタカマツ堂に何の用やったんやろな――」

グラスの水を飲み干し、志田は最終ページを開いて呟《つぶや》く。

「ここ、見てみい。『古代逍遥』の発行は年四回。三月、六月、九月、十二月の十日や。時任が髙松に会うた一昨日は十三日。この号は出たばっかっちゅうこっちゃ」

「それが何か……?」

「論文投稿の〆切りは、発行日の前々月末とある。つまり、今度の三月に載せる論文は、投稿を一月末に締め切って、そっから編集委員が採否を決めるわけや。一昨日に次号論文のあれこれを相談するんは、ちょいとばかり早すぎると思わんか。時任は、ほんまは別の理由でタカマツ堂を訪れたんと違うか」

「立ち寄ったついでにちょっと話したんだって、髙松さんも言ってたじゃないですか」

「ほんなら、なんで髙松は時任が立ち寄った理由そのものを言わん。わざとらしう、次号の相談やなんて、苦し紛れの嘘までついて」

つまり、髙松には本当のことを言えないわけがあったということだろうか。

千秋が黙りこくると、志田は次に論文のタイトルと投稿者の並んだ目次ページを開いて矢継ぎ早に続けた。

「しかも、妙なことがもう一つ。偶然かも分からんけど、連絡がつかんようになった三人とも、テーマがかぶっとる」

「え、本当ですか？」

千秋は身を乗り出し、時任、一之瀬、渡井の論文タイトルに目を走らせた。

○春日氏衰退に伴う同族諸氏の歴史的展開（大和国添上郡《やまとのくにそえかみぐん》を中心に）……時任修二
○東大寺山古墳中平銘《ちゅうへいめい》鉄製大刀と被葬者の社会的地位に関する考察……一之瀬浩三
○菟道稚郎子《うじのわきいらつこ》伝承の成立と淀川《よどがわ》水系の掌握について……渡井隼人

「無駄に長くてよく分かりませんけど……別にかぶってないじゃないですか」

「ところがどっこい。お天道《てんと》さんはだませても、お坊さんはだまされへんで」

ふふんと志田は鼻で笑い、三つのタイトルを指で押さえながら、低い声でささやいた。

「ええか。こらみんな、〝ワニ〟やで――」

千秋は再びのショックに青ざめた。なぜ今ここで、志田の口から「ワニ」の名が飛び出してくるのか。

記憶の奥底で、柔らかな声が鼓膜《こまく》を震わせる。十六年前に脳裏に染み込んだ、意味不明の呪文《じゅもん》のような言葉。

──なあ、千秋。ワニはきっとサイなんや。越えたらあかんねん……。

あの時千秋はわけも分からず、ワニだのサイだの、まるで動物園のようだと笑ったのだった。それが重大な決意を込めた台詞《せりふ》だとも知らずに。

千秋はココアのカップをテーブルに置き、声が震えないよう努めて尋ねた。

「志田さん。ワニって一体何なんですか……」

3

ワニ氏──。

志田によれば、古代の豪族の名だという。

漢字では、「和珥」、「和邇」、「丸邇」などと書く。

奈良や大阪に巨大な前方後円墳が造られていた時代、時の天皇──当時は天皇ではなく大王《おおきみ》と言ったらしいが──に何人も后妃《こうひ》を入れた一大勢力だったそうだ。多くの同族がおり、その拠点も奈良、京都、滋賀《しが》にわたって存在していたらしい。

「でもワニ氏なんて、聞いたこともありません……」

「まあ、知らんのも無理ない。『古事記』にも『日本書紀』にもワニ氏があちこち出てくんのは確かやけど、知名度の高い説話はないからな。実体が今一つつかめんのが正直なとこかもしれん。丹念に足跡をたどっていって初めて輪郭がおぼろげに見えてくる、幻の大豪族や。でもな」

志田は千秋の目の前に三本指を突き出した。

「小野妹子《おののいもこ》、柿本人麻呂《かきのもとのひとまろ》、山上憶良《やまのうえのおくら》と言われたらどうや。こいつら教科書定番連中は、みんなワニ氏の同族なんやで」

「〝同族〟って、要は分家みたいなものですか?」

「まあ、ものすっごい簡単に、百科事典風に説明するとやな——」

言って、今度はテーブルに大きな丸を描く。

「一族全員、大人数で同じ場所には住まれへんやろ。せやから徐々に分住して、それぞれ別の名前を名乗ることにしたっちゅうこっちゃ。そうやって段階を踏んでできていったんが、春日氏、小野氏、柿本氏、粟田《あわた》氏、大宅《おおやけ》氏、山上氏なんかの諸氏族ってわけや」

もっとも、ワニ系氏族の成立経緯は諸説あると志田は続ける。以前はワニ氏から枝分かれしていったとする一元論が定説だったものの、最近では同盟する諸氏族がワニという共通の名を名乗ったとする説も有力になってきたらしい。つまり、血縁関係なのか政治的・地域的連合なのかという話だ。

「ワニ系氏族の拠点を大ざっぱに分けると、奈良盆地の東北部エリア、京都の宇治《うじ》エリア、愛宕《おたぎ》郡エリア、滋賀の琵琶湖《びわこ》西岸エリアの四つになる。奈良から滋賀へ徐々に進出していったとする説もあるし、四つの地方の諸氏族が相互に関係を持っていったとする説もあるし、これまた研究者によって見解が分かれてる。複数の拠点を持ってた氏族もおるから、一概に断定できんわけや」

志田はそんなワニ氏の〝縄張り《シマ》〟の話をよどみなく語り、大昔の人間の住処《すみか》を調べて何が楽しいのか分からない千秋を置いてけぼりにして、さらに「基本事項」を嬉々《きき》として喋り続ける。

「今でも奈良には〝和爾《わに》〟の地名が残っとるから、一応そこがワニ氏の最初期の本拠地や言われてる。まあ、滋賀にも〝和邇《わに》〟って場所があるから、再考の余地はあるけどな。ともあれ、ワニ氏は各地に〝ワニ部〟を持っとった。ワニ氏の部曲《かきべ》や。部曲っちゅうのは日本史の授業で習《なろ》うたやろ」

「確か、豪族の私有民のことですよね……？　各地にまとまって住んで、主家に貢納したり、労役に従事したりする……、〝蘇我部《そが》〟とか、〝大伴部《おおとも》〟とか……」

「せやな。で、くだんのワニ氏は、なんと二十四ヶ国四十五郡にワニ部を有しとった。この力を背景に、天皇家の外戚《がいせき》としての地位を固めたんや。一族の女《おんな》を后妃にして、力を得る。のちの蘇我氏や藤原《ふじわら》氏と同しようにな」

どうやらワニ氏は地味にすごい氏族らしいが、千秋は志田に説明を求めたのを少し後悔し始めた。十六年前に意味もなく覚えてしまった「ワニはサイ」という文言は、志田の言うような歴史的な事柄ではなく、何かもっと抽象的な喩《たと》えのような気がしたからだ。

「ちなみに、ワニ系列の氏族のうち、奈良盆地の東北部エリアで大きな勢力を持ってたとされるんが春日氏や。三人の天皇に、三、四人の女を送り込んだ。春日大娘皇女《かすがのおおいらつめのひめみこ》、春《かす》日山田皇女《がのやまだのひめみこ》、春日皇子《かすがのみこ》——。思いつくだけでも、春日の名がついた皇族はたくさんおるやろ。古代では、生まれた皇族の子は母方の氏族か特定の養育氏族に育てられたから、多くの場合その氏族名が名前につけられたんや。ほんで、もう分かるやろ、その春日氏の部曲っちゅうんが、今でも埼玉《さいたま》にある〝春日部《かすかべ》〟や」

「へえ……、そこまで繋《つな》がるんですか。それで、その春日氏っていうのが、時任先生が『古代逍遥』に書いたテーマってことなんですね」

「うん。六世紀も後半を過ぎると、春日氏がだんだんと衰退し始める。代わりに台頭してくるんが小野とか粟田とか大宅なんかのワニ系同族三氏で、その成立事情をくだくだと書き散らしとんのがこの論文や」

完全に眠たくなってきたところで、ふと疑問が湧《わ》いた。

「志田さんは、どうしてそんなに詳しいんですか」

ただの質問だったのだが、本人は褒《ほ》め言葉と受け取ったらしい。鋭い面立ちが崩れ、途端にやんちゃな得意顔がのぞいた。分かりやすく鼻をこすり、椅子にふんぞり返る。

「わしも、趣味でぼちぼちな。専門は寺院建築やけど、古代はどこを切り取ってもおもろいで。一口に古代史好き言うても、古墳時代と奈良時代では数百年の開きがあるし、政治史、法制史、氏族研究、祭祀《さいし》形態から武器・武具、器の変遷まで、テーマは無数にある」

褒められて気をよくしたのか、志田はテーブル上の『古代逍遥』を景気よく叩いた。

「だからこそ、こんな冊子の中で、三人が三人ともワニ氏をテーマに選んだいうんが、どうにもきな臭《くさ》い。しかもそいつら、みんな失踪《しっそう》してんねんで」

「失踪は言い過ぎじゃありませんか。まだ二日ですよ。ただ無断で退会しようとしてるだけかもしれないし……」

「この一之瀬いう奴の論文を見てみい。次号との分冊やで。要は〃つづく〃やないか。そんな奴が、途中で退会するか。これがおたくの『アカシック』やったら、〃研究者が失踪するワニ氏の呪《のろ》い!〃で終《しま》いやろうけど、現実問題おかしいわ」

千秋は眉をひそめた。ワニ氏の研究と音信不通とは繋がりがあるのか、ないのか。いまだに古代の息吹をまとう奈良の中では、普段なら一蹴《いっしゅう》する馬鹿げた考えも行動も、すんなり通用してしまう気がする。

「――さて」

腕時計の青い文字盤に視線を走らせた志田は、唐突に伝票を持って立ち上がった。

「あんたはこの後どうする。残念やけど、お坊さんはタイムアップや。これから大阪へ法事に帰らなあかん」

「私は――」

先ほどまでは、場合によって四宮教授のことは諦めようと思っていた。しかし、時任を捜す過程で〝渡井隼人〟のみならず〝ワニ〟まで転がり出てきてしまった以上、時任が千秋の目的と無関係とは思えなくなった。ならば、たとえ無理をしてでも、時任の行方を追い続けるべきだ。

「私は、もう少しよく考えてみます。これからのこともあるし。いろいろ聞かせてくださって、ありがとうございました」

「さよか。ほんなら、また何かあったら電話せえ」

そうして二人分の昼食代を払うと、志田はさっさとコインパーキングの方へ歩いていってしまった。

結局、志田は千秋に尋ねるばかりで、自分がなぜ時任を捜しているのか、一言も本当のところを言わなかった。大体、連絡が取れないというだけで、大の男がただの友達の行方を追うものだろうか。時任の足取りがつかめなくなって、まだたったの二日なのだ。

やはり志田は何かを知っていて、それを隠している。

だが隠し事はお互い様だし、きっともう会うこともない。

あとに残された千秋は商店街から再び近鉄奈良駅に戻り、タクシーに乗り込んだ。「法蓮町の、この住所まで」とメモを差し出した千秋に、不機嫌な呻《うめ》き声が返ってきたと思ったら、何と先ほどと同じ運転手だった。

「何や、またお客さん……」

タクシーは午前中と同じ道を走り出した。ふと見れば、助手席に『奈良まほろばソムリエ検定公式テキストブック』が放り投げてある。タクシーの待ち時間に勉強しているのだろう。観光都市のドライバーの向学心を好ましく思い、今回は話しかけてみる気になった。

「この道がまっすぐなのって、やっぱり平城京があった頃の名残《なごり》なんですか」

「そうでしょうね。〝条坊制〟言うて、道路を碁盤《ごばん》の目にしたんです。首都を一から造り上げる国家プロジェクトですわ。藤原京のもんを移築した建物もあるけど、新築のやつは伊勢《いせ》や滋賀の山から材木を伐《き》り出して運んだそうです」

急に饒舌《じょうぜつ》になった運転手に、千秋は先ほどの志田と同じ得意顔を見た。

「そんなに遠くから材木を運んだんですか」

「川を利用したら、意外に楽なんでしょうね。筏《いかだ》にして流して、京都の木津からひょいと陸路で奈良坂を越えれば平城京です。木津川ももとは泉川《いずみがわ》て名前やったけど、材木の荷揚げをするから〝木津〟になったとか。古代国家の大動脈は、要するに水の道やからね。京内には佐保川も流れてたし。ほら、今通ったとこです」

雨は降り止《や》まず、ワイパーがひっきりなしに水滴をぬぐっている。盆地を囲む山々は灰色に煙り、濡れそぼった黒い瓦屋根《かわらやね》は重たく色濃い。

奈良はどこへ行っても、古代が眼《め》に見える。地名、山河の名、遺跡、神社仏閣、あるいは路傍《ろぼう》の石にさえ、いにしえに生きた誰かの残滓《ざんし》が漂っている。その膨大な歴史を、未来に向けて誇れる人はいい。だがいつまでも過去に囚《とら》われて前へ進めない人間にとって、この古都に流れる悠久の時間は、少しゆっくりすぎて辛い。

「はい着いた。そこの路地は行き止まりでUターンでけへんから堪忍して」

タクシーを降りた千秋は二度目の『メゾン・ド・法蓮町』に向かい、モスグリーンの傘で顔を隠しながら、まずは一目散に郵便受けを目指した。

恐らく志田はあの時、定番過ぎる隠し場所からスペアーキーを取ろうとしていたのだろう。そこに千秋が現れなければ、見つけた鍵で中へ入るつもりだったに違いない。

素っ気ないステンレスの郵便受けには、ダイレクトメールやちらし、展覧会の案内状などが多数。だが予想に反して、紙類を取りのけて箱の内を探しても、目当ての鍵はなかった。志田があれだけ引っかき回していたところをみると、別の場所にあるのかもしれない。ほかの「定番」も見てみる。廊下に植木鉢はないから、戸の脇のガスメーターを調べると、案の定ビンゴだった。

辺りには人影も物音もなく、ただ仄《ほの》明るい空から雨だけが降り注いでいる。

ウインドブレーカーのポケットから手袋を出してはめ、鍵を素早くノブに差し込んだ。頭の中の常識的な部分が、「これは不法侵入だ」と警告を発したが、ドアが静かに開いた瞬間、一度はずれた理性の箍《たが》は戻しようもなくなった。

間取り1K――。その小さな城に、時任修二のすべてが詰め込まれている。

「お邪魔します……」

入ってすぐは三畳《じょう》のキッチン。シンクやコンロ、電子レンジや炊飯器を載せたラック、一メートルに満たない冷蔵庫が、ほどよい雑さで収まっている。

まずは冷蔵庫に貼ってある、ゴミの収集カレンダーをチェックした。一昨日は木曜でプラスチック、昨日金曜は燃やせるゴミの日。ラックの食品ストックに、未開封のレトルト食品やふりかけの類《たぐい》は多々あっても、食べ終わった容器や包装は見当たらない。対して、三角コーナーの生ゴミや、いっぱいになったゴミ箱の中身はそのまま。少なくとも、昨日の朝はゴミを出していないのだ。

続いて踏み込んだ六畳の和室は、カーテンを閉め切っているためひどく暗かった。正面にベッド、右手の壁に小ぶりのデスクとチェスト、真ん中に座卓があるのは独り所帯のお約束だったが、その間を埋め尽くすように大量の本と紙類が散乱していた。

『古事記』『日本書紀』『続日本紀《しょくにほんぎ》』『万葉集』といった基本の古典、『古代地名辞典』『古代豪族事典』などの参考図書類、大学の図書館でしかお目にかかれないような一冊数万円する学術研究書、博物館の館報や活動報告書、論文のコピー、地図類、『アカシック』などの一般古代史雑誌や概説書――。

思わず、感嘆とも呆《あき》れともつかない吐息を漏らしてしまった。ここまでのめり込むと、かえって潔《いさぎよ》い。土器の欠片《かけら》が山盛り入ったプラスチックのカゴも、カプセルトイや土産物の埴輪《はにわ》たちも、JR東海の『うまし うるわし 奈良』のポスターも、すべて古代一色だ。

この部屋にあるのは、遠い過去への憧ればかり。時任の質素すぎる生活は、すべて古代への情熱を賄《まかな》うためにあるのだ。

デスクの上で、留守番電話の赤い光が規則正しく明滅している。ボタンを押すと、機械の音声が流れた。

《用件の、一。十三日。午後、一時、十八分。録音時間、十秒、です》

続いて、年配の男の早口。

《ああもしもし、一之瀬です。例のもん、仕上がりましたで。今夜やったら、工場《こうば》の方にずっとおりますよって、いつでもどうぞ。ほな》

心臓が跳ね上がった。一之瀬。『古代逍遥』の編集委員だ。時任は一昨日、何かを受け取ることになっていたらしい。そこで何かがあったのだろうか。一之瀬には会ったのか、会わなかったのか。

ちょっと待て――。千秋はそこで首を傾《かし》げた。夜じゅう工場にいたはずの一之瀬の行方を、妻さえ知らないのはなぜなのか。一之瀬は工場からどこへ出かけたのか。

不明なことばかりで、薬を飲んだばかりだというのに、胃がねじれるように痛んだ。

念のため、着信履歴も確かめてみる。固定電話のナンバーに混じって、〇九〇から始まる同じ番号が数件。時任の足取りがつかめなくなった十三日、夜の八時半頃に集中している。時間的には、ちょうど部屋から女が出てきた辺りだ。

　千秋は自分のスマホを取り出し、ＳＭＳでメッセージを打ち込んだ。

《時任です。スマホなくして新しいのに替えました》送信。

　一秒、二秒、三秒。時計の秒針が、波うつ心臓にさらなる緊張を刻みつける。

　四秒、五秒、六秒――。

　七秒目で返事が来た。スマホの青白い画面に浮かび上がったのは、簡潔な一言。

《お前、誰だ》

　全身に鳥肌が立った。千秋がメッセージを送った相手は、時任が連絡を寄こすはずがないと知っている人物なのだ。本人だろうか。だがもし本人なら、一人暮らしの自宅に電話を入れるはずもない。

　動揺して一、二歩後ろへ下がった時、かかとが固いものに触れた。布にくるまれた長い棒状のものが、チェストの前に転がっている。目算で、一メートルちょっと。

　その中身に何か不吉な予感を覚えつつ、千秋は憑《つ》かれたように布地を広げていった。

　見ない方がいい、見ない方がいい――。

　部屋の中は冷え切っているというのに、額に汗の粒が浮かんだ。スマホのライト片手に黙々と作業を続ける。最後まで開く前に、布地を染める赤黒い汚れに気付いた。頭の中で、がんがん警鐘が鳴り響く。見ない方がいい、見ない方がいい――。

震える指先が、最後の布を取り払う。なかば予想していたものの、中身を目の当たりにした瞬間、短い悲鳴が漏れた。

血まみれの刀身。

突如、手の中のスマホが振動した。

仰天した反動で尻もちをつく。たった今千秋が接触を試みた、見知らぬ相手の番号がディスプレイに表示されている。切るか、出るか。十回を超えても鳴り止まない。激しい心臓の鼓動が喉元をふさぎ、とうとう息苦しさに耐えかねて応答した。

「もしもし……」千秋はささやいた。重たい沈黙が暗い六畳間を支配する。

「時任さんはどこにいるんですか。あなた、誰なんですか！」

そう叫んで、千秋は凍りついた。自分の声が、別の場所で聞こえてきたからだ。

ゆっくりと振り返る。「どういうこと……」とささやいたのは自分の肉声か、それとも扉の向こうで聞こえるスマホからの声か。――電話の相手が、外にいる。

千秋は部屋を見回し、とっさに押し入れの横に立てかけてあった阪神タイガースのプラスチックバットをつかんだ。

足音を立てないよう、玄関に近づく。心臓が全身に大量の血を送り込み、神経が高ぶり過ぎて吐き気がする。汗ばんだ手で、おもちゃのバットを握りしめた。

静かにノブが回る。

扉が開いた。それと同時に、千秋はバットを黒い影にめいっぱい振り下ろした。ひらりと躱《かわ》され、腕をつかまれる。ドアが閉まり、そのままもつれるようにキッチンの壁まで押し戻された。悲鳴を上げかけた口を、でかい手がふさいでくる。線香の匂いが鼻をつき、ようやくまともに顔を上げた千秋は、驚きに目を見開いた。

「宇野さんよ。抜け駆けは感心せえへんな、え」

そう言って、法事に帰ったはずの坊主が笑った。

二章　ワニの里

1

「あんたは信用ならん」

前方を見据えたまま志田《しだ》は言い、ぞんざいなハンドルさばきでバスを追い越した。

クラウンは奈良《なら》の市街地から国道一六九号線に入り、盆地をまっすぐ南下していく。ラーメン屋、回転寿司《ずし》チェーン店、大型スーパー、中古車センターといった国道お決まりの街並みから、時おり雨靄《あまもや》の中に横たわる冬枯れの連山が垣間見《かいまみ》える。

「まったく、ミステリアスな女気取るんもたいがいにせえ。立派な泥棒やないか。なんでまたあっこに戻った」

助手席の千秋《ちあき》は曇った窓をふき直し、外を見ながら不機嫌に答えた。

「そっちだって、ただ鍵《かぎ》が見つからなかっただけでしょう……」

「何やと、コラ」

「法事とか何とか嘘《うそ》ついて、志田さんだってこっそり法蓮町《ほうれんちょう》に戻ってきたでしょう。たまたま私の方が早く不法侵入したからって、そんな言い草ひどいです」

「開き直るな。油断も隙《すき》もない。ただの小心者かと思て、こっちが下手に出とったら」

いつ下手に出た？　千秋は膝《ひざ》の上のリュックを抱え直し、小さく肩をすくめた。志田と話していると調子が狂う。こちらが迷ったり悩んだりしている間に、問答無用で方向を決めてしまうからだ。氾濫《はんらん》する川の流路を、突貫の治水工事で強引に変えてしまうような力業は、時として迷惑極まりない。

実際、次の目的地まで否応《いやおう》もなく同乗することになった。

時任《ときとう》のアパートで再び千秋と鉢合わせした志田は、くだんの〝血まみれ刀〟をスマホのカメラで撮り、固定電話の着信履歴から一之瀬浩三《いちのせこうぞう》のものと思《おぼ》しきナンバーを探し出して、クラウンのカーナビに入力した。時任と一之瀬が接触していたのは確かだし、ひとまず行ってみようというのが志田の言い分だった。

「大体あんた、『アカシック』の編集者言うんも嘘やろ。古代のコの字も知らんし、まず古代を毛ほどもリスペクトしてへん。ちゃっちゃと白状せんと、温厚なお坊さんも怒るで」

「そういうアウトレイジな顔で睨《にら》んでくるから、怖くて思わず嘘ついちゃったんですよ。……お察しの通り、私は盆栽《ぼんさい》雑誌『おもと万年』の編集者です。でも、庭園の取材に同行するのも四宮《しのみや》教授の講演に連れて行ってもらうのも本当の話です」

「大胆に部屋にまで侵入して、何するつもりやった。個人的な付き合いがあるんか」

「ないですよ。さっきは夢中だったんです。やっぱり部屋で人知れず倒れてるんじゃないかって、どうしても気になって確かめようと思っただけですから。個人的な付き合いがあるのは、ピンクの軽に乗ってる謎《なぞ》の可愛《かわい》い女性でしょう」

時任がワニや〝渡井《わたい》隼人《はやと》〟と何らかの関係があるのかどうかを知りたかったのだが、無論志田には黙っていることにした。そもそも四宮教授と会うために時任を利用したこともだ。これ以上しつこく尋《たず》ねられてはかなわない。

「時任さんは……あの刀で刺されたんでしょうか」

もしくは、誰《だれ》かを刺したのかもしれない。どちらにしても、あれだけの血だ。怪我《けが》で済んだとは思えない。

「まずは、刺されたんが誰なのか特定せなあかん。ニュースにもなっとらんてことは、まだ事件化してないんや。せやけど、わしが思うに刺したんも刺されたんも時任やないで。道理に合わん」

「でも、自宅に血まみれの刀があったんですよ？」

「だからおかしいんやないか。時任が刺されて殺されたとすると、犯人が死体だけ隠して凶器を処分せんのは変や。逆に、時任が犯人だったとして、ブスーッて誰か刺した後、わざわざ抜いて持って帰るか。あの刀、一メートル超えとるんやで。あいつは基本的に、どこへ行くにもチャリや。目立ってしゃあない」

「指紋が残ってるじゃないですか。持ち帰らないとまずいでしょう」

「そんなん、その場で拭《ふ》けば済む」

「凶器を特定されたくなかったんですよ。だってあれ、特殊な刀でしたよね」

動転していて詳しくは見なかったが、いわゆる「侍」が持っているような日本刀ではなかった。一メートルほどの刀身は内反りで、柄頭《つかがしら》は飾りがついた環状。鍔《つば》がないせいで、ずいぶん長っ細《ぼそ》い印象だった。刺した衝撃で折れたのか、刃《は》の先端が欠けていたのが、ひどく生々しかった。

「ようできたレプリカや。ご丁寧に刃までついとった。あら有名なワニ氏所有の刀やで」

「ワニ氏の……そんな刀があるんですか」

リアシートにある『古代逍遥《しょうよう》』を見ろと志田が言うので、指示通りに目次を開いた。一之瀬浩三の論文にあるのが、くだんの刀だという。「東大寺山古墳中平銘《ちゅうへいめい》鉄製大刀と被葬者の社会的地位に関する考察」という長ったらしいタイトルを読み上げてみる。

「東大寺、山古墳中……」

「東大寺山古墳、中平銘、鉄製大刀、や。東大寺山て名前の古墳から見つかった、〝中平〟て年号が刻まれてる、鉄製の刀。文字通りやないか」

〝中平〟とは中国の後漢《ごかん》末の年号で、その刀が作られた頃《ころ》、日本はまだ弥生《やよい》時代だったそうだ。東大寺山古墳はさらに二百年ほど経《た》った四世紀中葉から後半の築造というから、どういう経緯で中国の刀が日本の豪族の手に渡ったのかは、想像するほかはない。

「そのお墓に埋められた人は、なんで中国の刀なんか持ってたんでしょうね」

「だからこそワニ氏の力を推し量れるんやないか。日本が埴輪《はにわ》作って喜んどる時代にや、超大国のブランド刀を自分っとこの墓に入れられるんやで。ちょっとしたステイタスやんか。ほかにも、ワニ氏の墓言われてる古墳からは、鉄鋌《てってい》がぎょうさん出た。まだ自国では鉄が作られへんかった時代から、流通路を押さえとった証拠や」

「でも、その東大寺山古墳がワニ氏のお墓だって、どうして分かるんですか」

「まず東大寺山古墳のある一帯が、ずばり〝和爾《わに》〟て場所のそばやからな。近所には和爾《わに》下《した》神社や和爾坐赤坂比古《わにいますあかさかひこ》神社いう名前の神社もある。氏族研究は、『古事記』や『日本書紀』の記述、現存する土地名、神社の名前、古代の戸籍、家系図、役人の出生地――そういうのを丹念に当たって、古代豪族の本拠地や分布地や所領を割り出すんや」

「楽しいですか」

「芸能人のお家探訪と同じやないか。楽しくないわけあるか。今から向かう目的地もどうやら和爾の集落近くみたいやし、東大寺山古墳もすぐそばや。時間があったら案内したろ」

前方が開け、畑地や空き地が多くなってきた。高い建物がないため、垂れ込めた雨空はどこまでも広い。右手には盆地が広がり、左手には民家や小藪《こやぶ》、小さな丘などが、灰色の連山を背景に点在している。大手の工場、林立する送電線の鉄塔と電信柱、埃《ほこり》っぽいガードレール、農業用の溜《た》め池――。この辺りにワニ氏が盤踞《ばんきよ》していたと得意げに説明されても、これといって特徴のない殺風景な景色が流れ去るばかりで、今一つ実感が湧《わ》かない。

このままでは、また話がどんどん古代史の方へ逸《そ》れそうだったので、時任の件に引き戻すことにした。

「ワニ氏の刀については分かりましたけど……レプリカにしたって、簡単に作れるものじゃないでしょう。どうして時任さんの家にそんなものがあったんでしょうね。時任さんの持ち物なんでしょうか」

「知るかいな。ただ……時任のやつ、古代史に関《かか》わるもんやったら、金に糸目つけへん。あの刀で誰かを刺したんが時任かどうかは分からんけど、少なくともあいつやったら間違いなく欲しがんで。あんなに血まみれやなかったら、わしかて欲しいし」

「いくらなんでも、刀欲しさに持って帰りますかねえ。志田さんだって、刺してから持って帰るのはおかしいって、たった今力説してたでしょう」

「そういう諸々《もろもろ》の謎をはっきりさせるために時任さんを探しとるんやないか」

「志田さんは、どうしてそんなに親身になって時任さんを探してるんですか」

「かっこええやろ、失踪《しつそう》した友人を追う男。ハードボイルドと慈悲の心を併《あわ》せ持っとるんがわしやねん」

志田はゼブラ柄のハンドルを切り、国道から和爾町へ続く道に入った。東から迫《せ》り出してくる丘陵《きゅうりょう》を横目に緩やかな傾斜地を縫って、畑の背後に密集する民家を目指す。天気が良ければのどかな風景だろうが、小雨降るいにしえの里は、時間が止まったような物寂しさだ。

どこへ向かっても坂ばかりで、遠目にもカーブミラーの多さが目立つ。カーナビはすでに案内を中止していたが、ビニールハウスから出てきた男に「一之瀬さんとこ」を尋ねたら、すぐに分かった。集落へ入る手前に、小さな『一之瀬鉄工所』が、赤茶けたトタン壁を雨に濡《ぬ》らして建っていた。

「間違いない。一之瀬は、こっから時任に電話したんやな……」

道は狭く枝分かれし、たて込んだ家の間から軽自動車が現れては消えていく。鉄工所を五メートルばかり行った先には、『マホロバ警備』と社名の入った白いバンが、エンジンをかけたまま場違いな感じで停《と》まっていた。

「どこも開かんのかいな」

千秋が少し目を離した隙に、クラウンを降りた志田は、早くもシャッターを探り始めている。「あんたも人にばっかり頼っとらんと努力せえ」とえらそうに指図してくるので、不本意ながら横手に回った。裏は空き地で、隣家の畑とフェンスで区切ってある。

濡れた枯れ草を踏みながらトタン壁に沿って歩き、端にアルミサッシのドアを見つけたものの、しっかりと鍵がかかっていた。こちら側に明かり取りの窓はなく、我知らず溜息《ためいき》が出た。

志田に不法侵入がバレてしまった手前、なかば強制的にここまでやってくるはめになったが、こんなことで本当に時任の行方が分かるのだろうか。万一、物騒な殺人事件に巻き込まれでもしたら、本来の目的が果たせなくなるではないか。

いつもの悪い癖が出た、と情けなく思う。他人や状況につられて予期せぬ方向へ流され、我慢したり諦《あきら》めたりして自分をごまかしてみるのだが、ひとたび心が許容範囲を越えて決壊してしまうと、物事をもっと厄介な方へ持っていってしまう。

あるいは、志田と出会ったのがそもそもの運の尽きか――。

千秋が再び痛み出した胃を押さえて途方に暮れた、その時だった。

「待たんかい、コラ！」

建物の反対側で志田の怒鳴り声が聞こえ、すぐにドラム缶やバリケード看板を蹴散《けち》らす音、時間差で運動靴と革靴の足音が続き、千秋が慌てておもてに飛び出した時には、志田を振り切るようにして『マホロバ警備』の白いバンが走り去る所だった。

「何です、何があったんです」

「裏手の角でいきなり体当たり仕掛けて来よった。六十半ばの冴《さ》えない男や。あいつもここ探っとったんやで。クソ、ボケ、何者《なにもん》やあの『マホロバ警備』」

「どうします、追いますか」

「こないな狭っ苦しいとこでカーチェイスできるかい」

時任のアパートから出てきた女性といい、行く先々に正体不明の人物が現れる。おまけに明るみに出るのはみな「ワニ」絡みだから、気味悪さがぬぐえない。

バンの消えた方角へ、小学生よろしくいつまでも「アホ」を連呼する志田に、犬の吠《ほ》え声が重なった。見れば、黒柴《くろしば》を連れた七十前後の老人が、ビニール傘片手に二人の様子を不審げに眺めている。警察を呼ばれるかもしれない。固まった千秋の横で、すかさず頭を切り換えた志田が、黄色いサングラスを押し上げて不気味な笑顔を作った。

「一之瀬さん、今日いてないみたいやけど」

「……浩《こう》さんのとこ、そんなぎょうさん借りとるの」

「金融関係違《ちゃ》います。わし、こう見えて由緒正しいお坊さんですねん。一之瀬さんに墓の相談受けましてて。近くに来たついでに、こっちの方へ寄ってみたんですわ」

「ああ、永代供養の。あっこは子供おらへんからな」

「少子化やしね。都市部じゃ墓じまいも増えてるんです。坊主は商売あがったりで」

志田は適当に調子を合わせながら、付け加わった情報を頼りに話を展開していく。まるで檀家《だんか》相手に世間話でもしているような自然さだ。千秋ならば、こうはいかない。

「ゆくゆくは、ここも閉めるて聞きましたで。もったいない、従業員も何人かいてはるんでしょ。鉄工所っちゅうと金型部品の製造とか、加工とか、そういう仕事してるんと違いますの」

「金物製作もするけど、メインは刃物製造の方やなかったかな。包丁とか、鉈《なた》とか、ノコギリとか。鍛造《たんぞう》用のでっかいハンマーみたいな機械とか、火床《ほど》なんかも見せてもろたことあるしな。もともと親父《おやじ》の代までは鍛冶《かじ》屋やってん」

志田の片眉《かたまゆ》が跳ねた。だがそれ以上の追及はせず、さりげなく別の質問を投げかける。

「ここ二、三日、何や変わったことありませんでしたか。誰か来とったとか、見慣れない車が停まっとったとか。じつはさっき走ってった白いバン、ここの様子探ってたみたいやし、なんでかなと思いましてん」

「さあ、ねえ。少なくとも鉄工所の方は、普通通りに開いてたと思うけどな。こっちも一日中見張ってるわけやないんでね」

志田は短髪をかき回して何やら考えこんでいたが、ややあって一つ大きく頷《うなず》いた。

「ほんなら、自宅の方に行ってみます。この辺り、道細くてたて込んどるし、どう行ったら一番分かりやすいんかな」

「そんな難しいことあらへんで……」

老人は事細かに道順の説明を始め、千秋は知りもしない一之瀬の自宅を聞き出した志田の手口に、内心で舌を巻いた。

「ああ助かった。やっぱり、道は地元の人に聞くんが一番や。奥さん、いてるとええんやけど」

「土曜やし、学校も休みやろ」

「今はどこの学校にお勤めやったかな」

「櫟本《いちのもと》高校。自宅から近くてよろしいな」

必要な情報を引き出した志田が、「ありがとさんです」とそれは見事な合掌をするものだから、老人までつられて神妙に辞儀を返した。この世知辛《せちがら》いご時世にあってなお、「お坊さん」の肩書きは絶大なのだと思い知らされる。今や黒柴さえすっかり警戒を解いていることに気づいて、最後に千秋も触ろうとしたら吠えられた。

何だか理不尽だった。

それから再びクラウンを走らせ、志田がトイレに寄ると言うので、目と鼻の先にある丘陵を整備した公園に立ち寄った。

多目的広場、展望台、池、遊具広場——。志田を待つ間、公園の案内パネルを一人で何となく眺めているうち、千秋はふいに、自分が十六年前に聞いたあの「ワニ」の地にいるのだという思いを濃くした。

──なあ、千秋。ワニはきっとサイなんや。越えたらあかんねん……。

あたかも、ワニに導かれてきたようだ。成り行きだと思っていても、時任を追って和爾まで来たのは、すべて必然的で正しいことだったのかもしれない。運命論はナンセンスだが、必要な物事を引き寄せる無意識の力というものは、確かに存在するのだ。

傘を傾けて、千秋は細く冷たい粒を頰《ほお》に受けた。慣れ親しんだ、鬱陶《うっとう》しい雨の膜に包まれて、鼻腔《びこう》が膨らむ。

これが、ワニの里の水の匂《にお》いだ。池と用水路と丘陵の土壌が溜《た》め込んでいく、静かな無数の滴。ワニはサイ。越えてはいけない──。

「──はい、お待ちどおさん」

突然の声に振り返れば、公衆トイレから出てきた志田は、なんと黒羽二重《はぶたえ》の法衣《ほうえ》に折五条《おりごじょう》を垂らした僧侶《そうりょ》姿に変わっていた。上背のある身体《からだ》に墨染めの衣は意外とよく似合っており、千秋が不覚にも惚《ほ》れ惚《ぼ》れしたのは一瞬のこと、ふと足下を見たら、履き物はグリーンの革靴のままだった。

「なんで着替えたんですか」

「相手は学校のセンセや。お堅いユニフォームで決めてる方が、話を聞き出しやすい。人間、見た目が九割なんやで。あんたもそんな地味ダサい格好しとらんと、パーッと景気よういかんかい」

〝僧服に革靴男〟からダサい呼ばわりされ、千秋は少なからずショックを受けて口を引き結んだ。一方の志田はキャメルのロングコートを着込んで、勝手に散策路を上っていく。

「せっかくやから、寄り道して展望台へ行こ。ここはな、東大寺山古墳がある丘陵の、北斜面を整備した所や。見ての通り、公園全部が大きな塚みたいな作りになっとる。もとはワニ氏の祭祀《さいし》場があったんやて。今は町民の憩いの場や。雨じゃ誰も来えへんけどな」

あずまやを備えた展望台からは、悪天候ながら盆地と西の連山とが望めた。

この公園の南側には、くだんの鉄刀が出た東大寺山古墳がある。一方、北は和爾町の丘陵と谷を挟んで向かい合っているらしい。

のびやかな景色に目を細める千秋の隣で、志田はうんちくを語り続ける。

「和爾町には、『古事記』や『日本書紀』に何度か登場する有名な〝ワニ坂〟てのがある。古代人は、坂を神聖な場所と考えてた。せやからワニ氏の祖人は戦勝祈願の祭祀をワニ坂で執り行った。霊力が強いとされる赤土の坂や。それが証拠に、和爾町には和爾坐赤坂比古神社があって、一説には祭神の赤坂比古命《あかさかひこのみこと》はこの赤土の坂を神格化した神……――コラ、まじめに聞かんかい」

「だって、ワニばっかり……」

「当たり前やろ。和爾でカバの話してどないすんねん」

カバじゃなくて、問題はサイなのだ。志田に聞いてみたい気もしたが、そんな考えをどこで知ったのかと突っ込まれても面倒くさい。

「ところで、ワニ氏のワニという名は、動物のワニですか」

「せやな。ただし、日本古代に鰐《わに》はおらんかったから、〝ワニ〟は鮫《さめ》のことやと言われてる。遥《はる》か南方の海洋民から伝わった鰐にまつわる話を、ワニの名そのままに鮫に置き換えて取り入れたんやと……。まあ、鰐にせよ鮫にせよ水中の王者や。強い動植物の名を名乗ることには、力をまとう意味があった。ある集団が、ワニを自分たちの崇拝動物《トーテム》に掲げてワニと名乗った。それがワニ氏や」

「でも不思議ですよね。この場所には海がないのに」

「そらグッドクエッションやな。ただし、そればっかりは話すと長《なが》なる。あんたも飽きとることやし、別の機会に話したるわ」

ほっとしたのが伝わってしまったのか、志田は小さく肩をすくめて、「ほんなら最後に、一つだけ問題です」と展望台の外へめいっぱい腕を伸ばした。

「この和爾から盆地を横切って西にまーっすぐ行くと、斑鳩《いかるが》の法隆寺《ほうりゆうじ》。言わずと知れた、聖徳太子《しようとくたいし》のお寺さんやな。ほんで、さらに西へまーっすぐ行ったら、山を越えた大阪には何があるでしょう」

「分かりません」

「わしの寺や」

ふざけてるのかと思ったら、「歴史を知るっちゅうんは、そういうことやで」と真顔で返された。

「大昔に死んだ誰かのこといっしょけんめい考えて、そいつが住んでた場所だの建てた寺だの眠ってる墓だのを訪ね回ったら、そのうちそいつの〝顔〟が見えてくる。二次元が三次元に変われば、時間と空間が一つに繋《つな》がって、ワニ氏も太子さんも、あんたの隣にいる格好良いお坊さんと同じように、みんな知り合いになんねんで。そういう感じがええ。生きとる者が死者と悲喜こもごもを分かち合うんも供養のうちや」

「何か、着替えたとたん良いこと言うんですね……」

「ふふん、わしは仏さんとご縁を結ぶんが商売やで」

盆地に視線を戻した千秋は、志田の言葉を胸の内で嚙《か》みしめた。

死んだ誰かのことを一生懸命考えて、その一生を少しでも知ろうと努力したら、果たしてその死者や残された生者は少しでも報われるだろうか。

十六年前の出来事もそうだ。なにがしかの決着をつけることで、その先に一筋の光明を見出《みいだ》せるのかもしれない。

きっと重要なのは、過去との訣別《けつべつ》ではなく共存なのだろう。きちんと向き合いさえすれば、呑《の》み込めない異物だったものも、いつしか自分の一部になる。

深々と息を吸い込んだら、胃痛が少しやわらいだ。

奈良までやって来たのは間違いではない。そして時任の件がどう転ぶにせよ、明日は四宮教授に会って話をつける。

確信と決意を固めた千秋の横で、散策路を下る志田がぽつりと呟《つぶや》いた。

「それにしたってあんたの言う通り、行く先々ワニだらけやな……」

2

和爾《わに》を下れば、東西に長い櫟本《いちのもと》の町になる。古くは街道の交わる商業の活発な土地柄だったそうで、中でも奈良、天理《てんり》、桜井《さくらい》を結ぶ上街道《かみかいどう》の周辺は、建ち並ぶ黒瓦《くろがわら》の町屋や白壁の土蔵が、往時のにぎわいを感じさせる。

一之瀬浩三の自宅は、JR桜井線・櫟本駅のほど近く、細道の入り組んだ住宅地にあった。明るいクリーム色をした洋風の二階屋で、門柱の表札に「一之瀬浩三・恭子《きょうこ》」とある。

志田のクラウンが目的地に着いた時、ポーチの脇《わき》の駐車場にはシルバーの軽自動車が停まっており、恐らく妻の一之瀬恭子だろう、ベージュのダウンコートを来た六十前後の細身の女性が、トランクからスーパーの袋を両手いっぱいに取り出している所だった。

「持ちましょか」

車からさっと降りた志田が、愛想良く笑って恭子に声をかけた。

「わし、志田いう者《もん》で、『古代逍遥』で一之瀬さんにお世話になってます。今日はこちらで——」すかさず腕時計を見る。

「——四時から一之瀬さんと対談することになってたんです。こちら、ライターの宇野《うの》さん。遠路はるばる、四時間かけて東京から来てもらいました」

いきなりのことだったが、千秋も急いで頭を下げた。どうやって素性を疑われずに話を聞き出すか、志田と打ち合わせをする間もなかった。この怒濤《どとう》のペースに、少し慣れてきた気もする。

スーパーの袋を受け取り、傘もささずに堂々と玄関へ向かう坊主に、先回りした恭子が慌てて鍵を開けた。

「いやゃわ、そんなん全然聞いてへんかったもんで。せっかく来ていただいて申し訳ないですけど、今、主人いてないんです」

「なんですて……？　何時頃戻られます？」

「それが……」

恭子は化粧っ気のない頰に手を添え、眉をひそめた。妻として夫の行き先を把握していないことへの、体面を気にしたしかめ面に見えた。主人は一昨日《おととい》の夜からどこかへ出かけてる、今どき携帯も持っていないのだ、とばつが悪そうに詫《わ》びた。

「ちゅうことは、一之瀬さん、約束忘れてはるんかな……」

荷物を上がり框《がまち》に置き、志田はわざとらしく困り顔で考え込んだ。ペットボトルの入った段ボールが積み上がった狭い玄関は、沈香《じんこう》の匂いが染みついた墨染《すみぞ》めの図体一つにますます面積を狭めて、棚に置かれたフローラルの芳香剤もロココ趣味のビスクドールも、かえってよそよそしく霞《かす》んでしまう始末だった。

「ほんなら、しゃあない。奥さん、資料だけ置いてかせてもろてもええですか。ここでかましまへん、ちょっと説明させてください。ねえ宇野さん、そうさせてもらお」

「え、ええ、でも……――」

「心配せんでも、会長の髙松《たかまつ》さんの方にはわしからうまいこと言うておくから。あ、あかん。手土産《てみやげ》が車の中やった」

早口で言い捨て、一度クラウンに取って返した志田は、剝《む》き出しのまんまで申し訳ないけど、と伊勢丹《いせたん》の紙袋いっぱいのリンゴを恭子に手渡した。

対談を反故《ほご》にした落ち度は一之瀬側にあり、千秋はこのために四時間かけてやって来た設定。とどめに坊主から手土産まで差し出されてしまえば、すげなく門前払いするわけにもいかない。あれよあれよという感じで、和室の仏間に通された。

掃除もろくにしてへんもんで、と恭子がしきりに恐縮した通り、部屋に詰め込まれた唐《から》木《き》仏壇も桐《きり》の簞笥《たんす》も、どことなく埃《ほこり》っぽい。木彫りの熊とイタリアを描いた水彩画がちぐはぐで、その不調和な空間が居心地の悪さに繫がっているようだ。

「志田さん、いつの間に手土産なんて用意してたんです?」

恭子がリビングにいっている間、仏壇に手を合わせる志田の背後ににじり寄って、千秋は尋ねた。志田は長い数珠を手の中で弄《もてあそ》びながら、むにゃむにゃと答を返してくる。

「檀家からの布施や。なんぼなんでも家族五人じゃ食いきれんから、誰かにあげよ思ていつも車に入れてある。食い物は粗末にしたらあかん」

言っていることは立派なのだが、志田が言うと何だかうさんくさい。今もご本尊を拝むふりをしながら、隣の箪笥に飾ってある写真で一之瀬の顔を確認している。電気ストーブ一つで八畳間はなかなか暖まらず、千秋はウインドブレーカーを着たまま身を縮こまらせて座卓にかしこまった。資料を出しとかんかい、と振り返りもせず志田が畳みかけてくる。

「その背中のリュックはお飾りか。時任との打ち合わせだか何だかに使う紙っぺらが、何かしら入っとるやろ。先の先くらいまでは読まんと、菩薩《ぼさつ》さまも泣くで」

千秋が時任から事前に出された企画書のコピーを慌てて座卓に広げた時、急須《きゅうす》を載せた盆を手にして恭子が戻って来た。不意の来客で頰が強張《こわば》っている。

「ああ、そないに気をつかわんで下さい」

正座したまま器用に体の向きを変えた志田が、テンポ良く切り出した。

「一之瀬さんから伺《うかご》うたんですけど、奥さんは櫟本高校にお勤めやとか……。県内は、ずいぶん回りはったんですか」

「ええ、まあ、北部のおもだった所は」

社会科の教師で、おもに日本史を教えているという。普段は写真部の顧問をしているので、土曜が休みになったのは久しぶりらしい。

「御主人、心配でしょう」

「もう二日目やから心配は心配ですけど、仕事場にこもって家に帰らんこともよくあるし、趣味の方で〝調査〟とか何とかえらそうに言うて、泊まりがけで出かけることもあるから」

恭子が夫の趣味をあまり快く思っていないことは、眉間《みけん》の厳しさや強い語調でそうと分かった。夫婦の相性の問題か、自分の方が日本史のプロだという矜持《きょうじ》のせいか、あるいは今ここで主人の尻《しり》ぬぐいをしなければならない苛立《いらだ》ちのせいか。

千秋は緑茶をすすり、湯気の立つ茶碗《ちゃわん》で両手を温めながら、志田と恭子のやり取りを黙って観察することにした。

「ほんなら昨日、鉄工所の方には……？」

「朝、学校の方に従業員の人から電話もろて。工場《こうば》のシャッター開いてないって。主人は前の晩から帰ってへんし、仕方なく私が合鍵持って開けに行ったんです」

「せやったら、御主人は前の晩に仕事場から直接どっかへ行きはったんですか」

「たぶんね。言い出したら聞かん人やから。無理言うて相手のかたに迷惑かけてなければいいんやけど」

「何や、誰かと一緒やったんですか」志田がわずかに目を見開く。

「いえ、昨日工場に行った時、空き地に主人の車が停まってたから、別の人のに乗って行ったんやろなって、私が勝手にそう思っただけです」

「ああ、一之瀬さんの車。白のライトバンでしたね」

なぜ知っているのかと千秋は尋ねかけ、志田が鉄工所で反対側の空き地を回っていったことを思い出す。そこに停まっていた車種に違いない。まったく調子のいい男だ。

「職人さんは頑固一徹なくらいがちょうどええん違いますか。鍛冶屋さんやったのは、あちらのお父さんですか」

仏壇の遺影を示しながら、志田が柄《がら》にもなく穏やかに問う。

「ええ、義父はもとは兵庫の三木《みき》の人間でして。戦後、先々代と一緒にこっちへ移ってきたそうです。それで平成になってすぐの頃、鍛冶だけやと食べれへんて、うちの人が鉄工所に変えたんですて。まあ、鉄工所言うより、製作所の作業に近いんやと思います」

「三木言うたら金物の本場やないですか。なるほど、それでなんや。ちょっと小耳に挟んだんですけど、一之瀬さん、模造刀みたいなもんも作りはります？」

「ええ、最近は細々と……何やよう分からんけど、昔の刀も扱うようになったって。たぶん、戦国マニアの外国人がコレクションにしたり、アニメやゲーム好きの〝コスプレ〟の人が欲しがったりするからでしょうね。ネットで販売するんですて」

志田が千秋の方へさりげなく視線を流した。

「そう言うたらわしの甥《おい》っ子も、ちょっと前まで何とかレンジャーだの何とか仮面だのの武器をクリスマスに買《こ》うてくれて、うるさくせがんで来ましたわ」

「そら子供用のプラスチックのおもちゃでしょ。うちの人のはたぶん、もうちょっと本物らしい、大人用のです。合金使《つこ》うて……」

「刃《は》も入れてはるんですか？」

「恐らく飾り用やから、わざわざそんな手間はかけんと思いますよ。できんことはないみたいやけど」

自分がはっきりとは知らないことでも、恭子は相手が納得するように喋《しゃべ》る。千秋はそのさばさばした物言いに、中二の時の女性担任を思い出した。

「大変そうやなあ。模造刀にしても、刀剣を売り買いするには資格とか許可証とか要るんでしょ」

「私もそう思て聞いたことあるけど、必要ないみたいです。昔ながらの方法で、刀匠の人が作らはったほんまもんの日本刀なんかは、届け出して登録証もらわんといけないそうですけど。……まあ、鉄工所で模造刀作るてあまり聞いたことないけど、うちの人、変なとこ器用いうか、気に入るとすぐのめり込む性分やから……」

「なるほど、鍛冶屋の血が騒いだんやろね」

志田がどう考えているか、千秋にも分かった。一之瀬は恐らく、マニア向けに古代刀のレプリカも作っていた。時任はあのワニ刀の「客」だった可能性がある。一昨日の夜、時任は仕上がった刀を見に鉄工所まで行ったのではなかったか。

だが、その夜を境に時任も一之瀬も消えた。二人でどこかへ行ったとも考えられるが、時任は車を持っていないから、一之瀬のライトバンが置きっぱなしなのは変だ。

もう一つ。その日にワニ刀が仕上がったのなら、それがいつどこで血まみれになり、どういう経緯で時任の部屋に持ち込まれたか。やはり怪しいのは当日八時半頃、時任の部屋から出てきた女ということになるが、これもまた、なぜ、どういう理由で刀を置きに来たかが分からない。

結局のところ一番の問題は、誰があの刀で傷ついたのか、いまだ判らない点だ。

「時任修二《しゅうじ》て人の話を聞いたり、彼がこちらに尋ねてきたりしたことはありますか。わしと御主人の共通の友人なんやけど」

「存じ上げませんね」

「ほんなら、『マホロバ警備』てとこの人とお付き合いありますか」

「あっちは警備会社とは縁がないはずです。〝セコム〟してへんし」

法衣を着ているとはいえ、こんな得体の知れない強面《こわもて》相手に、恭子は防犯対策の有無までよく喋る。危機意識の欠如か、「坊主に悪人はいない」の威光か、相手のふところに潜《もぐ》り込むのが得意な志田個人の手柄か。

実際、志田が他人の心に踏み込むバランス感覚は見事なもので、「ピンクの軽に乗った若い女」との繋がりを無節操に尋ねたりしない。

「あの、私も一つ、いいですか」

千秋は遠慮がちに割り込み、『古代逍遥』の目次ページを開いて恭子の前に差し出した。

「この中に、知った名はありませんか」

ワニ刀は何本かまとめて作っていたかもしれない。そうだとすると、あの日は時任のほかにも古代マニアが鉄工所を訪れていた可能性もある。「客」がみな一之瀬と顔見知りなら、『古代逍遥』の中にいてもおかしくない。しかもそれが女性なら、「ピンクの軽」の疑いはずっと濃くなる。

「ああそれ、最新号のやね……」

意外なことに、唐突な質問だったにもかかわらず、恭子はそこで初めて頰を緩めた。

『古代逍遥』に視線を落とすやいなや、迷わず一つの名前を指し示す。

「この人。渡井隼人くん」

今度は千秋の頰が強張る番だった。絆創膏《ばんそうこう》を貼《は》った額の傷が、じんと熱を帯びる。志田の視線を痛いほど横面に浴びながら、千秋は恭子の話を聞き続けた。

「何や、この前主人にも偶然同じこと話したんです。製本前の『古代逍遥』の試し刷りが食卓に置いてあって、あら渡井くんやー言うたら、主人がなんで知ってるんか聞いてきて」

「何者です?」志田が千秋に代わって尋ねた。

「南都《なんと》高校の時の教え子なんです。〝くん〟、なんて言うても、二十年近く前のことやから、今はたぶん、三十七、八の立派な大人やね。確か、お父さんが塾を経営したはって。そのせいか本人も成績優秀で、難関て言われてる山城《やましろ》大学の日本史学科に入ったの。しばらくは年賀状くれて。当時も古代史を勉強してるて言うてたし」

そうそう、と昔を懐かしむように、恭子はもと教え子の思い出を紡《つむ》ぐ。

「一度そこの和爾下神社で会うたんやった。ちょうど今頃の時季やったかしら、卒論で使う言うて、大学の人たちと写真撮りに来てたの」

「せやけど、この『古代逍遥』の〝渡井隼人〟が同姓同名の別人てことは?」

「本人よ、きっと。住んでる所も、同じ三郷町《さんごうちょう》やから」

「どうして今現在の住所も分かりました」

「主人が編集委員やってますでしょ。会長の髙松さんが会員の住所録持っとるんで、私の話聞いた主人が興味本位で調べましてん。ほんまに、世間は狭いもんでね、驚きましたわ」

「御主人ご自身は、そもそも渡井隼人くんと面識が?」

「さあ、そういうのは知らんけど——」

恭子は自分の記憶を探るように視線を上げた。

「もしかすると、共通の知り合いがおるかもしれんて、ぶつぶつ言うてましたね。これもワニが結んだ縁やろか、って……」

「ワニが……」

どういう意味かは分からないと恭子は言い、もうそろそろ本題に入りましょうとばかりに話を切り上げた。

志田は千秋から説明用の企画書を取り上げ、何気なく室内をぐるりと見回した。

「ところで一之瀬さん、携帯持ってへんでしょ。パソコンは使えるんやろか。刀のネット販売て、どちらさんが請け負ってますの」

「はあ、確か会長の髙松さんが副業で……」

えっ、と声を漏らした千秋の耳に、「あの野郎」という志田の呟きが届いた。

3

櫟本《いちのもと》の一之瀬宅から、クラウンをすっ飛ばして二十分。

これまた本日二度目の古本屋『タカマツ堂』へ、志田と千秋は取り立て屋よろしく乗り込んだ。

「コラ、高松！」

巻き舌の効いた鋭い坊主の一喝に、本を眺めていた客が二人、そそくさと逃げていく。店主の高松は午前中と同じカウンターの奥で、心持ち顎《あご》を引いて身構えている。キャメルのコートとグリーンの革靴はそのままに、マフラー代わりの折五条を垂らした法衣姿の志田は、いっそう抹香《まっこう》くさい悪趣味っぷりを店内にまき散らして凄《すご》んだ。

「刀剣売買のこと、なんで黙っとった。古代刀のレプリカ、一之瀬に作らせて売ってるてな話、わしは聞いとらんかったで」

「な、何やいきなり……」

志田の詰問調に、高松は赤いセルフレームの眼鏡を直して、歯切れ悪く言い返した。

「僕も一之瀬さんも、別に違法なことしてるわけやない。時任さん探してるあんたに、わざわざ僕の副業のこと言う必要もないでしょ」

「ほお、わしが聞かんかったから言わんかったと」

相手の言質《げんち》を取るような言い回しは、やくざ以外の何物でもない。考えれば、イチャモンをつけられた高松もかわいそうだと、千秋は密《ひそ》かに同情した。

「さっきここへ来た時、わしは確かに、時任と失踪したほかの二人に接点があったかどうかて聞いたで。そん時あんた、古代刀の話は一言もせえへんかった。――東大寺山古墳の鉄刀レプリカ、時任が注文したんは分かっとるんやで」

まだ推測にしか過ぎないことを、志田はすでに判明した事実として堂々と言い放つ。案の定、反論しようとした高松は、ただ間抜けに口を開け閉めした。

「何で知ってるん……」

「よう覚えとけ。お坊さんは千里眼の地獄耳や。一昨日、時任がここへ立ち寄ったんも、『古代逍遥』の話違《ちゃ》うやろ。あんたにとって都合の悪いことやったからこそ、わしらに黙ってたんと違うんかい」

「と、時任さんが、僕を通さないで一之瀬さんからじかに刀を買いたいって言うもんやから、ちょっともめただけや……」

なるほど、マージンだか仲介料だかの話で言い合いになったらしい。恐らく時任と一之瀬は、高松を間に挟むのは馬鹿らしいと考えたのだろう。一之瀬はそういう魂胆もあり、時任のアパートに直接連絡を入れたのだ。

冷静に考えてみると、安くないお金を出して古代刀のレプリカを買うというのは、千秋には理解しがたいものがある。とはいえ、盆栽もマイケル・ジャクソンの遺品も同じ、その世界でしか通用しない価値もあるのだろう。

「このご時世、古代史関連の古本だけ売って、暮らしてけるわけないでしょ。刀にしたって、そら作る人だって大変やろうけど、客探して手間かけて売ってるんは僕です。一之瀬さんだけやなくて、時任さんまで連絡つかへんようになったて聞いて、とうとう二人が結託して僕を無視するつもりやないかて思ったんです」

口角泡飛ばして、高松は自己弁護を決め込む。

「それに、金の話だけやない。東大寺山古墳の鉄刀レプリカは、来年の三月まで販売延期にするつもりやったんです。ほかのお客さんには、それで納得してもらいました。時任さんだけ勝手されても困る」

「延期？　何か問題でも起きたんか」

「商売上の理由です。今、あの刀が出回ると困る人たちがいるんです。あんたとはほんまに関係ないことですから、話すつもりはありません」

あんなワニ刀が出回って困るとは、一体どういう人たちなのだろう。千秋は数秒考えてみたものの、さっぱり分からなかった。

「仕事があるんで、もういいでしょ。二人がどこ行ったんか、僕はほんまに知らんし」

縞柄のエプロンをいじくり、高松は「早く帰れ」とばかりにそっぽを向いたが、志田はめげずに図々しく質問を重ねた。

「一昨日来た時、時任はチャリやったか」

「いつもそうでしょ」

「一之瀬は時任のほかに誰かに会うてな話はしてへんかったか」

「してへん」

「ほかに刀を注文した客の中に、〝渡井隼人〟は入っとるか」

「入ってへん」

「『マホロバ警備』て会社に心当たりは」

「何の話してるんや、あんた！　警察呼びますよ」

腹に据えかねた髙松が真っ赤な顔で怒鳴り、焦った千秋は志田を引っ張って古本屋を出ることにした。髙松の所で粘っても、これ以上収穫は望めないだろう。刀の素性が明らかになっただけでも、良しとしなければならない。

外に出ると辺りはすっかり暗くなっており、雨上がりの濡れたアスファルトに街灯が反射してぎらぎらと光っていた。「寺時間」と言われる古都の夜は早く、閉店準備を始めた土産物屋もあちこちに見受けられる。

「私、この辺で失礼します」

さしあたって今日中にできることもなく、千秋はチェックインを済ませるため三条通《さんじょうどおり》のホテルへ向かうことにした。志田はわざわざホテルの前までついて来ると、宿泊先を押さえて人質を取ったような笑い方をした。巷《ちまた》では「お坊さん合コン」が人気だと聞いたことがあるが、この男は絶対に嫌われるタイプだ。千秋は内心で悪態をつき、大人の対応として一日世話になったと礼を述べたら、志田は単純に気をよくした。

「ほな、お休み。奈良は神仏に守られた土地や。ぐっすり眠って、ええ夢見るんやで」

千秋はそれから二時間ばかり、まだ開いている雑貨屋や、興福寺《こうふくじ》の五重塔を背景にした猿沢池《さるさわのいけ》などを見るともなく見て回り、胃にも優しい奈良名物の茶粥御膳《ちゃがゆごぜん》を味わって、冷え切った心身を温めた。

その間、今日起こったことは、努めて考えないようにした。

午後八時七分。ホテルの部屋に戻った途端、どっと疲れが出た。起床してから十五時間、気を張って行動し続けたせいだけではない。志田の毒気と、血腥《ちなまぐさ》い展開と、過去の記憶にやられたのだ。

バスタブに湯を張ってゆっくり浸《つ》かり、明日の着替えも用意して仕度は完了。ベッドにもたれかかり、リュックの中身を一つ一つ出していった。

ラメの入った黄色いカセットテープ。再生するための四角いポータブルプレーヤー。十六年前に四宮教授が行った、講演会のちらし。今年の春の滋賀《しが》新聞のコピー。

千秋はその中から滋賀新聞のコピーを取り上げ、恐らく取り立てて珍しくもない小さなニュースを読み返した。

《琵琶湖《びわこ》で白骨遺体の一部》

○十二日午前十一時ごろ、滋賀県大津市和邇《わに》中浜からおよそ一キロ離れた琵琶湖で、白骨化した遺体の一部を、琵琶湖調査に来ていた男性（34）が発見した。大津北警察署によると、年齢・性別は不明。黄色っぽい衣服で、長いチェーンのついた小型の懐中電灯を所持していた。

文面はすべて覚えたと思っていたが、改めて見直してみると、ここにも「和邇」の名があるのに驚いた。

やはりワニに導かれている思いを強くしながら、千秋は父の輝之《てるゆき》の書斎でこの記事を見つけた時のことを思い返した。本棚から掃除機の取扱説明書を借りようと引っ張り出したら、ファイルが一緒に落ちてきた。ちょうど開いた箇所に、この記事と講演会のちらしが入っていたのだった。

輝之がこの新聞記事を書斎に隠し持っていたのは、娘の心に波風を立てたくなかったからか、それとも、余計なことを報《しら》せて再び赤の他人に戻ってしまうのが嫌だったからか。千

十四年前、母の靖子《やすこ》は輝之と再婚し、千秋と三人で世田谷の家に住むことになった。千秋が中学入学を控えた、春休みのことだ。

陽当《ひあ》たりのいい4LDKは、リビングだけでもゆうに二十畳。広々したテラスと洒落《しやれ》た中庭付きの豪邸は、それまで住んでいた団地とは雲泥の差で、母さんはずいぶん年を食ったシンデレラだと、千秋はどこか斜に構えた態度で新しい「我が家」に足を踏み入れたの

だ。

実際、その時母はすでに四十五歳。辛労で面やつれした子連れの中年女が、同じくバツイチとはいえ輝之のような男と人生の再スタートを切ることができたのは、ひとえに輝之が学生時代に母に片思いをしていたという、極めてロマンチックな理由によるものだった。

男は、様変わりした女の上に、自分が恋をした時のままの美しい幻影を重ねられるものらしい。離婚訴訟の相談に乗っているうち自然と仲が深まって、僕と一緒にやり直さないかと輝之の方から切り出したそうだ。

お母さんは勝手だ――。

千秋は当時、そんなことばかり思っていた。お母さんは身勝手だ。今までのことを忘れ、自分一人だけ幸せになろうとしている。自分だけがぴかぴかの、真新しい生活を手に入れようとしている――。

正直に言えば、今もまだ少しそう思う。けれども、今となっては母の気持ちも分からないではなかったし、母もまた十六年前の出来事をずっと引きずってきたのだと知って以来、乳ガンで逝《い》った故人のことを責め続ける気は失《う》せてしまった。

だが、真っさらな部屋と初めての制服に直面した十二歳の千秋は、そうやって醒《さ》めた眼《まな》差《ざ》しで実の母を見つめなければ、立て続けに起こった環境の変化を受け止めきれなかったのだと思う。

多感な年頃と言ってしまえばそれまでのことだったが、輝之のことを「お父さん」と呼ぶのに二年かかり、わざと困らせるようなこともした。垢抜《あかぬ》けたクラスメートの中、自分の地方訛《なま》りに何となく引け目を感じて、内向的な性格に拍車がかかったのもこの頃だ。一度、塾へ行く途中立ち寄ったコンビニで万引きをし、補導されたことがある。迎えに来たのは仕事帰りの輝之で、「弁護士のくせに娘のしつけもできない」という筋違いの嫌味を浴びながら平謝りに謝った後、千秋が頼んでもいないのに、ファミレスで苺《いちご》パフェとクリームソーダを注文した。ずいぶん定番の父娘像を押しつけてくるなと思っていたら、

――三年。いや、一年でいい。僕の家族ごっこにつき合ってくれないか。

輝之は示談の交渉をするような大まじめな顔つきでそう言った。僕がお父さん役、君が娘役。ごっこだから頑張らなくていい。好きな風に演じてくれてかまわない。どうだろうか――。

なるほど、ここはオセロの白黒が反転した異世界なのだと、その時千秋は考えた。あの古びた団地で「家族」とともに暮らしていた過去と、今こうして死ぬほど甘い苺パフェを食べている自分とは、直接的に繋がってはいないのだと。

それならば、ごっこでも偽装でも仮面でもかまわない。ずっと続くと信じていた面が突然ひっくり返ってしまう不安に比べれば、たとえどれほどの張りぼてでも、こちらの世界を維持していく方がいい。

だから千秋は答えたのだ。いいよ、お父さん――。

あのファミレスの夜から十年以上が経った今も、お互い「役」を降りていない。三年前に母が死んでから、役づくりにいっそう磨きがかかるようになった。今では、一生このままでいければいいと思っている。現在の自分に繋がるのは、あくまで輝之と暮らし始めた中一の春なのだから。

だが今、千秋はオセロの裏側をのぞこうとしている。

千数百年の時間がそこら中に落ちているこの奈良で、悲しかった昔の出来事を見直そうとする行為は、また表面《おもて》がひっくり返りそうで恐ろしくて仕方がない。だがこのまま見て見ない振りをすることもできない以上、受け身で待つよりはと、とてつもなく勇気の要る一歩を踏み出した。

そうだ。すべては、明日――。

記事とカセットテープをリュックにしまい、それから十五分ばかり読書をすると、千秋は十一時を待たずシーツの間に潜り込んだ。いつもより少しだけ寝坊しようと決めて、目覚ましを七時半にセットする。

長い一日だった。時任と会うため奈良へ来て、連絡が取れず探すはめになり、坊主なのにボーズではない悪趣味な男と出会い、古本屋へ行って〝渡井隼人〟の名にひっくり返り、必要以上にワニ氏を知り、泥棒まがいの侵入で血まみれの刀を見つけ、そこからくだんの和爾と一之瀬の自宅へ――。

目を閉じると、すぐに睡魔が襲ってきた。瞼の裏で、盆地を抱く連山の気配を色濃く感じる。一体この場所でいくつの出会いと別れがあり、どれほどの祈りと絶望が繰り返されてきたのだろうと、うつらうつら考えた。

――やまとは　国のまほろば　たたなづく　青垣　山ごもれる　やまとしうるはし

千秋にはヤマトタケルの血を吐くような望郷の念は分からなかったが、奈良には人を過去に立ち返らせる力が確かにあり、そして過ぎ去った昔というものは、良かれ悪《あ》しかれ人の感情を強く揺さぶるのだ。

――奈良は神仏に守られた土地や。ぐっすり眠って、ええ夢見るんやで。

感傷に引きずられ、小学生まで住んでいた川の近くの町を思い出す。西側に山が迫った県境の土地だったが、不思議と暗い感じはなかった。たぶん風の通りが良かったのだろうと今になって思えるのは、近所に風神を祀《まつ》った大社があったからだ。

見事なほど木々の映える場所だった。満開の桜、眩《まぶ》しい緑、燃え立つ紅葉――。

あの頃すでに実父は経営難に陥っており、夫婦仲はいつ破綻《はたん》してもおかしくない状態だったけれど、少なくともふうふう息を弾ませて家までの坂を駆け上がっていた小学生にとっては、とりたてて意識するほどの不幸ではなかった。

赤いランドセルを背負い、傘を差した千秋は走って走って後ろを振り返る。下からコンビニの袋をぶら下げた青年が、ゆっくりと坂を上ってくる。

——千秋、そんなに走ってどうするん。

——だって急いで家に帰らな、一緒におやつ食べる暇ないやんか。

——僕は正月にまた戻って来る言うたやろ。

その時なんと返したか、忘れてしまった。

ただ、黄色いダッフルコートを着て笑うその人に、千秋はもう一度逢《あ》いたいと思った。


翌朝七時、ナイトテーブルに置いておいたスマホが突如震えた。

寝ぼけたまま出てみると、「おはようさん！」と朝から無駄に元気な志田の挨拶《あいさつ》が耳に飛び込み、その後ろで「ひらパー、ひらパー！」と遊園地の略名を連呼する子供の声が混じった。そう言えば五人家族と言っていたが、志田が指輪をしていた覚えはないから、家族構成がどうなっているのかよく分からない。

起き抜けでまったく頭が働かない千秋をよそに、志田は「黙らんかい、電話中や！」と子供に一声、「とにかく、今すぐテレビ見てみい」とこちらへ続けた。

リモコンを探してうろうろし、指示通りのチャンネルに合わせると、見覚えのある風景が映し出された。昨日、志田が着替えのために立ち寄った公園だ。竹林に囲まれた池のそばで、リポーターが早口に喋っている。その言葉の意味を理解するより早く、テロップの文字に千秋は目を剝《む》いた。

《公園池で男性の刺殺体発見》

——奈良県天理市櫟本町の公園で、今日未明、鉄工所社長・一之瀬浩三さん(62)が池に浮いているのを、十代の少年たちが発見しました。遺体は複数回鋭い刃物で刺されており、警察は殺人事件として捜査を進めています……。

一之瀬浩三が死んでいた。

なかば予期していたにもかかわらず、改めて突きつけられた事実に気分が悪くなる。鋭利な刃物が生身の肉体に刺さり、臓腑《ぞうふ》を貫き、骨を断って一つの命を奪った圧倒的な禍々《まがまが》しさが、感じるはずのない臭気をともなって千秋の鼻に届いた。

ニュースを見るまでは、血まみれの刀を見てもまだ絵空事の感じがあった。あの琵琶湖で発見された白骨遺体と同じように、人の死は明るみに出ることで初めて成立するのだ。失踪したまま見つからなければ、その人はまだ生きていると周囲が信じ続けられるからだ。

大丈夫か、と電話の向こうで声がした。いかにも人の死を扱い慣れている坊主の、神妙な落ち着きようだった。

「時任さんは、どうなったんでしょう……」

——わしが思うに、時任は生きとるし、犯人でもないで。

確信的な様子で、志田は続ける。

――じつは十三日の夜、八時五分前に時任はわしに電話してんねん。それも、公衆電話からな。通夜《つや》の最中で出られへんかったけど。留守電に〝僕は殺してへん〟てだけメッセージが入ってた。

「……そういう大事なこと、どうしてすぐに教えてくれなかったんです」

あんたが信用ならんからやないか、と間髪容《い》れずに答が返ってきた。今教えてくれる気になったということは、少しは警戒を解いてくれたということか。

――ええか、宇野さん。時任が犯人とすると、無理がある。十三日、時任は六時半頃まで『タカマツ堂』におった。ほんで、そっから脇目もふらずすぐに和爾へ向かったとして、鉄工所にせよ公園にせよ、すっ飛ばしても到着は七時半前後。一之瀬の殺害現場がほんまはどこか知らんけど、チャリで死体は運ばれへんから、仮に池のとこで会ってすぐに殺して、刀抜いて死体沈めて、どういうわけかわしに公衆電話で連絡しようと思い立つ。今どき、公衆電話やで。

お経のように淀《よど》みない志田の理屈に、千秋は聞き入った。

――公衆電話がありそうな場所なんて、いくらも思いつかんやろ。そもそも設置場所自体が少ない。となると、あの公園から一番近くて、誰でもすぐに思いつく、公衆電話のありそうな場所言うたら、一キロちょっと離れた櫟本駅しかあれへんがな。チャリでも十分弱。八時五分前に電話は、きついやろ。

「確かに……」

――まあ、ものすっごいスピードやったらできるかも分からんけど、時任が犯人だと考えると、なんで一之瀬と鉄工所やなくて公園の方で会ったんか、なんで殺害後わしにわざわざ公衆電話から電話をよこしたんか、意味が分からん。しかも、刀はまだ未納の段階やった。刺したまんまの方が、証拠を持ち帰るよりずっと安全や。

「凶器自体を判明させたくなかったのかもしれませんよ」

時任が犯人とは信じていなかったが、可能性をつぶすために千秋は言った。

――あの刃先、折れとったの覚えとるか。わし、あの鉄刀の実測図が載っとる本持ってんねんけどな。

「実測図？」

――発掘した遺物を計測して正確な図にしたもんや。……分からん単語いちいち聞かんと、想像力とフィーリングでごまかさんかい。話進まんやろが。

「すいません」謝る道理はないと思ったが、口答えするとうるさそうなので折れた。

――とにかくあの刀はな、棟のとこに銘文が刻まれとる。文面は推測部分入れて、〝中平□年五月丙午造作支刀百練清剛上応星宿下辟不祥〟。折れた刃先の長さを考えると、少なくとも冒頭の〝中〟の字の部分がホトケさんの体内に入っとる寸法や。

「それが、時任さんの潔白と何の関係が？」

──棟に〝中〟の字が入った刀がどこにある。警察はアホやないで。刃先が発見されたが最後、すぐに髙松やら顧客の時任やらに行き着く。あれよあれよという間に家宅捜索でもされてみい、部屋から凶器が出て、一発で終《しま》いや。

そうなると、あの部屋に刀があったことは何を意味するのか。考える前に、別の疑問が湧いた。

「でも、時任さんが一之瀬さんを殺したのでないとしたら、どうしてすぐ警察を呼ばなかったんです？〝殺してない〟と言ったのなら、少なくとも一之瀬さんが死んでいるのは知っていたんでしょう？　殺してないけどその場にいたってことは……共犯てことですか？　だから逃げてるんでしょうか？」

──分からんけど、そこから推測できることは三つ。一つは、一之瀬を殺した奴は、時任の顔見知りかもしれんということ。二つ目は、あの刀の存在によって時任が否応もなく事件に巻き込まれたということ。ほんで三つ目は、もし時任がスマホを現場近くに落として来たんやとしたら、……最悪の場合、時任が真っ先に疑われるということや。

志田の声を呆然《ほうぜん》と聞きながら、千秋はカーテンを開ける。

古都には今日も、細かな雨が降っていた。

三章　宇治のプリンスと蟹の行く道

1

長い宇治橋《うじばし》が目に入った途端、清冽《せいれつ》な川音が千秋《ちあき》の耳を洗った。

志田《しだ》との電話を終えた千秋は、JR奈良《なら》駅から急ぎ京都の宇治へ向かったのだった。時任《とき》のことも、ワニとの関係のこともちろん気になったが、そちらは志田が調べ続けるだろうし、事が本格的な殺人事件にまで発展してしまった以上、今日はひとまず四宮《しのみや》教授一本に絞った方がいいと判断したからだった。

講演会は宇治川の右岸、四宮教授が顧問を務める『山城《やましろ》考古学研究所附属博物館』のホールで行われる。開演は二時。チケットはないが、受付で時任の名前を出せば入れてもらえるかもしれないし、いずれにせよ駄目でもともと、とにかく行ってみるしか千秋に残された手はなかった。

マフラーに顎《あご》を埋《うず》め、車の往来も激しい橋の西詰めまで来ると、冴《さ》え冴《ざ》えとした川風がむき出しの頬《ほお》に突き刺さった。ゆうに百五十メートルはある広い川幅にもかかわらず、早瀬が白い光を放っている。

南北に流れる宇治川は町のシンボルともいえ、源氏《げんじ》物語の「宇治十帖《じょう》」、平家物語の「宇治川の先陣」、百人一首の「朝ぼらけ宇治の川霧たえだえに……」などの舞台として、古来より多くの史書や物語、和歌にその名を刻み続けてきた。

琵琶湖《びわこ》の水は瀬田川《せたがわ》に出、宇治川と名を変え、途中で桂川《かつらがわ》・木津川《きづがわ》と合流した後《のち》、淀川《よどがわ》となって大阪湾にそそぐ。山間《やまあい》を流れてきた水がふいに開けるのがこの宇治の地で、景観はまさに風光明媚《めいび》、山紫《さんし》水明《すいめい》、平安時代には貴族の別荘地として大いに賑《にぎ》わったらしい。

だが、貴族《マロ》の前にはワニがいたのだ――。

世界遺産の平等院《びょうどういん》へ向かう観光客に逆行するように、千秋は博物館のある東側へと歩いて行きながら、昨日の志田のウンチクを思い出していた。ワニ氏の〝縄張り《シマ》〟が、おもに四つの地域にあったという話だ。

一に奈良盆地の東北部。二に京都の宇治。三に京都の愛宕《おたぎ》。四に滋賀《しが》の琵琶湖西岸。

昨日は奈良盆地東北部の和爾《わに》へ行って、今日は宇治。つまり千秋は、ワニの地からワニの地へ移動したことになる。

とはいえ、《世界遺産と宇治茶と源氏物語の町》に、今やワニ氏の気配はない。

橋の中ほどまで一気に歩いた千秋は、川風にあおられる霧雨に傘を傾けながら、駅前の観光案内所でもらったイラストマップに目を落とした。まだ九時になったばかりで、時間は十分すぎるくらいある。ここから回れ右をして左岸の平等院へ行く手もあったが、このテンションで定番の名所を訪れるのは、何となくためらわれた。

ふと目を上げると、上流の中洲《なかす》と両岸を結ぶようにして橋が架かっている。その朱色に妙に惹《ひ》きつけられ、千秋は気の向くままそちらへ足を伸ばすことにした。

右岸沿いを上流へ歩くこと四百メートル。

宇治川と平等院を望む橋のたもとにあったのは、大きな楠《くすのき》と狛犬《こまいぬ》に守られた朱《あか》い鳥居だった。パネルに「宇治神社」とある。

手持ちのイラストマップには、よく似た名の世界遺産「宇治上神社」がでかでかと近くに描いてあるが、こちらの「宇治神社」はあくまで小さく控えめ。その慎ましさが琴線《きんせん》に触れて、千秋は導かれるようにして人気《ひとけ》のない参道を進んで行った。

途中、階段のところで再びの説明パネルにぶつかる。

《宇治郷の産土神《うぶすな》で、古墳時代の皇子《みこ》・菟道稚郎子（ウジノワキイラツコ）が祭神》

菟道稚郎子――。

どこかで見た字面の気がして記憶の糸をたぐった結果、千秋は小さく声を上げた。

『古代逍遥《しょうよう》』に載っていた、〝渡井《わたい》隼人《はやと》〟の論文タイトルだ。

○菟道稚郎子伝承の成立と淀川水系の掌握について

なんと、この神社はワニ氏に関《かか》わりがあるのだ――。

凜《りん》とした水と風の匂《にお》いに包まれた境内《けいだい》を一回り、四宮教授との対面を無事終えられるようにと本殿で願かけした後、千秋はほかの参拝客がいないのを確かめて、お守りの授与所へ立ち寄った。

「本日はようこそお参りくださいました」

四十前後の優しそうな神主さんが応対してくれる。昨日一日、毒々しいファッションの俗僧を見続けたせいか、白い単《ひとえ》がひどく清らかに映った。

「ちょっとお聞きしたいのですが……。こちらのご祭神とワニ氏には、どんな関係があるんでしょう」

神主さんは一瞬意外そうに目を丸くしたが、快く返してくれた。

「菟道稚郎子《うじのわきいらつこ》は、お父さんが応神《おうじん》天皇、お母さんがワニ氏の皇子です。ここら辺一帯は、ワニ氏のテリトリーでしたから。この神社の辺りに、皇子の宮があったそうです」

その後、時代が下って神格化されたらしい。皇子は百済《くだら》の王仁《わに》博士から儒教を学び、非常に聡明だったことから、特に学業や受験合格にご利益があるのだそうだ。

「ちなみに、蟹《かに》の歌ってご存じです？　応神天皇が、宇治の木幡《こはた》にやって来た時、ワニ氏の娘さんを見初めて歌ったラブソングです。『古事記』に載ってる」

「……ワニなのに、カニ？」

とまどった千秋に神主さんは笑って、祝詞《のりと》を上げるように朗々と古歌を暗誦《あんしょう》した。

この蟹や　何処《いづく》の蟹　百伝《ももづた》ふ　角鹿《つぬが》の蟹　横去らふ　何処《いづく》に到る
伊知遅島《いちぢしま》　美島《みしま》に著《と》き　鳰鳥《みほどり》の　潜《かづ》き息づき　しなだゆふ　佐佐那美路《ささなみぢ》を
すくすくと　我が行ませばや　木幡《こはた》の道に　遇《あ》はしし嬢子《をとめ》　後姿《うしろで》は　小楯《をだて》ろかも
歯並《はな》みは　椎菱《しひひし》如《な》す　櫟井《いちひゐ》の　丸邇《わにさ》坂の土《に》を　初土《はつに》は　膚赤《はだあか》らけみ　底土《しはに》は　丹黒《にぐろ》き故《ゆゑ》
三つ栗《ぐり》の　その中つ土《に》を　かぶつく　真火《まひ》には　当《あ》てず　眉画《まよが》き　濃《こ》に画き垂れ
遇《あ》はしし女人《をみな》　かもがと　我《わ》が見し子ら　かくもがと
我《あ》が見し子に　うたたけだに　対《むか》ひ居《を》るかも　い添ひ居《を》るかも

「歌の内容自体は娘さんの美しさを讃《たた》えるものなのですが、ここに出てくる地名がワニ氏の部曲《かきべ》——ワニ部に重なると研究者は言うんですね。まず角鹿というのは、今の福井県の敦賀《つるが》です。歌中の蟹はそこから琵琶湖の西岸、宇治の木幡を経て、奈良の〝櫟井《いちい》〟……今の櫟本《いちのもと》町のワニ坂までやって来ます。同様にワニ氏もまた、日本海から琵琶湖、当時存在していた巨椋《おぐら》池、宇治川、木津川を含む奈良の和爾までの重要拠点を押さえていたのだと考えられています」

「つまり、ワニ氏は水の道を広範囲に押さえていたわけなんですね」

水の道こそ古代国家の大動脈だと語ったタクシー運転手を思い出し、千秋は改めてワニ氏の勢力の大きさを知ると同時に、その氏族が持つ「水」の属性に興味を覚えた。

「ともあれ、そうして応神天皇とワニ氏の娘さんの間に生まれたのが、ここのご祭神・菟道稚郎子というわけです。宇治は昔〝菟道《うじ》〟とも書かれていましたし、〝稚〟は年齢が若いということで、まあ、現代風に言うなら、〝宇治の若プリンス〟という所でしょうか」

「では、宇治上神社の御祭神も同じプリンスですか？」

「あちらには三柱いらっしゃいます。菟道稚郎子と、父の応神天皇と、それから異母兄の仁徳《にんとく》天皇です。ほら、日本一大きな前方後円墳で有名な、あの仁徳天皇ですよ」

「じゃあ、ロイヤルファミリーですね」

「――そもそも菟道稚郎子は、兄の仁徳天皇を帝位に就けるために自殺したんです」

神主さんは、笑顔で衝撃的なことをさらりと言う。

曰《いわ》く、菟道稚郎子は末っ子だったが、応神天皇にいたく愛され、次期帝位継承者に任命された。ところが儒教の教えを大切にする若きプリンスは、兄の仁徳こそ先に帝位に就くべきだと主張。父の遺志を守ろうとする仁徳と帝位を譲り合った結果、天皇不在の期間が三年も続いてしまった。

これでは世が乱れると危ぶんだ菟道稚郎子は、兄のためにみずから命を絶った――。それが本当なら、ずいぶん悲しい美談だ。

堅苦しい雰囲気を拭《ぬぐ》おうとしたのか、そこで神主さんは話題を変えた。

「ご旅行なら、旅の記念にお一ついかがです？　みかえりうさぎおみくじ」

振り返ったポーズをした素焼きの白兎《しろうさぎ》が十数羽、つぶらな赤い眼《め》で千秋を見上げてくる。

菟道稚郎子が道に迷った時、うさぎが振り返りつつ正しい場所へ案内したという故事にちなんだ、可愛《かわい》いおみくじだ。

「それじゃあ、せっかくなので……」

一つ選んで手に取った。うさぎの底の穴から赤い紐《ひも》が伸びており、それを引っ張ると中に入ったおみくじが引き出されるらしい。

みかえりうさぎさま、どうか良い方向へお導きください――。

作戦の成功を願ってさっそく引いてみたが、紐へくの字にかかっているおみくじが、なかなか穴から出てこない。「もうちょっと強めにやってみたら」という神主さんの助言に従い、力任せに引っ張った途端、外へ引きずり出されたおみくじが、ブーメランのようにどこかへすっ飛んだ。「あっ」

先に慌てたのは、人のいい神主さんの方だった。授与所を飛び出し、赤い紐とうさぎを持って立ちすくむ千秋の周囲を探し回りながら、「こ、こら前代未聞や」と小雨に衣を濡《ぬ》らしてうろたえる。

幸先《さいさき》が悪い。買ってもらったばかりのアイスクリーム・ダブルを、一度もなめないうちに地面へ落とした悲しみを思い出した千秋は、「もういいです……」と暗い声で呟《つぶや》いたが、神主さんは聞いていなかった。

「あっ、ちょうどええ所に。権藤《ごんどう》さん、権藤さん！」

境内に上ってきた五十がらみの大柄なおばちゃんが、神主さんに呼ばれて大股《おおまた》で近づいてきた。目も鼻も口もすべて大ぶりなので、髪の長いおじちゃんに見える。おおかた近所の人なのだろう、お互いくだけた口調だった。

「この人のおみくじがどっかに消えはって」

「羽生えて飛んでったんやないの」

「面目ない。僕の監督不行届です」

それから三人で探し回ってもおみくじは見つからず、権藤さんは狆《ちん》に似たぐりぐりの大目玉をさらに剝《む》いて、「こうなったら、宝くじでも買いなさい！」と千秋を慰めた。

うさぎにも見放された――。

もう一つあげるという神主さんの勧めを断り、千秋は背中を丸めて宇治神社を後にした。

消沈したまま、博物館へ向かう閑静な小道を五十メートルばかり進んだところで、背後から呼び止められた。振り向くと、神主さんが息せき切って追いかけてくる。

「もしかして、博物館に行かはります？」

「ええ。四宮教授の講演会を聞きにきたんですけど、まだずいぶん時間があるから、先に展示でも見ようかなって……」

「さっきの権藤さん、近所の茶屋のかたなんですけど、週二で博物館の受付やったはるんです。それでさっき、来年一月から始まる次回の特別展のちらしと招待券、何枚かうちに持ってきはって……。もしご興味があったらと思いまして」

肩で息をつきながら言う神主さんの親切に感謝して、差し出されたちらしに目を落とした千秋は、そこで再び息を呑《の》んだ。

水紋を背景に、前方後円墳と錆《さび》の浮いた鉄刀、そして大きくタイトルが一つ。

『ワニ展――瀬瀬《せぜ》に消えた豪族の実像』

裏側には「京都、奈良、滋賀の一府二県にわたるワニ氏の軌跡を、多数の出土品やパネルで紹介し、謎《なぞ》に包まれた大豪族の実像に迫る」と展示内容が写真入りで説明されている。

またワニ氏だ。

目が泳いだ千秋の動揺を、ありがた迷惑だと誤解したらしい神主さんは、「まあ、もしまたこちらに来られることがあれば」と言葉を濁し、急いで戻って行ってしまった。

千秋は雨の小道を遠ざかる水色の袴《はかま》を呆然《ぼうぜん》と眺めながら、もう一つ付け加わった〝ワニ〟の意味について考えた。

この特別展の開催は、一之瀬《いちのせ》の殺害や時任の失踪《しっそう》と何らかの関係があるのだろうか。なぜ行く先々、事件の関係者の周囲にワニ氏が出てくるのだろう。

ふいに時任のことが案じられ、答を求めるようにネットのニュースを確認してみたが、ホテルで見たテレビ以上の情報はなかった。

時任は大丈夫なのか。問題は、警察がどれだけ早くワニ刀のレプリカに気づくかだ。それ以前に、志田の推測通り時任が現場近くにスマホを落としてきたのだとしたら、真っ先に容疑者候補に挙がってしまうだろう。

無実の人間が犯人だと間違えられたら、どうやって警察に潔白を証明するのか。

父の輝之《てるゆき》に聞いてみようと思ったが、出張で金沢にいるのだと嘘《うそ》をついた手前、気がひけた。今朝もJR奈良駅前の広場で輝之から連絡が入り、千秋は行ったこともない兼六園《けんろくえん》の良さをしどろもどろに語って、後ろを通る中国人旅行客の甲高いおしゃべりに遮られたのをいいことに、そそくさと通話を終えたのだ。

電話と言えば――。

千秋の思考はそこで再び時任に戻り、悶々《もんもん》と自問を繰り返した。

時任は本当にまだ生きているのか。生きているとしたら、一度は志田に電話しておきながら、どうして再び連絡を取ろうとしないのか。本職は地元広報誌のカメラマンだそうだが、仕事先は変に思わないのか。

聞けば、時任は母子家庭に育ち、高校卒業後に地元奈良の印刷会社に就職した。会社は地域貢献の一環として広報誌の出版も手がけており、その編集部門で働くことになった時任は、少数のスタッフ陣で切り回すすべての仕事を学んだ。中でも撮影には熱が入り、仕事を通して培《つちか》った人脈と古代愛を生かして、三十歳を目前にした時めでたくフリーのカメラマンとして独立したのだった。

失踪して数日、今はまだ大丈夫だとしても、すぐに仕事に影響が出るだろう。

何より、千秋に時任を紹介してくれた『アカシック』の下條亜佐美《しもじょうあさみ》も困るはずだ。次号では土子《ツチノコ》雄馬《UMA》と組んで、〝夢のツートップ共演〟を企画しているのだと言っていた。時任のもっともらしい説得力と、土子のうさんくさい想像力を掛け合わせて、古代海神族が張り巡らした北斗七星の図柄を、近畿《きんき》の地図上に浮かび上がらせるのだそうだ。

今になって、下條亜佐美の時任評がとても的を射ていたと痛感する。

――母性本能をくすぐるタイプ。さもなければ、とことんいじめ倒したくなるタイプ。

あの不安げな垂れ目と、朴訥《ぼくとつ》なたたずまいと、不器用な熱心さが裏目に出て、時任は何者かに利用されたに違いない。千秋とて、時任は本命に近づくための手段だった。何の打算もなく時任を案じているのは、自称〝お友達〟の志田だけだ。

時任、一之瀬、〝渡井隼人〟。そして四宮教授が顧問を務める博物館。それぞれ繋《つな》がっているのか、無関係なのか。分かっているのは、その背後にみな〝ワニ〟が絡んでいることだけだ。

増えていく疑問に気圧《けお》されたせいか、博物館に向かうにつれ、気分が下降し始めた。不安の泡が腹の奥から次々と湧《わ》き出し、喉元《のどもと》を塞《ふさ》ぐ。変調は心身の両方に影響を及ぼすから、途端に烈《はげ》しく心臓が波うち始めた。

めまいと動悸と、手の震えがひどくなる。ただの自律神経の誤作動だと頭では理解しているのに、ここで死ぬかもしれないという無用の絶望感に襲われてパニックに陥《おちい》る。

濡れた木立の先に、ふいに石貼《いしば》りの重厚な建物が現れた。

茶色い格子状の自動ドアの上に、流れるような行書体の金字。

『山城考古学研究所』。

壁に「資料閲覧室入り口」と標示がかかっており、別のパネルに《博物館は山側の建物です》と矢印つきの案内がある。

このままここに倒れたら、目的が果たせない。そう思った瞬間、湖中に漂う黄色いダッフルコートが脳裏にちらつき、ますます息苦しくなった。宇治神社で聞いた言葉が蘇《よみがえ》る。

——菟道稚郎子は、兄の仁徳天皇を帝位に就けるために自殺したんです。

若くして死んだ皇子の悲運に十六年前の記憶が重なり、歴史上の人物が急速に立体感を帯びる。ああ、志田が和爾で語った「供養」とはこういうことかと胸がふさがれたその時、ポケットの中でスマホが震えた。

「はい、もしもし……」

必死になってすがるように耳にあてたら、「今、どこや」と簡潔明瞭《めいりよう》な質問が来た。

「極楽浄土の入り口です……」

――そらええ。みんなそろうて蓮《はす》の上や。

「志田さんの方は、何か分かりましたか」

――お坊さんにはな、まずお坊さんのお仕事があんねん。

声を聞いているうち、何だか分からない安堵《あんど》が胸中に広がっていく。見守られている、と感じた。志田にではない。志田の後ろで微笑《ほほえ》む仏様にだ。

何らかの形で殺人に関わってしまった時任もまた、この太陽のような安心感が欲しくて志田に電話したのだろう。ギンギラギンの生臭《なまぐさ》にも、いいところはあるのだ。

――コラ、ギンギラギンの生臭て何や。

「すみません、心の声が漏れました……」

話をそらすために千秋がワニ展のことを教えると、志田は俄然乗り気になり、一時間後に博物館のエントランスで待ち合わせしようと一方的に告げて、電話を切ってしまった。

志田がここへ来る気なのだと分かり、また憂鬱《ゆううつ》な気分がぶり返す。あの悪目立ちする格好だけが問題なのではない。昨日一日、次々に志田へ口を割る人たちを目の当たりにして、このままでは遅かれ早かれ、自分もうっかり心の内を打ち明けてしまうのではないかという、至極《しごく》気弱な不安が新たに芽生えたからだった。

電話に夢中になっていたのか、気づけば壁際の花壇に沿って、いつの間にか来た道を戻るように建物の南側へ回っていた。

どうやらこちらが裏口のようで、研究所の通用門と職員の駐車スペース、山の斜面に建てられた博物館への搬出入口がそろった殺風景な区画だった。

入り口の方に戻りかけ、ふと視界の隅に入った何かに引き留められて振り返る。

ピンクの軽自動車。

水面《みなも》から何かがゆっくり浮かび上がってくる錯覚に囚《とら》われながら、千秋は瞬《まばた》きもせず車を凝視して確信した。

やはり偶然にしては、すべてができすぎている。

2

京都の発掘品を多数収蔵する『山城考古学研究所』は、東の山に向かって高くなっていく斜面の高低差を利用し、眺めの良い上部に博物館を、道沿いの下部に事務所を兼ねた研究所の建物を配している。

樹木に囲まれた閑静な博物館内で、入館者は第一展示室から第三展示室までを反時計回りに進み、照明に浮かび上がる出土品や復元模型をのぞきこみながら、縄文時代から江戸時代までの山城地域を順に体感していく。

そんな常設展を観覧しつつ、千秋は気もそぞろにピンクの軽自動車について考えを巡らせていた。

すべて〝ワニ〟という共通項があるのだから、時任のアパート前で目撃された車が、この職員のものだという可能性はじゅうぶんにある。だが、どうすれば不審がられずに持ち主を特定できるか。閉館まで待つわけにもいかないし、職員に尋《たず》ねるのも変だ。

志田ならうまい手を考えるかもしれないので、すでにメッセージは送っておいた。約束の時間が近づいてきたこともあり、もうそろそろだとエントランスで待機していたら、タイミングよく電話が来た。

——待ち合わせ場所、変更しよ。通用口の方に車入れるから、そっち来てな。

「え、でも一般車は入れませんよ。確か入り口に赤いコーンがあったし……」

——宇野さん。障害物があったら、のければええだけの話や。頼んだで。

反論する前に、電話が切れた。勝手なことばかり言う。

いったん博物館を出て石段を下り、通用口がある研究所の南玄関に回った。注意深く観察すると、通用口には警備室の小窓がある。幸い、窓口に警備員の姿はないが、コーンをどけているのが見つかれば、不審に思われる。

どんどん深みにはまっていく自覚はあったが、ためらっている時間はない。小道に人がいないのを確認し、一気に二つのコーンを端へどけた。

ちょうどそこへ志田の黒いクラウンが入ってくる。千秋は建物の隅から合図を送り、職員用の駐車場に停《と》まったピンクの軽自動車を指差した。

志田はせわしなく動くワイパー越しに千秋の視線の先を確かめ、軽自動車にゆっくりとクラウンを近づけていく。

隣の空きスペースに入れるつもりにしては、入射角がおかしい。

まさか――。

志田の魂胆に気づいた千秋が止める間もなく、クラウンが相手のバンパーをこすった。ぐいとハンドルを切って停まった志田が、乱暴にドアを閉めて通用口に駆け出す。

片棒をかつがされた千秋は事の展開に追いつかず、警備室の小窓を叩《たた》く志田を呆然と眺めてしまった。

少なくとも、はっきりと分かったことが一つ。――坊主にも、悪人はいる。

「えらいすんません。大変なことしてもうて。そこの車に少しこすりましてん。ピンクの軽です」

小窓から顔をのぞかせた八の字眉《まゆ》の警備員が、昨日よりさらに磨きのかかった志田のファッションに頬を強張《こわば》らせた。白黒のシマ柄スーツに、ドットが入った水色のシャツ。蔦《つた》模様をあしらったオレンジのネクタイ――。こうなるともはや、わざととしか思えない。

警備員は一度志田とともに現場を確かめに行き、突然降って湧いた災難に頭を振りながら、警備室に戻って内線電話を一本かけた。

「こんな強引なことするなんて……」

千秋が小声で非難すると、志田は肩をすくめた。

「警察が哀れな時任を見つけてお縄にする前に、本物の悪党を見つけなあかん。プロとの競争や。なりふりかまってられんやろ」

なるほど、見た目はやくざ、頭脳は中二の、名探偵芳信《ホウシン》というわけか。

「それより、わしはたった今、もう一つ驚きの〝偶然〟てやつを見つけてもうた」

「何です？　またワニですか」

「ここの警備を請け負うとる会社。なんと『マホロバ警備』や」

顎をしゃくる志田に千秋は驚き、受話器を持って事情を説明し続ける警備員の、紺色のユニフォームに目を走らせた。胸元のワッペンに、『マホロバ警備』とある。昨日、和爾の一之瀬鉄工所を探っていた男と同じ会社だ。

「昨日の男な、じつはわしにはもう、正体が分かっとる。せやけど、そいつがもしここで働いてるとなると、おもろいことになんで」

再び驚いた千秋が問いただそうとした時、建物の中から車の「持ち主」がやって来た。

相手を二度見してしまった千秋の胸中を、志田が見事に代弁する。

「なんと、まんまやないかい」

年の頃《ころ》は二十代後半。時任の隣人が簡潔に説明した外見そのままに、頭のてっぺんからつま先まで隙《すき》なしの、雑誌から抜け出たような「可愛い女」だった。

髪形はゆるくパーマをかけたフェミニンロングで、チークとリップはほんのりピンク。白いケーブルニットに淡いピンクのシフォンスカートを合わせ、襟と袖《そで》にふわふわのファーをあしらった白いコートをはおっている。シンプルで動きやすい服装をしている学芸員のイメージとは、ずいぶん異なる乙女っぷりだ。

「ぶつけられたって、どういうことですかぁ」

〝おとぎの国のお姫様〟は、まず鼻にかかった甘え声で警備員へ一声、ついで隣に立つ〝悪趣味の権化〟に当然のごとく顔を引きつらせた。

「あ、あの、あたし、補償金とか払えないんですけど……」

「示談屋違《ちゃ》います。しかもこすったの、わしの方やしね」

すかさず差し出した志田の名刺を受け取り、女は「お坊さん……」と目を丸くする。

「そのおしゃれな格好で、ナンミョーホーレンゲッキョとか唱えちゃうんですか？」

「惜しい、わしはナムダイシヘンジョーコンゴーの口ですねん」

そうして紙切れ一枚で素性を明かせば、あとの流れはいつもの通り。

もう一度車の所へ行くわずか十五メートルほどの間に、志田は女の名が「小泉《こいずみ》さやか」だということ、事務所の方で経理の仕事をしていることなどを聞き出し、次に通用口まで戻って来る時にはもう、「修理代を払う」だの、「あれぐらいのかすり傷なら要らない」だののやり取りまで済ませて、警備員も交えての友好的な解決にいたってしまった。

そんな一連の様子をそばで眺めていた千秋は、あれこれ気にしてせせこましく生きている自分が馬鹿らしくなったのだったが、そこで何の前置きもなく、唐突に志田が仕掛けた。

「あれ、そう言えばおたく、どこかで見た顔やと思たら。時任くんの彼女さんやね」

小泉さやかの顔が一転、はっきりと青ざめた。

「いつやったかな、つい最近、時任くんのアパートにおったでしょ」

「人違いです。あたし、そんな人知らないし」

「あんたみたいな美人さん、見間違えるはずないで。あいつの部屋から出てきましたやろ。わしその時、時任のくせに生意気やーて、ジャイアンみたく思いましてん」

「だから、知らないって言ってるでしょ。大体、そういうプライベートなこと、こんな所で言うなんて下品じゃないですか」

見ざる聞かざるを決め込んだ警備員は、その時点で警備室にそそくさと引っ込む。千秋はいつになくストレートに切り込んだ志田が、「目撃者」の圧力をかけてこのまま一気に小泉さやかを落とすのではないかと、固唾《かたず》を呑んで見守った。

「そらおかしいね。あの時の美人さんもピンクの軽に乗っとった。あんな狭いとこで道幅いっぱいに停めて、こちらも往生しましたで」

「ちょっと、何なの？　わけのわからない言いがかりつけて。何ですか、やっぱりイチャモンつけてお金取ろうってことですか」

「イチャモンて何ですねん。わしはただ、あの夜に見たまんまを言うただけです。必死に隠すような仲やて知ったら、時任くんも悲しむやろね」

その時、「何の騒ぎ?」と醒《さ》めた声が背後で聞こえた。ネルシャツにジャケットを合わせた中肉中背の男が、建物の中から歩いてくる。黒縁眼鏡に抑え込まれた表情は乏しく、目の周りのクマも色濃いせいか、全体的にあまり覇気が感じられない。全身から「やる気」を発散している坊主とは、いかにも対照的だった。

「岡《おか》さん!」途端に小泉さやかが唇をわななかせて訴える。「この人が、あたしの車にこすって、妙な言いがかりつけてきて……」

「聞こえてたよ。警備さん、なんであんた黙って見てんの」

岡という職員の高圧的な物言いに、慌てた警備員が帽子を脱いで謝った。四十前後の男が五十代の年上をなじる横柄な神経には、さしもの「坊主のご威光」も通用しないだろう。志田は獲物を前に、焦りすぎたのかもしれない。

こちらへ向き直った岡の乾いた視線に、千秋は居ても立ってもいられなくなった。

「誰《だれ》だか知りませんが、あなたがた関係者じゃないでしょう。一般駐車場は向こうです。それとも、職員に言いがかりつけるために、わざとぶつけに来たんですか」

「いや、ほんまに面目ない。じつはここに勤めてる知り合いが、もし博物館に来る用事があったら、こっちに車置いてもええよって。一般駐車場より近いからて、言うてくれたもんで……」

どうやら志田の宗派には、「不妄語《ウソつかない》」の戒は存在しないらしい。

「はあ？　誰です、そんなこと言ったの」

「こうなったら閻魔《えんま》さんの前でも言えませんわ。言うたらおたく、叱《しか》るでしょ。その人、派遣さんですねん。わしのせいで迷惑かかったら気の毒や」

「小泉はじゅうぶん迷惑かけられたようですが。時任さんが何を言ったか知りませんけど、あることとないこと、言わないでもらえますか。彼女、婚約したんで」

「そらいかん。何も知らんと、失礼なこと言うてもうた。ほんなら、時任のアパートで見かけたんは、やっぱり他人のそら似やったかもしれん」

「最悪」捨て台詞《ぜりふ》を吐いて、小泉さやかは踵《きびす》を返す。一方の岡も冷え冷えとした一瞥《いちべつ》を投げかけ、内ポケットから取り出した煙草を片手に外へ出て行った。全館禁煙のはずだから、通用口の近くに喫煙スペースがあるのかもしれない。

千秋がほっとしたのもつかの間、なんと志田は岡を追って行く。

すぐそばの軒下に円柱形の灰皿があり、そこで煙草《たばこ》に火をつけようとしていた岡が、さすがに面食らった顔で志田を見返した。

「しつこいな、何です……？」

「おたくは時任のこと知ってはるんやなて思いまして」

「知ってますよ。アマチュアのトンデモ研究者でしょ。四宮教授と対談して以来、すっかり〝関係者〟気取りですからね。ここの人間なら誰でも知ってます」

「せやけど、さっき小泉さんは知らんて」

「〝深い仲の時任〟って奴《やつ》を知らないだけでしょう」

岡は忙《せわ》しなく煙草を吸い、煙とともに吐き捨てるように続けた。

「時任さんね、困るんですよ。『古代逍遥』とかいう冊子もショップに置いてくれってしつこくて。しかもそれがたくさん売れるようにって、論文も博物館の展示を先取りして書くんだから参りますよ」

「はあ、なるほどね。それで『古代逍遥』ワニだらけやったんか……」

事件の周囲にいつもワニ氏がちらついている理由の一端が、千秋にもこれで何となく判った。

時任は学芸員との交流によって次回の展示がワニ氏だと知り、積極的に論文集に同テーマを掲載することにした。一之瀬もその案に乗り、古代刀のレプリカ売買にもワニ氏ゆかりの鉄刀を選んだ。だから事件に関わった二人の共通項が、必然的にワニになったのだ。

ただそれが判《わか》ったところで、一之瀬を殺した犯人も時任の行方もつかめないし、小泉さやかや『マホロバ警備』の男がどう関わっているのかも、依然として謎のままだ。

「ちゅうことは、次のワニ展の展示担当者も、時任のことは知っとるわけやね」

「担当は僕です。おたく、時任さんとはどういう関係です」

「〝深い仲〟ですねん。ところで小泉さんのお相手は、この館の人？」

「あなたに関係ありますか」

苛立《いらだ》たしげに煙草を消す岡の仕草を見て、ひょっとするとこの男は小泉さやかに好意を持っているのかもしれないと千秋は邪推した。そういうことは何となく傍《はた》から見ても分かってしまうものだし、岡のさやかをかばう態度には同僚以上の気遣いが感じられた。とはいえ、岡がさやかの婚約相手かと言うと、少し年が離れている気もする。もっとも、年の差は障害にはならないだろうから、そこら辺は何とも言えない。

相変わらずの細かな雨が、背後の山を灰色に霞《かす》ませている。

クラウンを一般駐車場に置き直し、博物館への石段を上がりながら、千秋は志田に疑問をぶつけてみた。

「あの小泉さやかって女は、どう関わってくるんでしょう。まさか、時任さんは彼女の犯行と知ってかばってるとか……」

「そらないな。かばう気ならわしに電話なんてせえへん。何や宇野さん、言い方にずいぶん刺《とげ》があんで。小泉さやかが気に食わんか」

「別に……。私に限らず、女性には好かれないタイプの女性だと思います。男の人は、ああいう感じに弱いのかもしれないけど」

「あれが好きか嫌いかは男しだいやとして、見た目を少しでも良くしようとする努力それ自体が、女性らしい雰囲気を作るんやで。少なくとも、スーツにウインドブレーカー合わせたらあかん。ましてや、中途半端な膝丈《ひざたけ》スカートなんてはいたら終《しま》いや」

「今、志田さんがコーディネートを語りました?」

ようやく博物館のエントランスが見えてくる。チケットの日付が同じなら何度でも入館できるため、千秋がこれ見よがしにウインドブレーカーや膝丈スカートのポケットを探っていると、志田が「ああ、そうか」と手を打った。

「『タカマツ堂』がワニ刀を販売延期にした理由はこれや」

千秋は一歩遅れ、志田の言った意味に気づいた。髙松が東大寺《とうだいじ》山《やま》古墳の鉄刀レプリカに関して、時任ともめた理由の一つだ。

——今、あの刀が出回ると困る人たちがいるんです。

「もしかすると、展示の目玉はあの鉄刀とその復元品かもしれん」

言うなり、志田は自動ドアをすり抜ける。「いらっしゃいませ」という受付の声を右耳に、志田はちらしの並ぶラックから『ワニ展』の予告を抜き取った。裏をひっくり返し、陳列予定の品に目を走らせる。

「見てみい。やっぱり、ワニ刀の本格復元品がお目見えや。そんな触れ込みの所へ、少数にせよ一足先にレプリカが出回ったらたまらんで。ましてや、博物館が展示用の復元刀を頼む相手は、名うての刀匠が多い。こちらさんにしてみれば、玄人《くろうと》はだしの作ったレプリカは大した営業妨害や」

満足そうに顎をなで、志田は千秋にちらしを見せる。

「こういう次回展示の予告はな、雄弁やねん」

「そういうもんですか……」

「まず、扱うんは京都のもんだけやなくて、一府二県にまたがる全ワニ関連。しかも、この表側にある錆《さ》びた鉄刀はワニ刀の本物で、こら天下の東京国立博物館が管理しとる重要文化財や。それぞれの場所から貸し出し許可を得るために、この博物館が——特にあの展示担当の岡って奴が、どんだけ骨折ったか知れん。これだけで、次回のワニ展にものごっつう力入れてるて分かるわけや」

「ということは、さっきの岡さんが『タカマツ堂』、時任さん、一之瀬さんの誰かに、何かしら文句を言う可能性はじゅうぶんあると？」

「うん。下手に知り合いなだけに、圧力かけられたら精神的にでかいで」

千秋は受付の女性を気にしながら小声で返した。

「でも、刀の販売を巡るもめ事ごときで、殺人に発展するとは思えないんですが……」

「せやな。それとこれとは別の話やろ」

志田はそこで周囲を見回し、ミュージアムショップの脇《わき》にある喫茶室に目を留めて、

「少し早いけど、講演会の前に飯でも食お」と千秋を誘った。

「私、せっかく京都に来たから、ニシンそばでも食べようと思ってたんですけど……」

「あんなもん、そばの上にニシンがのっかっとるだけやないか」

身も蓋《ふた》もない言い方をして、さっさと喫茶室へ行ってしまう。これで講演会に入り込めなければまったくの無駄骨だと思ったら、千秋の胃は再び痛み出した。

喫茶室にはカウンターとテーブル席があり、窓側は全面ガラス張りで、先ほどまでいた研究所の建物を眼下に望む。十二時前というのに、コーヒーの香り漂う店内はそこそこ混んでおり、千秋と志田は一つだけ空いていた窓際のテーブル席に落ち着いて、それぞれエビアボカドサンドとチキンサンドを注文した。

「お坊さんて、豆腐とか煮物を食べてると思ってました。何だか不精進じゃないですか」

「どこが。煙草もクスリも博奕《ばくち》もやらん。毎日美味《おい》しい手料理食うて、ちょっとだけ晩酌して、十一時に寝て五時に起きる。朝一番にはお勤めと掃除とラジオ体操やで。えらい健康的やないか」

精進と健康は微妙に違うと千秋は思うのだが、面倒なので発言は差し控える。

喫茶室のドアにつけられた鈴が鳴り、入ってきたスーツ姿の職員が一人、千秋の斜め後ろのテーブルに座った。カウンター内のママさんが、「あら、今日はお早いんですね」と親しげに声をかけ、男の方も「どういうわけか講演会の方に駆り出されることになりまして、昼食はフライングです」と返している。

店内はそれぞれのテーブルから聞こえてくるおしゃべりで賑わっていたが、職員との距離を気にして、千秋は声を落とした。

「そう言えば志田さん。昨日鉄工所を探ってた『マホロバ警備』の男の正体が分かったって……」

「それについては、まあ追々《おいおい》、順序立てて話したる。さっきの警備員にも、いくつか聞きたいこともあるしな」

「またあの石段おりるんですか？　ここ、絶対に博物館から中を通って下の研究所まで行けますよね。さっき、職員用駐車場の奥に搬出入口あったし」

「なるほど。ちゅうことは、こっちの地下が向こうの二階てわけや」

運ばれてきたサンドイッチとコーヒーを前に、また姿勢だけ美しく精進風に正した志田は、食事もまた修行のうちとばかりに黙々と食べ始める。千秋にしてみれば、エビアボカドではどうにも旅情が感じられず、これは一体何の儀式だと思いながら辛気《しんき》くさくトーストを頬張っていると、ふいに志田が言った。

「わしはな、ひょっとすると〝渡井隼人〟がキーパーソン違《ちゃ》うかて思てんねん」

予想外の一撃を食らってむせ返った千秋は、慌てて水を飲んだ。

「何を根拠に……」

「『古代逍遥の会』に新規で入って論文載さして、二部取り寄せてすぐ連絡断ってのも、何やあの論文を載せるためだけに入ったようなもんやんか。何や〝渡井隼人〟は、あの菟道稚郎子《うじのわきいらつこ》のワニ氏テーマにこだわってるように見える」

「そんなの、ただの推測でしょう」

「それに一之瀬浩三は、〝渡井隼人〟が妻の元教え子やて分かった時、共通の知り合いがいるかもしれんと気づいた。言うてたやろ」

——これもワニが結んだ縁やろか。

「そらひょっとして、〝渡井隼人〟が山城大学日本史学科にいたことと関係あるんやないか？　一之瀬恭子《きょうこ》は今の渡井が三十七、八言うてたから、高校卒業後にストレートで大学へ入ったとして、逆算すると四回生の時は十六年前。ゼミの担当は四宮教授——今やこの博物館の顧問で、ちらしによれば今度のワニ展の監修や」

どうしてこの男はこれほど勘が働くのか。これもまた仏道修行の賜物《たまもの》かと、千秋は唇を嚙《か》みしめた。

「今回の件は、一之瀬、時任、博物館の線で考えるよりも、〝渡井隼人〟、一之瀬、博物館が本筋やないんかな。時任は、ちょうど一之瀬と博物館の両方に関わってたからこそ、犯人に利用されたんや」

すっかり食欲の失《う》せた千秋に、志田は強面《こわもて》を近づけてささやいた。

「一之瀬と〝渡井隼人〟の共通の知人が四宮教授だと仮定して、一之瀬はその事実をどちらかに話したんやないんか。本人にしてみれば、世間話程度の軽い気持ちだったかもしれん。せやけど、そのことが事件の引き金になったんやないかて、そんな気がする」

「その言い方、まるで〝渡井隼人〟が犯人みたいに聞こえますけど……」

「まだ本人とは言《い》うてへんで。ただ、もしも一之瀬がその件で殺されたんやとしたら、四宮教授の身も危ないいんやないかなと——」

「いい加減なこと言わないでください」

こめかみの奥に熱が溜《た》まり、千秋は自分でも驚くほど強い語調で遮った。事情をよく知りもしない人間が、憶測や興味本位で物を言うことの無責任さに、どうしようもない腹立たしさを覚えたからだった。

「さっきから聞いてると、全部〝もし〟とか〝だとしたら〟ばっかりじゃないですか。人が死んでるんですよ。事実の断片を、自分の説に都合がいいようにもっともらしく繋ぎ合わせて、そんなB級のデタラメ推理で他人の人生引っかき回すんだったら、『アカシック』に載ってるトンデモ古代史の方が、害がないぶんずっとマシじゃないですか」

恐らく志田は、死人に慣れ過ぎている。出会った時には相手はすでに死んでいて、生前の姿を想像する必要さえない。「歴史を三次元にする」などとえらそうに言いながら、一之瀬浩三の刺殺体も、あの埃《ほこり》っぽい洋風の二階屋に一人残される妻のこれからも、すべて絵空事にしか見えていないのだ。

残された人の葛藤《かっとう》を慮《おもんばか》れない生臭坊主に、説教なんてされたくない。

千秋がなおも言い募《つの》ろうとした時だった。

「——ちょっとすみません」

斜め後ろのテーブルにいた男が、二人の会話に割って入った。

「盗み聞きするつもりはなかったのですが、物騒な内容が耳に入ったものですから」

何か咎《とが》められるのかと千秋は身構えたが、立ち上がって近づいて来た男の態度は、あくまで丁寧かつスマートだった。

仕立てのいい紺色のスーツもメタルフレームの眼鏡も、理知的な容姿を演出する小道具のようで、学芸員や研究員と言うよりは、海外のインテリ系営業マンといった風情《ふぜい》だ。

だがよくよく見ると、その日本人離れした彫りの深い目鼻立ちには、どこか既視感がある。おや、と眉を寄せた千秋の目に、首からぶら下がった職員証の「四宮誠《しのみやまこと》」という名が飛び込んで来た。

「しのみや……」

思わず声を出してしまった千秋へ、男——四宮誠は慇懃《いんぎん》に辞儀を返して言った。

「四宮俊昭《としあき》は、私の父です。失礼ですが、先ほど話しておられた父の件に関して、ちょっとお話をうかがってもよろしいでしょうか？」

3

数ヶ月前から、京都南部の精華町《せいかちょう》にある四宮教授宅に、たびたび不審な電話がかかってくるようになった。

「一度、私が実家に戻っていた時、その電話を受けたことがありましてね」

欧米人のような中高《なかだか》の顔を曇らせ、四宮誠は千秋と志田にそう説明した。

人の耳を気にして、喫茶室から二階にある貸し会議室へ移ったところだ。四宮誠が、自分の所属する総務課から無断で鍵《かぎ》を取ってきた。ロの字に並んだ机の角に、三人が顔をつき合わせて座っている。

「その時は無言のまますぐに切れてしまいましたが、父本人が出る時には何事か話してくるようです。父は詳しいことは教えてくれませんし、ただのいたずらだと取り合いませんが、母が怖がりましてね。とはいえ、何か起こらないと警察は動いてくれないでしょう」

今朝もまた電話があったという。

普段は泰然とかまえている教授も、講演会に来てくれる人たちに万一のことがあってはならないと考えて、くれぐれも周囲に気を配るよう息子に注意を促したらしい。

そうして神経を尖《とが》らせていたところへ、千秋と志田の会話が耳に入ってきたのだった。

一之瀬の事件は今朝のニュースで知っており、とっさに二人を刑事だと思ったという。坊主と雑誌編集者の組み合わせには面食らったようだが、それでも何か知っていることがあったら教えてほしいと、四宮誠は頼んできた。

「お二人は、先ほど〝渡井隼人〟ともおっしゃっていたでしょう。ひょっとして、最新号の『古代逍遥』に論文を載せていた人では？」

「へえ、アマチュアの雑誌にも目ぇ通しはるんですか」

「じつは先日、茶封筒に入った『古代逍遥』が実家に送られてきまして……。差出人は不明ですが、宛名《あてな》は父で、住所も何もすべて赤い水性ペンで書いてあったそうです。それで、付箋《ふせん》の貼ってある目次を開くと、くだんの〝渡井隼人〟のところに赤丸が」

「その人、お父さんの元教え子違《ちゃ》いますか」

「そうです」

四宮は小さく頷《うなず》いた。机の上で両手を組み合わせた仕草は、いかにも「聞いていますよ」とこちらにアピールしているようで、千秋には微笑みまでが芝居がかって見える。全身三百六十度、人からどう見られるかを計算し尽くした末の、TPOに合わせた正しい身体表現だ。おまけに、嫌味でない程度にロシャスの香水をつけている。父の輝之の誕生日に贈ったことがあるから、間違いない。

「四宮教授は、何かその人に脅迫されるような心当たりがあるのでは？」

刺のある質問を重ねた千秋の隣で、志田が「言い方」とたしなめてきたが、四宮は別段気にとめるふうでもなくあっさり答えた。

「父によると……〝渡井隼人〟は卒業を控えて突然大学に来なくなってしまったそうなんです。院に進むはずの学生でしたから、何かよほどのことがあったんでしょう。当時父もずいぶん心配したそうなのですが、結局理由は分からずじまいで」

「家庭の事情かも分からん。じつはわしも、それが理由で院に行くのをドタキャンした口ですねん。渡井くんも、やむにやまれぬお家《うち》の事情があったんと違いますか」

「しかし、卒業まで四ヶ月もなかったんですよ。家庭の事情にしても、それくらいは待てると思いませんか」

「それが待てんかったんでしょう。卒業の四ヶ月前言うたら、まだ卒論も出してへん時期です。悠長に論文なんて書いてられん、書けんかったらどのみち卒業でけへん、せやからすぐに辞めたと考えることもできます」

　志田が〝渡井隼人〟に対して同情的になっているのを感じ取り、千秋は先ほど喫茶室で筋違いの怒りを募らせたことを少し後悔した。この数時間、感情はあちらこちらへ揺れ動き、神経のみならず情緒まで不安定になって、すっかり疲れてしまった。

「しかしね、〝渡井隼人〟が一連の嫌がらせをしてるとしても、なぜなのかが分からないんですよ。逆恨みするにしたって、どうして今になって……」

「まずは、教授が電話の相手から何を言われたんか、それを教えてもらわんことには先に進まれへんでしょう」

「確かに、私がここであれこれ考えていても仕方がないですね。案外、〝渡井隼人〟とは関係ない人なのかもしれません。最近ではテレビのお仕事までいただくようになったでしょう。それこそまったく知らない所で、誰かの恨みを買ったということも考えられます」

腕時計を確認した四宮は、一瞬だけためらってから次の問いに移った。

「ところでお二人は、一之瀬さんの事件とどう関わりが？　ここへいらしたのは……」

「そらほんまに偶然です」千秋が答え方を考える前に、志田がすかさず言った。「時任修《しゅう》二《じ》てご存じでしょ。この館の〝関係者〟づらしてうろちょろしてる」

「ああ、時任さん……。うちのミュージアムショップに『古代逍遥』を置いたかた」

「あいつがね、何や一之瀬さんに古代刀のレプリカ作ってくれって頼んだらしいんです。そしたら、その注文しとった刀で一之瀬さんが殺されたもんやから、本人は大慌てで」

「凶器はまだニュースになってないはずですが……」

「模造刀の顧客リストを見つけた警察が、直接時任にそう言うたそうです」

またしゃあしゃあと嘘をついた。志田の場合、本当のことが混ざっているのが小憎《こにく》らしいが、今は四宮を欺《あざむ》くことに千秋は密《ひそ》かな快さを覚える。

「そんなわけで、あいつが今日の講演会に来られんようになってもうて、友達のわしがこの人のエスコートですわ。……まあ、わしも一之瀬さんと知り合いやったし、こんな形でお別れせなならんのが無念でね。あれこれ名探偵ぶって考えちらしとったんです。四宮さんのお役に立てんで、申し訳ない」

「とんでもない、本職のかたみたいでしたよ」

言いながら、四宮は時間を気にして立ち上がった。すかさず志田が付け加える。

「やっぱりチケットないと無理やろか。あいつ、わしにチケット渡すのポーンと忘れよったんです。この人、この仕事のためにわざわざ東京から来はって」

「本当は駄目ですが、まあ時任さんなら知り合いだし、特別にいいですよ。いつもホールの入り口で職員がチケットをもぎりますので、お二人のことは通じるようにしておきます」

「おおきに、助かります。良かった、さっき会うた展示課の岡さんてかたは、あんまし時任のことよう思ってなかったみたいやから」

「岡に会ったんですか」

会議室の鍵を締めながら、四宮が意外そうに尋ねてくる。志田がピンクの軽にこすった一連の顚末《てんまつ》を手短に語ると、さすがに眉をひそめた。「事故ですか？」

「いや、車の件はすぐに話がついたんですが、そん時わしが小泉さんを時任の恋人と間違えまして。ほんで小泉さんにも居合わせた岡さんにも不快な思いさせてもうたんです」

「どうしてまた、そんな誤解を？」

「先日――十三日の夜やったかな、時任のアパートの前で、小泉さんらしき女性とピンクの軽を見かけたんです。よせばいいのに、そのこと直接本人に言うてもうて。どうやら人違いやったようで、ちょうど煙草吸いに出てきた岡さんにも叱られました」

四宮は父親によく似た色素の薄い目を一瞬虚空にさまよわせ、無言のままエレベータの下降ボタンを押した。ややあって、ぽつりと言う。

「許してやってください。まあこれは言い訳ですが、特別展までひと月を切ったら、展示担当者は誰でも殺気立つんです」

展示準備は、二年近く前から始まる。関係各者への打診、挨拶《あいさつ》、基礎調査などを経て、出品依頼、執筆依頼、広報との打ち合わせ、図録のレイアウト、ちらし作成のための資料撮影と、展示担当者の前には次から次へと膨大な仕事が押し寄せてくる。ひと月前の今は忙しさもピークを迎え、図録の校正、解説パネルやキャプションの作成など、それこそ不眠不休の勢いで作業に取り組んでいるそうだ。

「特別展は今まで春と秋の二回だけでしたが、最近では一月の半ばにも一つ入れていますので、年末までには何とか目処《めど》をつけなくてはなりません。ワニ展は父の案です。岡は父の推薦でこの博物館へ入ったくらいですから、私などには思いも及ばぬプレッシャーがあるんでしょう」

エレベータに乗り込むと、四宮は受付がある一階ボタンと、地下一階のボタンを手早く押した。やはり千秋の予想通り、博物館の地下は研究所の事務棟へ通じているらしい。

「最後にもう一つ、小泉さやかさんの婚約のお相手、どなたかご存じですか」

志田に問われた四宮は、小首を傾《かし》げた。

「いや、もしも相手が岡さんやったら、二重に失礼やったなと」

「小泉の婚約相手は私です」

ポン、と到着音が鳴る。

もの言いたげな二人を開いた扉の外へ促し、中に残った四宮は辞儀をしてエレベータを閉めた。そのタイミングもまた計ったようで、この男は仕事も時間も人生も、こうやって自分の手の内で管理してきたのだろうと千秋は思った。

「関西人のくせに、すかした標準語を喋る男は信用ならん。父親にそっくりや」

今までの愛想は一転、志田が忌々《いまいま》しそうに鼻を鳴らす。

「志田さんのお父さんも、志田さんみたいに喋《しゃべ》るんですか」

「おぅ、どういう意味や」

展示室のある一階は、昼食前より心なしか人が増えていた。開場の一時半まではまだ四十分近くあったが、早くも着飾った年配の女性たちが、フリースペースのあちこちにたむろしている。

濡れた靴底の擦《こす》れる、キュッキュッという甲高い音がいかにも賑《にぎ》やかだ。これでは四宮との話を蒸し返すどころではない。

「――あっ、いたいた、ウサちゃん！」

突然肩を叩かれて千秋が振り返ると、おじちゃんのような大顔のおばちゃんが、視界いっぱいに収まった。「会えて良かったわぁ」と喜びを表す狆のような目に、宇治神社で一緒におみくじを探してくれた「権藤さん」だと思い出す。

「講演会に行かはるって聞いたから、ここで張ってたのよ。ハイ、これ。禰宜《ねぎ》の斎田《さいだ》さんが、ついに見つけはったよ」

そう言って権藤さんがコートから取り出したのは、びしょ濡れになったおみくじだった。

「水溜まりの中にあったんやって。そら分からないね」

「わざわざ、届けに来てくださったんですか……」

「近所、近所。あたし、週二でここの受付やってるの。今日は〝非番〟。土日は茶店の方が忙しいから」

その割りにはこんなとこで油売ってるやんかー、と受付の女性が笑う。巡回で通りがかった八の字眉の警備員も、先ほどとはうって変わった笑顔で権藤さんと冗談を言い交わしていく。

こんな厚情をもらったのはいつ以来だろう。千秋は神主と権藤さんのありあまる親切に、ただの感謝の言葉では足りない気がして、逆に口ごもってしまった。

「ここまでしていただいて……」

「そや。そしたら、あとで甘味でも食べに来て。宇治神社から一番近い茶店の『早蕨園《さわらびえん》』。うちの抹茶クリームあんみつは絶品よ」

そこで権藤さんは志田の存在に気付き、「あれ、一人旅じゃなかったの」とわずかに眉をひそめ、「悪い男に引っかかったらあかんよ」と耳元でささやいた。

「あたし、タイのお寺でああいう色使い見たわ」

なんと、あの破壊的な服装からまさかの仏教色を嗅《か》ぎ取った権藤さんの慧眼《けいがん》に、千秋は最大限の敬意を払っておみくじを受け取った。

「神主さんに、くれぐれもよろしくお伝えください」

「はい確かに。二人の恋の行く道にも、みかえりうさぎさんのお導きがありますように」

権藤さんは中身の吉凶を知りたがったが、何だかいたたまれなくなった千秋は、願い事が叶《かな》った時に開けてみると断って、再び展示室へ時間つぶしに走った。

周りはそういう目で見てるのか――。

それからの二十分、古墳時代コーナーに陳列された埴輪《はにわ》の、自分によく似た地味なたたずまいをぼんやりと眺めながら、千秋は〝歩くタイ寺院〟の志田とカップルに思われないためにはどうすればいいのか、悶々と考え続けた。

一時半になり、一階のエントランスに所在なくたむろしていた一団は、続々と二階へ上がり始めた。先ほど権藤さんとおしゃべりに興じていた受付の女性も、案内に追われて忙しそうに立ち働いている。

千秋たちが二階の受付テーブルで名乗ると、職員がそのまま中へ通してくれた。二百五十席あるというホールは、開場から十分もしないうちに人で埋まっていく。

「そう言や、さっきの〝ウサちゃん〟て何や」

千秋が宇治神社での一件を話すと、志田は「あんたらしいな」と知ったふうに笑った。

「兎はな、独りぼっちで寂しくなると死んでまうねん。さみ死や」

「それ、俗説って聞きましたけど……」

「寂しい時は、とりあえず笑《わろ》たらええねん。嘘笑いでも、口角持ち上げるだけでナチュラルキラー細胞が増えて、免疫力がアップするんやて。兄嫁が言うとった」

昼時の健康番組のような豆知識で慰められ、千秋は自分がこの旅でほとんど笑っていないことにそれとなく気づかされたのだったが、子供の頃から笑い慣れていない所へもってきて、緊張と不安がうち続くのだから笑いようがない。

ウインドブレーカーのポケットから素焼きの白兎を取り出し、びしょ濡れのおみくじを中に押し込む。菟道稚郎子《うじのわきいらつこ》の悲運に再び思い至った時、先ほどとは別の想念がぽっかりと浮かび上がってきた。

あのプリンスは、自殺を装って殺されたのではないか――。

歴史好きでなくとも、誰しもがそう考えるはずだ。帝位を譲るために自殺するなんて、いかにも虫がいい。兄の仁徳に、または仁徳の支持勢力によって暗殺されたと考える方が自然ではないのか。勝者の歴史は、その後ろめたさを兄弟の美談として語り継いでいったのではないのか。

もし菟道稚郎子が帝位に就いていれば、ワニ氏の女を母とする史上初の天皇が登場したことになる。だがその夢は果たされなかった。一族の女が生んだ子を帝位に就ける〝キングメーカー〟は、蘇我《そが》氏、藤原《ふじわら》氏へと移り行き、その栄枯盛衰に先駆けて、ワニ氏を名乗る大集団は、個々に活躍する中小氏族へと後退してしまった。

若く、聡明で、父王に愛されたプリンスが殺された瞬間、一族の命運も尽きたのだ。

「志田さん……。ワニは、サイなんですか?」

昨日はさんざんためらっていた質問を、今日は自然に尋ねることができた。開演五分前のブザーに語尾をかき消され、「うん?」と千秋の方に身体を傾けた志田が、「サイと言うより、〝サイモチ〟やろ」と呟いて、宙に「佐比持」と書いた。

「鋭い牙《きば》を持っとる〝ワニ〟がな、やがて鋭利な刃物を意味するようにもなって、それが〝刀〟とか〝鋤《すき》〟を表す朝鮮語の〝サヒ〟と結びついた。それを神格化したんが、刀を持った鰐《わに》――すなわち〝佐比持神《さひもちのかみ》〟や」

「それは、有名な説なんでしょうか」

「うろ覚えやし、細かいとこ間違っとるかも分からんけど、有名な歴史学者さんの説やったと思うで」

それに佐比持神の由来は、『古事記』の山幸彦《やまさちひこ》・海幸彦《うみさちひこ》の所にも書いてあるという。山幸彦が、自分を陸まで送ってくれた鰐へのお礼に、小刀を首にかけてやった。そのためこの鰐は今では佐比持神と言うのだと、説明があるそうだ。

「ほかにも、『日本書紀』の神功皇后《じんぐうこうごう》紀に出てくる対馬《つしま》の〝和珥津《わにつ》〟と〝鉏海《さひのうみ》の水門《みなと》〟は、両方とも現在の鰐浦《わにうら》のことやと考えられとるから、ここからもワニとサヒの繋がりが窺《うかが》える。ちなみに対馬では、今でも大船のことを〝ワニ〟、小舟を〝カモ〟言うらしいから、ワニ氏を海神族と鉄の視点で読み解いていくのもおもろいで」

千秋は「ふうん」と分かったような分からないような曖昧《あいまい》な相槌《あいづち》をうち、十六年前に聞いたあの「ワニはサイ」とは果たしてそういう意味だったのかと考えた。だがあれは有名な説を知識として語ったというより、その場の思いつきで呟かれた言葉のようにも思える。

どのみち、それを言った本人に尋ねてみることはできないのだと思ったら、寂しさがひたひたと押し寄せてきた。

と、開演を告げる二度目のブザーが鳴る。

時を置かずして、左手から現れた男の姿にどっと拍手が上がった。

黒いストライプの三つ揃《ぞろ》いに身を固めたシルバーグレーが、早過ぎもせず遅過ぎもしない足取りで、靴音高く壇上に上がっていく。スポットライトを浴びた四宮教授は、待ち望まれた王の帰還さながら、威風堂々と中央の演台に収まった。ナチュラルキラー細胞が大発生しそうな、満面の笑顔だ。

千秋の隣の女性が、力いっぱい拍手を続ける。教授の母方の祖母がフランス人だったそうで、ファンの間では〝ムッシュー〟と呼ばれているらしい。

「お集まりの皆さん。本日は足下のお悪い中、私のお喋りのためにお越し下さってありがとうございます。日曜なのに、よっぽど家に居場所がないんですねえ」

ユーモアを交えた挨拶で、まず会場を笑わせた。豊かな銀髪と、彫りの深い面立ちと、均整の取れた長い手足が、みなぎる自信で輝いている。他人の目を知り尽くしているのは息子と同じだが、一つだけ違うのは、教授の芝居は観客が好む人物像をひたすら演じ続けられるという点だった。

「さて今日は、何をお話しするかと言いますと、宇治の誇る世界遺産・平等院が、いかにして理想とする極楽浄土を作り上げて行ったかということです」

千秋は膝の上にリュックを抱え、そんな教授の姿を食い入るように見つめ続けた。

不審な電話の主《ぬし》が教授に何を告げたか知らないが、もし千秋ならば言うことは決まっている。

実際、ただそれだけを言いに来た。

四宮教授、あなたは十六年前、人を殺しましたね。

四章　サイの河原

1

小学五年生の千秋《ちあき》が、学校帰りにばったりと兄に出会ったのは、冷たい小雨の降りしきるのぼり坂の途中だった。

丘の住宅地に沿ったその道からは、県境の山や川沿いの町が一望できる。兄は雨に霞《かす》む眼下の景色を眺めながらのんびりと坂を上っており、ふと後ろを振り返って千秋に気づくと、驚く妹をよそにコンビニの袋を持ち上げて笑った。

「さては、ジャイアントカプリコの匂《にお》いを嗅《か》ぎつけたんやな」

京都で一人暮らしをしている大学生の兄が、平日に連絡もなく戻って来るのは珍しい。開口一番、「しばらくいるん?」と千秋が尋《たず》ねたら、兄は目を伏せて「今日はちょっと、母さんに話があって来ただけや」と呟《つぶや》いた。

千秋は帰宅してすぐ塾へ行かなくてはならないから、ここで兄に会えて良かったと思った。その日、少し遠回りのこのルートを選んだのは、傘をさして狭い所を歩くのが嫌だったからだ。もう一つの通学路は、風の神様を祀《まつ》る大きな神社の裏手を通る道だけれど、そこまでは起伏の多い細道や家々の間を抜けて行かなくてはならない。

「千秋、そんなに走ってどうするん」

「だって急いで家に帰らな、一緒におやつ食べる暇ないやんか」

「僕は正月にまた戻って来る言うたやろ」

正月て、まだまだずっと先やんか——。

口を引き結び、千秋は長靴を振り上げるようにしてずんずん兄の先を行った。

クラスの女子の間では、「理想の彼氏」と並んで「理想のお兄ちゃん」を言い合うのが流行《はや》っている。いつも聞き役に徹していたら、「千秋ちゃんは理想を言う必要ないもんな」と友達に見抜かれて、いちおう謙遜《けんそん》したけれど、内心では得意になった。

十一歳年の離れた兄は、平凡な千秋が唯一自慢できる特別な存在だった。

出身高校は、県で一番頭のいい進学校。近所でも評判の優等生は、友達の兄たちのように乱暴な言葉を投げつけたり、臭《くさ》い靴下で家中を歩き回ったり、牛乳をパックのまま飲んで盛大にゲップしたりしない。千秋が物心ついた時から、兄は穏やかで、優しくて、大人以上に大人びていた。

大学に入って四年近く京都で暮らしているせいか、服までおしゃれになった。黄色なんて、小学一年生の色だと思って馬鹿にしていたのに、マスタードみたいなダッフルコートは色白の兄によく似合う。

「ネックレスなんかしてるん？」

兄のシャツの襟もとからのぞいている鎖に気づき、千秋は意外な思いで尋ねた。

「いや、これは史跡めぐり七つ道具その一や。懐中電灯、インディ・ジョーンズも持ってるやろ。僕は落とさんように、こうして小《ち》っさいのを首からぶら下げてる」

「兄ちゃんは、大学出たら博士《はかせ》になるん？」

「いきなりは無理や。いっぱい勉強せなあかん。まずはちゃんと卒業できるように、今いっしょうけんめい論文書いてる。川のそばに住んでる王子様についてや。なんで王子は川のそばに住んでたんやろかって」

何や、自分の話やんか。傘をくるくる回しながら、千秋は口をすぼませた。生身の男くささを感じさせせない兄の清々《せいせい》とした風貌《ふうぼう》は、十代の女子にしてみればいかにも「王子」だ。

「私、分かる。川は近くで見ても高いとこから見ても綺麗《きれい》やんか。王子もこうやって近所の坂上《のぼ》って、ああ良い景色やなあって眺めるのが好きやったんと違うの」

気づけば、坂のてっぺんまで来ていた。兄は立ち止まって来《こ》し方《かた》を振り返り、真っ白な息をほうっと吐いて、「なるほどな、それで坂と水辺か――」とささやいた。

雨だか靄《もや》だか、さらさらとした無数の水の粒子が、兄の黄色いコートを音もなく包んでいく。蛇行する坂道が川の流れに見えて、千秋は傘の奥でひっきりなしに目を瞬《しばた》いた。

「なあ、千秋。ワニはきっとサイなんや」

「何それ。動物園？」

傘を傾けて道を見下ろす兄が、その時どんな顔をしていたか知らない。ただ「越えたらあかんねん……」と独りごちた声だけが、後ろにいた千秋の耳にひどく昏《くら》く響いた。

兄ちゃんは、どうして今日戻って来たんやろ——。

帰宅した千秋が土産《みやげ》のジャイアントカプリコを食べている間、兄と母はお互いやけによそよそしかった。兄が母にあまり良くない話をしに来たこと、妹が塾に行くのを待っていること、たぶん父にも聞かせたくない話だということ。子供特有の勘でそれらを正確に嗅ぎ取った千秋は、塾の仕度をすると言って急いで部屋に引っ込んだ。

戸口に置いた兄のリュックが目に入ったのは、その時だ。

少し開いた口から小型のカセットプレーヤーがのぞいており、中には千秋の所有欲を刺激してやまない、きらきらしたラメ入りの黄色いテープが入っていた。

せや、ちょっとお正月まで借りるだけなら——。

たいして悩むこともなく、千秋がテープを塾用のレッスンバッグへ突っ込んだのは、兄が怒るはずはないという経験に基づいた甘えからだったように思う。

結局、玄関先まで見送ってくれた兄の笑顔が、団地の重たい鉄製ドアにゆっくりと遮られて少し寂しげに見えるまで、千秋は自分の行為を後悔することはなかった。

「兄ちゃん、帰って来んの、またすぐやんな！」

「うん、すぐや」

そうしてそれが、兄と交わした最後の会話になった。


長い年月を経て、千秋はようやく四宮《しのみや》教授を目の前にしている。

十六年前、豊かな銀髪がまだ黒々としていた頃《ころ》、教授は琵琶《びわ》湖近くの公民館で、今日と同じように堂々と壇上で講演していたことだろう。あるいは十四年前、母が輝之《てるゆき》と再婚して東京へ行き、千秋の生活がオセロのように反転した頃、教授は過去を省《かえり》みることなく、今日《こんにち》まで続く栄光への階段をまた一つ上っていたことだろう。

今、平等院鳳凰堂《びょうどういんほうおうどう》の描かれた十円玉を手に、平安貴族が創り上げた極楽浄土を語る教授の胸の内には、実のところ何が詰まっているだろうかと千秋は考えた。そこには、テープを盗《と》ってしまった千秋の罪悪感や、「あれは全部私のせいよ」と言い遺《のこ》した母の悔恨《かいこん》や、証拠の録音を失った兄の無念などの潜《もぐ》り込む余地が、少しでも残されているだろうか？

「庭園の池を挟《はさ》んで、人々は鳳凰堂の阿弥陀如来《あみだにょらい》を西向きに拝みます。この構図は、阿弥陀如来の住む西方浄土《さいほうじょうど》を再現しているわけですね。阿弥陀如来を信じて一心に念仏を唱えれば、誰《だれ》でもみな救われて極楽へ行けるという、当時の思想を表現しているのが、これでお分かりいただけたかと思います……」

教授の描く極楽に、兄の居場所はきっとない。

今になって千秋がオセロの反対側をのぞこうとしているのは、結局そこにしか兄がいないからだ。兄が持っていた才能や夢や、これから訪れるはずだった未来への希望が、抑えても抑えても裏側の世界からあふれ出てくるからだ。

兄のことを想《おも》う時、千秋は小学五年生だったあの日の自分になる。あるべき数十年の時間を持てなかった兄妹の関係は、浮世離れした眩《まぶ》しい憧《あこが》れだけを残して、永遠に記憶の淵《ふち》へと沈んでしまった。だから千秋が兄のことを少しでも知りたいと願うなら、みずからその場所へ還《かえ》っていかなければならない。追憶とは、もはや現在を共有できない誰かと一緒に、過去の時間をもう一度なぞり返すことなのだ——。

「——さあ、ここでどなたか、教授に質問のある方はいらっしゃいませんか」

我に返れば、いつしか講演会は終わりに近づいており、教授への質問タイムになっていた。

その時、マイクを握った進行役の職員が、ざわめく会場に呼びかけている。

その時、ふいに「ハイッ」と大音量の声が千秋の隣で聞こえたと思ったら、やたらとインパクトのあるシマ柄の図体が、天をつく五重塔の如《ごと》くまっすぐに腕を伸ばしていた。

「ちょっと志田《しだ》さん、目立つことしないでくださいよ……」

「アホかい、顔は相手に覚えられてなんぼやねんで」

悲しい浄土の夢から覚めてみれば、現実の方はもっと線香臭い悪夢だ。

ホールに居合わせた五百の目が、いっせいにこちらを見つめてくる。縮こまる千秋の隣で、職員のマイクを受け取った志田が、法話でも始めそうな満面の笑顔で立ち上がった。

「おお、なんとカラフルな男前だ」

四宮教授が会場をなごませながら、志田を促《うなが》す。

「ええ、ほんなら、質問させていただきます。浄土式庭園の池を挟んで、西向きに阿弥陀様を拝むて話を聞いた時、ふと平等院の対岸にある宇治《うじ》神社、宇治上《うじがみ》神社との位置関係が気になりましてん。時代が下って平等院の鎮守社になったとのことですが、ほんまの所はどうなんでしょう」

「というと?」

「平等院と二社は、宇治川を挟んでほぼ一直線上にありますね。ほんで、二社の社殿はちょうど西っ側《かわ》にある鳳凰堂に向いとる。何や、神社の御祭神の菟道稚郎子《うじのわきいらつこ》が、阿弥陀様のおられる極楽浄土を拝める構図になっとるなと。菟道稚郎子と言えば、兄の仁徳《にんとく》に帝位を譲るために自殺した悲劇の皇子《みこ》です。ご存じ平安時代は、非業の死を遂げた者は怨霊《おんりよう》になると考えられていたので――」

「つまり平等院鳳凰堂は、浄土の再現だけでなく菟道稚郎子の鎮魂も兼ねていたと?」

「ハイ、配置的にそういうことも考えられへんかなと、教授におうかがいしたくて」

「確かに、当時は末法思想のただ中にありましたし、実際に疫病や天災で世の中が荒廃していました。しかし当時の神仏習合、陰陽道《おんみょうどう》、密教、修験道《しゅげんどう》といった観点から見ても、神社の祭神を寺で封じる例は思いつきませんし、菟道稚郎子が祟《たた》りをなしたという文献上の根拠もありません。ですが、考え方としてはとてもユニークですね」

相手に恥をかかせないよう、教授はそつなくコメントを返した。志田の論は一応もっともらしくは聞こえるのだが、仏教的な解釈に基づく考察というより、何やら『アカシック』のトンデモ記事を読んでいる気分にさせられる。三分の二が教授のファン、残り三分の一が真っ当な歴史文化を学びに来ている会場内で、志田の質問はいかにも場違いだった。

だが、空気を読まない坊主は、なおも言い募《つの》る。

「ほんなら、宇治川の果たす役割はどうでしょ。平等院ができた当初、参拝客はまず宇治神社に詣《もう》でて、そっから舟で向こう岸の平等院に渡りました。いわば、彼岸へ行くための川です。実際、宇治川は三途《さんず》の川と考えられていたとか。ここ、ポイントの一ですね」

言いながら、人差し指をぴっと立てる。

「一方、宇治川の周辺はもともとワニ氏のテリトリーで、菟道稚郎子はそのほとりに住み、死んだ後は宮が神社になり、墓も近くの山上に造られました。それにこの皇子は当初、兄の仁徳の助言に従って、謀反《むほん》を起こしたもう一人の兄を宇治川に沈めています。さらに『日本書紀』によると、自殺した菟道稚郎子は、宇治の宮へ駆けつけた仁徳を前に一度だけ蘇生《そせい》し、遺言を残したと言われています」

教授も千秋も聴衆も、みな志田の意図が判《わか》らず困惑気味に聞き続ける。

「全部言うたらキリがありませんけど、『古事記』、『日本書紀』、民間伝承、これら菟道稚郎子に関する説話の中で、宇治川は生死を巡る呪的《じゅてき》な水の場として機能しています。こらつまり、佐比持《さひもち》の水神であるワニの霊力が支配する場と言い換えることもできます。これがポイントの二。この二つを合わせて考えてみると――」

志田はそこで二点のポイントを示した二本指を、Vサインのように突き出して言った。

「――ワニ氏だった菟道稚郎子は、サイの河原に住んでたんと違いますか」

千秋は思わず両手で口を覆った。何の魂胆か、志田は平等院から強引に話を転ばせて、千秋の「ワニはサイ」を直接教授に投げかけたのだった。

心なしか顔が強張《こわば》った教授に、志田は平然と畳みかける。

「親より先に死んだ子ぉが、永遠に石を積み上げとる河原です。普通はウカンムリの一文字で〝賽《さい》〟と書くんが有名ですけど、〝佐比〟と二文字でも書きますねえ。例えば平安時代、埋葬地だった鴨川《かもがわ》と桂川《かつらがわ》の合流点がそう呼ばれとったのは、京都のかたならよく知っとると思います。さて、ここで〝佐比〟と〝賽〟の接点が生まれると、さらにもう一つ別のサイが出てきます。すなわち――」

「恐れ入ります、ご質問はお一人様お一つまでとさせていただきます」

微妙な空気を察知した進行役の職員が、とうとう止めに入った。

「何や、特売かい」

ごねる志田のマイクは、さっそく別の質問者へ回ってしまう。会場は再び和やかなムードを取り戻し、あとはいくつかの無難な質問に教授が答えて、大きな拍手とともに講演会は終了した。最後に気を取り直した教授は、

「先ほど菟道稚郎子の話が出ましたが、次回の特別展ではそのことにも少し触れています。皆さんどうぞお越し下さい」

と宣伝を付け加えるのも忘れなかった。

「志田さん、さっきのあれ、一体どういうつもりですか」

いっせいに会場内の人間が動き出す中、千秋はコートを持って立ち上がる志田の腕をつかんで言った。

「どういうって、何が」

「とぼけないで下さい。大勢の前で、あんなこと教授に話すなんて」

「地味に怖い顔すな。素人があれこれ考えるより、専門家に教えてもろた方が早いやろ。あんたのことを思っての、わしの親切心ととらえてくれたらよろし」

嘘《うそ》だ——。千秋は内心で歯がみした。

志田は千秋の「ワニはサイ」の質問をきっかけに、何かに気づいて教授にカマをかけたのだ。それが何なのか、どこまで気づいたのかは分からないが、このままでは志田のペー

スに飲まれてしまう。講演会が終わった今、志田と一緒にいることは、百害あって一利なしだ。

膨らんでいく焦燥に急き立《せ》てられ、千秋は女子トイレに駆け込んだ。

メモをちぎり、急いでメッセージを書きつける。女文字と分からないよう左手で金釘流《かなくぎりゅう》にし、内容もわざと脅迫電話を想起させる文面にした。

《十六年前の件について、電話ではなく直接お話ししたいと存じます。本日六時、研究所を訪ねて行く者を部屋に通して下さい。証拠をお持ちします》

用意してきた白い封筒に入れ、「四宮俊昭《としあき》教授」と宛名《あてな》を書いて封をした。

帰る客でごった返すホール前のロビーで、志田と四宮誠《まこと》が旧知の仲のように歓談している。近づいた千秋は、何食わぬ顔で四宮に封筒を差し出した。

「これ、そこの柱のそばに落ちていました。教授のお名前が書いてあったので……」

「何や、ファンレターかいな」志田がのぞきこんで言う。

「恐れ入ります。本人に渡しておきます」

四宮が封筒を上着の内ポケットにしまうのを確かめ、千秋はひとまず辞去の挨拶《あいさつ》をした。うまく逃げたつもりが、数メートルも行かないうち志田に追いつかれ、「何や、わしを置いてトンズラかい」と軽く小突かれた。

「何て薄情な女やろ。教授の講演さえ聞けたら、時任《ときとう》のことはどうでもええんか。あいつはあんたにも利用されたわけやな、ああ可哀想《かわいそう》に」

図星を指されて逆にムッとした千秋は、志田を思いきり睨《にら》み上げた。

「そりゃあ気になりますけど、もうどうしようもないじゃないですか。ピンクの軽のことだって中途半端だし、結局事件に関しては何にも分かってないでしょう。変に嗅ぎ回るより、時任さんのことは警察に任せた方がいいと思います」

「宇野さん。あんたは確か、わしの機転のおかげで念願の講演を聞けたんやったね。次はわしにつき合《お》うてくれても罰《ばち》は当たらんで」

「私の協力が必要ですか？　全部志田さんの舌先一つで聞き出してたじゃないですか」

「水臭い。わしとあんたは仲良しアベックやないか。お坊さんがウサちゃんに抹茶パフェごっそうしたるから、さっきのおばちゃんとこに話聞きに行こ」

「アベックって……」

昭和のにおいをまき散らしながら、志田は肩を揺すって石段を下りていってしまう。それからまっすぐ権藤《ごんどう》さんの茶店へ向かうと思いきや、まず立ち寄ったのは警備室だった。

「先ほどはすいませんねえ。皆さんに迷惑かけてもうて」

「次はちゃんと対面の一般駐車場へ行ってくださいよ」

千秋が受付で権藤さんと喋《しゃべ》っていたせいか、八の字眉の警備員は心持ち愛想を取り戻して言った。名札に「相川義雄《あいかわよしお》」とある。

「気をつけます。ああ、せや、そう言えばもう一人の警備さん、今日いてます？　ごま塩頭で、ちょっとなで肩の……」

　志田は思いがけないことを尋ねる。そう言えば、不審な『マホロバ警備』の男の件も解決していなかった。志田は正体が分かったと豪語していたが、その男がここで働いているかどうか確かめたいようだ。

「あの人なら休み取ってるよ」

「今日も？　昨日奈良《なら》におった時、偶然『マホロバ警備』のバンに乗ってるの見かけたんやけど。ここにおって社の車使うことてあるんですか」

「警備する場所を掛け持ちしてる人もおるからね。移動に使う場合もあります」

「ああ、それでなんや」顎《あご》をさすり、志田は呟く。

「いやじつは、共通の知人やった一之瀬《いちのせ》さんて人がね、事件に巻き込まれて。そのこと知ってはるかなて思いまして」

「そやそや、私もニュースで見ました。惨《むご》い目に遭《お》うて。一之瀬さん、しょっちゅうそこで職員さんと煙草《たばこ》吸うてたから、私らもときどきお話ししてたんです」

「一之瀬さんが？」新たに出てきた繋《つな》がりに、志田の調子が一段上がった。

「博物館の二階に貸し会議室があるでしょう。一之瀬さんは文化財保護団体の集まりで、定期的に利用してました。ヘビースモーカーに全館禁煙は応《こた》えるからね、わざわざここへ吸いに来はって。しょっちゅう展示課の岡《おか》さんとも鉢合わせになって、熱心に話し込んで」

博物館に出入りするアマチュア研究家を岡が苦々しく思っていたようなのは、どうやら時任のせいだけでもないらしい。

「そう言うたらおたく、お坊さんでしたね。このことでしょう。一昨昨日《さきおととい》はあんなに元気やった一之瀬さんが、もうこの世におらへんなんて。諸行無常て、人の生き死になんて、ほんまに分からんもんですねえ」

「何ですて?」志田と千秋は、ほとんど同時に目を剝《む》いた。「一之瀬さん、十三日にここにおったんですか。何時から何時まで?」

突然身を乗り出した志田の剣幕に、警備員の相川は口ごもる。

「五時半くらいやったかな、急に来て……。鉄工所は休みですかて聞いたら、早引けしたけど、鍵《かぎ》締めなあかんからまたすぐ戻るて……。実際、私が六時半頃に一般駐車場見た時には、一之瀬さんのライトバンは停《と》まってへんかったから」

ということは、一之瀬はあの日、一度夕方に鉄工所を離れているのだ。妻の恭子《きょうこ》や従業員は、鉄工所の鍵が翌朝きちんと施錠されていたことから、一之瀬が夜以降いなくなったと考えたのだろう。けれども、生きている一之瀬を従業員が見たのは、一之瀬が博物館へ来るために鉄工所を抜け出したのが最後だったのだ。

鉄工所のある和爾《わに》からここまでは、車なら順調にいって一時間ちょっと。

今まで判った事の流れを、頭の中でもう一度整理してみる。

十三日、一之瀬は四時半前に鉄工所を出た。五時半頃に博物館へ到着し、六時半より前に宇治を出る。和爾に帰り着いたのは、遅くとも七時半。

一方、時任は六時半頃に『タカマツ堂』を後にして和爾へ。鉄工所には、恐らく七時半前後に着。八時五分前に櫟本《いちのもと》駅で公衆電話をかけるには、和爾を七時四十五分には出なければならない。

七時半――。一之瀬が鉄工所に帰り着き、時任が同じ場所にやって来る、このほぼ同じ時刻に事件が起こったのだろうか。そこで時任は、犯人と鉢合わせたのだろうか。だが、それならなぜすぐに警察に報せず、家に血まみれの刀を置かれるはめになったのだろう。そして一之瀬の遺体は、なぜ近くの公園で見つかったのだろう。

「五時半言うたら、博物館の展示は終わってますねえ。一之瀬さんは、会議室に？」

「いや、会議室は別のグループが使《つこ》てました。あの人は確か、岡さんに会いに来たんやなかったかな」

「ほんで岡さんとは、ここで別れたんやろか。例えば、その後一緒にどこかへ出かけたってなことは」

「そらないですね。岡さんは次の展示の担当者やから、今の時期は毎晩遅くまで残ったはります。大体の職員さんは六時くらいに帰らはるけど、あの人の車は十三日も九時過ぎまでそこにありました。ずいぶん根詰めたはるなあて思ったもんです」

「小泉《こいずみ》さやかさんは」

「特に遅くまで停まってた覚えないから、六時には帰らはったと思います。全部の車の出入りを見てるわけやないけど、職員さんは必ず警備室の前を通るから」

六時出発なら、和爾へは七時半にじゅうぶん辿《たど》り着く。やはり小泉さやかは怪しい。

「何やあんた、まだ小泉さんの浮気を疑《うたご》うとるの。勘弁して」

途端に警戒し始めた相川に、志田はわざとらしく合掌の礼をして退散を告げた。小道に出るやいなや、相変わらず傘も差さずに、「ああややこしい」と短髪をかき回す。

「問題にぶつかると、いつもわしの頭ん中でポークポークポークて木魚が鳴んねん。ほんで答が見つかると、チーンて鈴《りん》の音がしてめでたしや。でも今回は、このチーンがまったく鳴らん」

〝アベック〟の次は、懐かしのアニメ『一休さん』を持ち出してきた。いちいち相手をする気力もなかったので、千秋は一言「へえ……」と暗い相槌《あいづち》を打った。

「まあええ、次は茶店や。せっかくお茶の町まで来たんやから堪能せなあかん。旅の思い出は、プライスレスなんやで」

昼のニシンそばは却下したくせに、と言いかけ、これもまた喉《のど》の奥でフェードアウトさせる。研究所の駐車場にクラウンを停めたまま、志田は寂しい雨の小道を宇治神社の方へ歩き出し、千秋は傘の陰でそっと腕時計を確認した。

四時十五分――。

教授があのメッセージを読んだなら、書いた本人に必ず会おうとするだろう。そう確信した千秋は、何とか六時までに志田をまく方法を思案しながら、幅広いキャメル色の背を追った。

2

茶店『早蕨園《さわらびえん》』は、二百年前の創業以来、宇治川の岸辺で町とともに歴史を刻んできた。黒い瓦屋根《かわらやね》、紺色の日よけ暖簾《のれん》、磨き込まれた柱が鈍く光る落ち着いた店内では、これまた時代を感じさせる石油ストーブにかかった薬缶《やかん》が、白い湯気を吐き出している。

十二月も半ばを迎えた夕刻とあって、日曜とはいえ客もなく、千秋たちと入れ違いに年配の男性二人組が出て行くと、あとは貸し切り状態になった。

これで事件について心おきなく話せると思いきや、「ホントに来てくれたんや？」と喜ぶ権藤さんが、名物の抹茶クリームあんみつを運んで来るなり、お盆を片手にテーブルの横で動かなくなった。

「何やウサちゃん、教授のファンやなくて〝関係者〟やったん？」

四宮誠のはからいで無事講演を拝聴できたのだと、志田が余計なことまで話したせいで、千秋が権藤さんに名刺を差し出すはめになった。

「息子の方もいい男でしょ。私もあと二十年若かったらね。あのままずっと独身なんやろかってみんなで心配してたけど、とうとう年貢の納め時。お母様の肝《きも》いりで、十も年下の娘《こ》と婚約して」

「小泉さやかさんでしょ。可愛《かわい》らしい、フリフリの」

指をひらひら動かして言う志田に、権藤さんは勢いよく頷《うなず》いた。

「何でもお母様同士が女学校時代の友人で、さやかさんは溺愛《できあい》されて育った末娘さんらしいの。就職も四宮家が世話したとかしないとか。だって彼女、どう見ても博物館てタイプじゃないでしょ」

「なんやわし、小泉さんは別のかたとええ仲なんやと思いましたわ」

「いやぁ、さすが、鋭いわ」権藤さんは馴《な》れ馴《な》れしく志田の肩を叩《たた》いて続けた。

「ほんとはね、あの子、岡さんとつき合《お》うてたて。もうね、誰が見ても分かるくらい付きまとってたし。展示課の人。しかも最初はさやかさんの方から言い寄ったて」

やっぱりね——。鼻白んだ千秋が、抹茶アイスとあんこを合わせて口に運んだら、甘くて苦い大人の味がした。ミカン、桃、杏《あんず》、もちもちの白玉に豆、寒天代わりの抹茶ゼリーと盛りだくさんで、さすがに名物だけのことはある。

「ま、女は打算的なとこあるから。二人を天秤《てんびん》にかけて四宮さんの方取ったんやろね、きっと。だって四宮教授が義父になるわけでしょ。時の人やし、さやかさんは昔っからのファンやったて言うから、半分はミーハー気分で婚約したのと違う？」

お昼のワイドショーよろしく、志田と権藤さんは他人の色恋で盛り上がる。

「四宮ジュニアの方も、まんざらでもないみたい。あの人、クールに見えてけっこう勝気というか、縄張り意識の強い所があるんやって。自分の領域を荒らされると烈火の如く怒るのに、欲しいものは用意周到に裏から手を回して、知らない間に自分のものにしてたり」

「岡さんが可哀想や。わしならガラスのハートが砕け散ってまうわ。同じ職場で、ドロドロにならしませんの」

「まあ、大人やからねえ。内心は複雑かもしれんけど、表立っては普通よ。それにジュニアと岡さん、昔からの友達同士みたいやし」

「なお気まずいわ。踏んだり蹴《け》ったりやね。特別展の準備でささくれ立った心を癒《いや》してくれる女もおらんとは」

「だから煙草。唯一の気分転換やから、それこそ出たり入ったりよ。一昨昨日《さきおととい》やったかな、岡さんが六時過ぎにいきなり受付に現れはったんで、ビックリしたわ。ずっと地下の展示作業室にいやはったみたいで、煙草吸いに出てきたの。ほんで、下の研究所まで、わざわざ運動がてら外の石段下りて行かはって」

「十三日の夕方って、権藤さんが受付にいらしたんですか？」

口を挟んだ千秋に、権藤さんは「そう」となぜか誇らしげにエプロンの胸を張る。

「普段は博物館が閉まる五時までなんやけど、会議室の利用が遅くまである日は七時まで受付に一人残るの。それ以降は警備さんと交代。私、勤労婦人やしね」

黒蜜《くろみつ》のかかった柔らかい白玉を頬張《ほおば》った千秋に代わり、抹茶を飲み干した志田が、言葉を繋ぐ。

「六時に岡さんが受付のとこ出て来られた時、誰かと一緒やなかったですか」

「一人よ。誰かって、誰？」

妙だな、と千秋は内心で首をひねった。そうなると一之瀬は五時半から六時の間に帰ったことになるが、博物館側にいた権藤さんも、警備室にいた相川も、その姿を見ていない。

一之瀬は、二つしかない出入り口の、一体どちらから出たのだろう。

同じことを考えたらしい志田が、権藤さんの「見落とし」を疑って質問を続ける。

「その時、受付が忙しかったとか、そういうことあらしませんでした？」

「ヒマ、ヒマ。〝会議室残業〟は座ってるだけ。そうでもなかったら、ブアイソ岡さんになんか話しかけへんよ。なんで？」

「いや、さっき警備さんの方ではバタバタしてたて聞いたもんで」

「ああ、あっちはね。あの日は確か、昼間に警備さんが途中で交代してん。一人が具合悪くなったとかで早退したんで、三時過ぎから相川さんが急きょ出動しはって」

本当はあの日、警備員の相川は出勤日ではなかったらしい。つまり早退したもう一人というのが、昨日和爾の鉄工所にいた例の男なのだろう。

その時、志田の上着で「好き好き好き好き」と『一休さん』の歌が鳴り出した。取り出したスマホカバーはどぎついマンダラ模様で、変なところだけ職業意識の高さをのぞかせる。

「うん、どないした」

応じた電話の向こうで、微《かす》かに女の声が聞こえた。

「今？　宇治でウサちゃんと抹茶デート真っ最中やねん。独りぼっちにしたら、寂しくて死んでまうやろ。うん、まだかかるわ。は？　何やて――？」

くだけた態度で話していた志田が、やにわに顔を強張らせた。

「……ちょっと待っとれ」

そうしてすぐさま店の外へ出て行き、五分ほどして戻って来た時には、何やらひどく動揺した様子だった。怖いものなしの坊主にしては珍しい。

「何かトラブルですか……？」

「ああ、じつは――いや、たいしたことあれへん」

その割りには落ち着かない態度で腕時計に目を走らせ、駄目押しに店の柱時計まで確認する。何があったか知らないが、いい機会だと判断した千秋は、率先して帰り支度を始めた。

「私は適当にやりますから、かまわず行って下さい」

言っているそばから、また「好き好き好き」が鳴る。志田は黄色いワニ革の財布から千円札を二枚引き出し、「ほんなら、これでな」と慌ただしく店を飛び出して行ってしまった。

自分が無理やりここへ連れて来たくせに――。

離れられたのは好都合だったが、女からの電話一本でぞんざいに〝アベック〟を解消する身勝手さに、何だかもやもやする。千秋が憮然《ぶぜん》としてウインドブレーカーを着込んでいると、熱い茶のお代わりを持って出てきた権藤さんが、「もう帰るん?」と引き留めた。

「彼氏さんが車持って来るまで、ここで待ってたら。あっ、どっから帰るか知らんけど、恋人同士で宇治橋渡ったら駄目よ」

二人の仲を誤解したまま、権藤さんは宇治橋の守り神・橋姫《はしひめ》について語り出す。曰《いわ》く、水神である橋姫は、穢《けが》れを川へ流して悪縁を切ってくれる一方、恋人同士で橋を渡ると嫉《しっ》妬《と》で二人を別れさせてしまうという。

「ご縁のエンは、フチとも読めるでしょう。要はヘリのこと。あっちのヘリとこっちのへりを結ぶんが〝橋渡し〟やから、ご縁の女神様も橋のとこに住んでるのよね。昔から、水辺や橋には霊力が宿るとも言われてるしね」

陽《ひ》は雲に遮られたまま沈み、千秋の顔が映った暗い窓ガラスの向こうで、雨を受けた宇治川の早瀬が飛沫《しぶき》を上げている。

ワニはサイ。講演会で「賽」と「佐比」を結びつけた志田が、次に語ろうとしたもう一つの「サイ」とは、一体何だったのだろう。

少なくとも、菟道稚郎子《うじのわきいらつこ》の宇治川を巡る伝承は、重要な水系を押さえたワニ氏の歴史的事実を伝えると同時に、彼らが奉じる〝水神〟の性質を示す思想的な隠喩《メタファー》にもなっているのかもしれない。

「宇治神社の御祭神が、橋姫さんの夫やて伝承もあるらしいわ……」

あの世とこの世を分かつ水縁《みずべり》に住まうワニの末裔《まつえい》は、現代よりずっと呪的な力に満ちた古代にあって、どんな意味を持っていたのだろうか――？

五時四十分。

強まった宇治川の瀬音に背中を押され、千秋は再び『山城《やましろ》考古学研究所』への閑静な小道を辿った。

川岸から一歩東に入ると、山際に沿って緩やかな細い坂が続いている。街灯もなく、両側に覆い重なる草木のせいで、人気の絶えた雨夜の道はいっそう暗い。

風が吹いて枝がしなり、黒々した山全体が川波のようにさざめいた。雨に濡《ぬ》れた土の匂いに混じって、水縁《みずべり》の向こうにあるという〝あちら側〟の気配が、夜の中から音もなく滲《にじ》み出てくる。得も言われぬ畏《おそ》れと緊張に、千秋は自然と足を速めた。

ここを抜ければ、すぐに研究所が見えてくる――。

後ろで靴音が聞こえたのはその時だった。

歩幅の広さ、足音の強さから、男だと分かる。この先にも住宅はあるし、千秋を尾《つ》けているはずもないが、たちまち不安が湧《わ》き上がってきた。神経質になり過ぎだ、と自分に言い聞かせながらも、後ろを振り向く勇気はない。

足音の主《ぬし》が間を詰めてくる。傘の柄を握りしめ、千秋はさらに歩調を速めた。足音もそれに合わせていっそう速くなり、その差がどんどん縮まってくる。

私を追ってきてるんだ。

そう確信した途端、不安ははっきりと恐怖に変わった。強い風が吹き、前方に見えている研究所の光が、揺れる枝葉の影で明滅する。靴音がすぐ真後ろで聞こえる。

たまらず駆け出そうとした瞬間、肩に大きな手が置かれて、千秋は短い悲鳴を上げた。

「何がキャアや」

線香臭い人影が呆《あき》れたように言い、今度は別の意味で仰天した。

「志田さん、どうしてここに……」

「そらこっちの台詞《せりふ》やで。電話終わって茶店に戻ったら、もう帰った言うから。――駅は反対方面やで。それとも、また山考《ヤマコー》へ行くんか」

志田の車が研究所の駐車場に停めっぱなしだったことを思い出し、千秋は苦し紛れの言い訳をひねり出した。

「……もし奈良の方へ行くなら、ついでに送ってもらおうかと……」

「すまんけど、わしはここで用事済ませたら、まっすぐ大阪へ帰らなあかん。それに、こっからなら奈良は電車の方が早い。三十分で着いてまうで」

千秋は次なる言い訳を考えて黙りこくった。博物館へ忘れ物をしたというのも変だし、志田が出発するまでどこかに隠れていたら、六時を過ぎてしまう。

「どのみち、わしはこれから四宮に会う。すぐには帰れん」

「え……」激しく動揺したのが、千秋自身にも分かった。「四宮って……どっちの？」

「ジュニアの方や。あんたが講演会終わってトイレに行っとる間に、声かけられた。博物館が閉まる頃、もう一度戻って来んかてな。何でも、脅迫電話の相手がこの後に現れるかもしれんて話や」

手のひらに汗が噴き出した。まさか四宮がそんな行動に出るとは思わなかった。

「どうして志田さんにいちいち教えてくるんです？」

「一之瀬の事件で時任がえらい目に遭《お》うてる話、ジュニアにしたやろ。ほんで奴《やつ》は、こっちの件も時任が怪しいて疑い出した。『古代逍遥《しょうよう》』に論文が載っとる人間の中で、教授の自宅の住所と電話番号を知っとるのは時任だけやて。十六年前に大学辞めた〝渡井《わたい》隼人《はやと》〟なんかより、ずっと怪しいて寸法や」

「それで、四宮誠は志田さんに何をしろと？」

「予想が当たった場合に備えて、お友達のわしにスタンバってってもらいたいんやて。悪事をやめよと相手を諭《さと》す、ありがたいお坊さんが必要ってわけや」

「そんな理由で部外者を立ち入らせますかね……」

そこではたと気づいた。千秋がトイレに行ってる間の話ということは、千秋が教授宛の手紙を渡す前に、四宮はすでに脅迫相手が現れると知っていたことになる。

つまり、本物の脅迫者だろうか？

「四宮誠は、脅迫者が来るって情報をどこから得たんです？　昼間に会議室で話した時は、そんなこと言ってなかったじゃないですか。大体、教授はその人に会う気なんですか？　そんな電話をかけて来る奴なんて、危ない人でしょう……」

「分からんけど、とりあえずわしは六時に研究所を訪ねることになっとる」

かち合うなんて——。

千秋は暗澹《あんたん》とした気分になり、「時間あるなら、あんたも来るか？」と言う志田の問いかけに、否応《いやおう》もなく頷いた。これでは教授にも会えないまま、脅迫者を装った千秋の手紙だけが一人歩きしてしまう。

退社時間になり、南玄関から出てきた研究所の職員が三々五々散っていく。

その中、一人ビニール傘を差して石段へ向かう岡の姿に、志田は足を止めた。

「何です、急ぐんですが」

博物館へ上る階段の手前で、岡は苛立《いらだ》ちを隠そうともせずそう言った。軽蔑《けいべつ》の混じった冷ややかな視線にもめげず、意図的に空気を読まない坊主が図々しく相手を呼び止めたからだった。

「ワニ展の準備、お忙しいようですね。予告ちらし、拝見しました。楽しみです」

「それはどうも」

素っ気なく言って行こうとする岡を、志田は「ちょっと待ってえな」と無駄に張りのある声でなおも引き留めた。

「職員さん通したら、展示準備の様子なんか見学させてもらえるんやろか」

「お見せできるわけないでしょう」

「ほんなら十三日の夕方、一之瀬さんとはどこで会《お》うたんです。展示室はもう閉まってたし、会議室はどっかのグループが使うてた。岡さんはずっと地下の作業室にこもってはったて聞きましたけど、まさかそんな大事なとこに部外者は入《い》れへんですもんね」

風に煽《あお》られた枝葉の雨粒に、岡のビニール傘が音を立てる。

「それとも何や、絶対に入れんはずの作業室へ一之瀬さん入れて、絶対に聞かれたない話でもしてたんやろか」

「……あんた、僕が一之瀬さんを殺したとでも言いたいんですか」

「まさか。下手に疑《うたご》うたら、誹謗中傷《ひぼうちゅうしょう》になりますがな。わざわざ和爾まで行って一之瀬さん殺す時間と理由が、おたくにはないでしょ」

「そうなりますね」

「ほんなら、何の話されてたんです」

「他人に言う必要はない話です」

志田は小さく肩をすくめて「そらそうや」と鼻を鳴らした。

「時に岡さん、おいくつです」

「三十八ですが。何か?」

「いや、その年で四宮教授の教え子やったら、〝渡井隼人〟と同《おんな》しやなあと思いまして」

思いがけない所から、思いがけない質問をされると、人は頭の回転が追いつかずにかえって無表情になる。岡と自分は今きっと同じ顔をしているだろうと考えながら、千秋はその可能性に思いいたらなかった間抜けさを恥じた。

この博物館には、教授の息のかかったもと教え子が、たくさんいるはずなのだ。

「渡井くんの卒論テーマ、ワニ氏やったそうですね。十六年前、一之瀬さんの奥さんが、今頃の時季に和爾下《わにした》神社で会うたらしいんです。卒論で使う写真を撮りに来てたて」

一之瀬と〝渡井隼人〟の「共通の知人」は、四宮教授本人とは限らない。むしろ、喫煙スペースでしょっちゅう顔を合わせていた岡のことだったのではないのか——。

「確かに渡井とは同じゼミでしたけど、週に何度か顔を合わせるだけの仲でした。院に行ったらまた関係も変わったんでしょうが、あいつは卒業前に急に大学へ来なくなりましたからね」

「渡井くんは少なくとも、十二月の半ばまでは卒論を出す気やったってことでしょ。それを突然やめてしまった理由、何か聞いてませんか」

「こっちが聞きたいくらいです。僕とは違って、渡井は四宮教授の大のお気に入りでしたからね。正直な話、もしあいつがあのまま大学に残ってたら、今ここであんたたちと喋っているのは渡井だったでしょうね」

覇気のない岡の乾いた細目の奥に、一瞬だけ憎しみとも嘲《あざけ》りともつかない生々しいものが閃《ひらめ》いたが、再び騒いだビニール傘の雨音に、すっかりかき消されてしまった。

「もういいでしょう。本当に急ぐので」

岡は返事を待つことなく、今度こそ階段を上り始めた。

「私たちも行かないと……」

職員玄関へとせかす千秋に、志田はなおも岡の後ろ姿を見上げながら、ぽつりと呟いた。

「今日、講演会の後は二階の会議室が使われる予定はない。一階の展示室も五時で終《しま》いや。岡は外から階段上って、どこへお急ぎなんやろね」

3

通された事務室で二人を待っていたのは、小泉さやかだった。

四宮ジュニアは席を外しており、その間の応対を婚約者に頼んだらしい。

総務課、資料課、調査課、博物館の展示課などの机が整然と並ぶ部屋の角に、パーティションで仕切った応接スペースがある。大半の職員が帰った室内で、千秋と志田はビニールレザーのソファーに座り、煮詰まった不味《まず》いコーヒーを飲んで四宮を待った。

「先ほどは、ひどく失礼なこと言うてもうて。この通りです」

平謝りに謝った志田の態度に、少し機嫌を直したらしいさやかは、辺りをはばかるように声をひそめて尋ねてきた。

「あのぉ、四宮から聞いたんですけど、時任さんが一之瀬さん刺しちゃったってホントですか？　あんなおたおたしてる感じの人が、かなり意外なんですけど……」

時任なんて知らないと怒ったその口で、しゃあしゃあと言う。

「疑われとるだけで、まだそうと決まったわけやないんです」

「でも、これって時任さんのことですよね？」

さやかが差し出したスマホをのぞくと、ネットニュースの記事が目に飛び込んで来た。

《奈良・櫟本《いちのもと》の公園刺殺体　凶器は模造刀　殺人容疑で三十代男の行方追う》

――奈良県天理《てんり》市櫟本町の公園にある池で、近くの鉄工所社長・一之瀬浩三《こうぞう》さん（62）の遺体が発見された事件で、司法解剖の結果、死因は失血死、凶器は一之瀬さんの製造していた古代刀のレプリカである可能性の高いことが分かった。奈良県警天理署は、事件直後に鉄工所付近で目撃された三十代の男の行方を追っている。同署によると、男は一之瀬さんの刀剣の顧客で、売買を巡る何らかのトラブルがあったと見て捜査を続けている。

「警察、早いわ……」志田は呻《うめ》き、短い髪をかき回した。「これでいよいよあいつも進退窮《きわ》まったっちゅうこっちゃ」

志田はいまだに時任の無実を信じているようだったが、実際に本人と会ったことのない千秋にしてみれば、だんだんその確信が揺らいできた。警察が時任を容疑者として追っているということは、志田も知らないなにがしかの証拠をつかんでいるのではないのか。

志田は時任が古本屋『タカマツ堂』から自転車で和爾へ向かったことを絶対条件にして

いたが、もしかしたら別の交通手段を使ったのかもしれない。想像をたくましくするなら、例えば宇治から帰ってきた一之瀬の車に乗せてもらったと考えることもできる。そうなれば、時任の犯行は十分に可能だ。

志田がこの二日間で披露した推理まがいの仮定はすべて、時任が無実であることを大前提としている。友情のために奔走《ほんそう》する精神は立派だが、素人の探偵ごっこにはやはり限界があるのではないか。

半分照明を落とした静かな室内に、さやかの甘ったるい声と時計の秒針ばかりが大きく響いている。

千秋は相槌もなおざりに何度も腕時計を見返し、教授はあのメッセージをいたずらと受け取ったのか、それとも本物の脅迫者はもうすでにここへ来ているのか、この機会を逃したらどうすればいいのか、一人悶々《もんもん》と考え続けた。

一方、志田を招いた四宮誠本人は、六時を十五分も回った頃、ようやく事務室に現れた。

「お待たせして申し訳ありません。父の部屋にいたものですから」

一人掛けのソファーに座るなり、四宮は千秋の方へ身を乗り出して言った。

「講演会が終わった後、宇野さんが私に渡してくださった手紙があったでしょう。それがどうも、うちに電話をかけてくる不審者からだったようで。今夜六時に会いに行くと書いてあったので、父と二人で待っていたのですが、ちっとも来ない。そんなわけで、お待たせしてしまいました」

「やだぁ、そいつ、気持ち悪くないですか？」

さやかの軽薄な言い様に、当の手紙を書いた千秋は内心でムッとする。志田はその横で眉《まゆ》をひそめ、「来ない？」と繰り返した。

「四宮さんは、この宇野さんが手紙を拾う前から、脅迫者が今夜来館するて知っとったわけでしょ。その情報源はどこやったんです」

「父から聞き出したんです。昼間、志田さんがたにお会いしたことを話しまして。警備の問題もあるからと、講演会前に無理やり教えてもらったんです」

曰《いわ》く、脅迫電話の主は変声機で声を変えており、教授を「人殺し」と糾弾することから始まって、今朝の電話ではついに「今日会いに行く」と告げてきたらしい。現れる時間は教授にも分からなかったので、四宮ジュニアはずいぶん気を揉《も》んだという。

「顧問とはいえ、父は毎日研究所に来ているわけではありません。わざわざ講演会の日を選んだということは、犯人は少なくとも大学の関係者ではないと思いましてね……」

時任が関《かか》わっているかもしれないと考えたのは、あくまで可能性の問題だという。

「志田さんに六時とお伝えしたのは、不審者が講演会の最中に現れなければ、残るは業務が終了する辺りの時間を狙《ねら》ってくるのではないかと踏んだわけです」

「なるほどね、これであんたがここにわしを呼んだ理由が判《わか》りましたわ」

志田は両腕をソファーの背もたれへ回し、とたんに下顎をつき出した兇悪な面構《つらがま》えになって言った。

「あんたは、端《はな》からわしを疑うとったんや」

「滅相もない」顔色も変えずに、四宮は否定した。

「滅相はある。あんたは昼飯時、わしらが〝渡井隼人〟の話をしとったもんで、一連の脅迫騒ぎと関係があるかもしれんと怪しんだ。ほんまは脅迫電話の内容もとっくに知っとったのに、わしらには話さんかったんやろ。ほんで、もう一度ここに呼び寄せて反応を見ようと考えたわけや。とどめに宇野さんが妙な手紙を拾うてくるから、ますます疑いを強めたっちゅうこっちゃ」

「どうもすみませんでしたね、余計なことをして……」

多分に嫌味を込めて謝った千秋だったが、志田はまったく意に介さず続けた。

「もう一つ疑うた理由は、これやろ」

志田は丸めた『古代逍遥』の冊子をコートのポケットから取り出し、〝渡井隼人〟のページを開いた。《菟道稚郎子伝承の成立と淀川水系の掌握について》。

「教授の家に送られてきた『古代逍遥』には、〝渡井隼人〟の名前の所に赤丸がついとったて言うたな。ほんでわしは、不審者がその論文自体にも思い入れがあるんやろなと考えた。せやけどこれ、どうも完結してへん。最後のとこ読んでみい」

志田はぱらぱらと本文のページを繰《く》り、該当の部分を指差した。

以上、古代宇治の地におけるワニ系諸氏（小野《おの》、柿本《かきのもと》、大宅《おおやけ》、葦占《あしうら》、村、度守）の存在と、宇治川周辺に築造された五世紀代の古墳の分布を概観してきた。

これにより、応神《おうじん》天皇と同時代の当地域にワニ系の有力者がいたと推測され、その人物が記紀の編纂《へんさん》段階で菟道稚郎子の名を冠されたと考えることができる。

ここで改めて、南山背《みなみやましろ》を基盤とする菟道稚郎子と、難波《なにわ》・河内《かわち》の大鷦鷯《オオサザキ》（のちの仁徳天皇）という二王子の皇位をめぐる伝承が、いかなる史実をもとにして成立したのかを考察してみたい。

そのためには、まず菟道稚郎子の支持母体であるワニ氏族全体の性格を明らかにする必要がある。系列氏族が多岐にわたるため、実体をつかむことは容易ではないが、勢力圏、伝承・説話などの舞台となった地を諸文献から抜き出すことにより、氏族の特質をつかむことは可能であろう。

「ここで終《しま》いや。タイトル後半部の〝淀川水系の掌握〟に関する記述が何もないし、菟道稚郎子のくだりも中途半端に終わっとる。次号に続くようにも見えん。まるで、こっから節《せつ》を変えて続きを論じるような書き方や。ちゅうことは、こら渡井くんが十六年前に途中まで書いた卒論と違《ちゃ》うかて思てな。そん時たまたま宇野さんがくれたヒントでピンとひらめいて、試しに論文の続きを推測してみることにしたわけや」

――ワニは、サイなんですか？

千秋は、自分の質問がその後志田の手によってどう展開したかを悟った。

卒論の担当教員は、進行具合や内容を前もって把握するため、学生から定期的に話を聞く場合が多い。志田は『古代逍遥』の論文が十六年前の卒論かどうかをそれとなく四宮教授に確かめるため、講演の質問タイムにちょっとしたカマをかけたのだ。

「教授は明らかにわしの意図に気づきはりましたで。それがもとで余計に不審者扱いされてしまったんやとしたら、わしの推測もあながちはずれてへんてことや」

小泉さやかが居心地悪そうにスカートの裾《すそ》をいじくる以外、がらんとした室内に物音はない。志田へじっと視線を注《そそ》いでいた四宮は、やがて小さく溜息《ためいき》をつくと、両手を挙げて降参のポーズを取った。

「白状しますよ。ご推察の通り、半分は志田さんを疑っていました。講演を聞きに来ただけとは、どうしても信じられませんでしたから。正直申し上げて、まだ疑っています。実際、六時に来るはずの手紙の主も来ませんでしたしね」

「ほんなら、もう半分は誰を疑うてるんです」

「見当も付きませんね。でも、こういう悪戯《いたずら》はエスカレートする危険があります。宇野さんが拾った手紙の件も解決していませんし、警戒は続けたいと思っています」

二人とも食えない。千秋は四宮と志田が積み上げてきた嘘の会話と駆け引きに、ただならぬ緊張感を覚えた。下手をすれば、二人のどちらかにあの手紙を書いたのが千秋だと見抜かれる可能性さえある。

大体、志田は何をどこまで知っているのだろう。いくら勘が鋭いからと言って、『古代逍遥』に載っている〝渡井隼人〟の論文が、十六年前の書きかけの卒論だと簡単に結びつけられるものだろうか？　ましてや、その卒論の続きが「ワニはサイ」に繋がるのだと、どうして簡単に推測できたのだろうか？

「志田さん、あなた一体何者です？」

まさに千秋が感じたのと同じことを、四宮が尋ねた。

「何者て……」

悪徳業者顔負けの薄笑いを浮かべ、志田はふんぞり返っていた上体を戻す。

「ただの通りすがりのお坊さんですわ。お疑いやったら、阿倍野《あべの》の光願寺《こうがんじ》に電話でも何でもしてくれたらよろし。ただし名刺の肩書きは詐称ですねん。ほんまの住職は親父《おやじ》です」

「時任さんのご友人だそうですが……。血縁関係も利害関係もない人間のために、どうしてそこまでするんですか」

「四宮さんは、もしお友達の岡さんが窮地に立っても、助けへんと？」

お互いの人生には踏み込まない。時任さんのように、殺人事件の容疑者ともなればなおさらです。下手に関わったら、自分まで厄介な目に遭《あ》います。現に、志田さんがそうだ」

「友達とは言っても、いい大人なんですから、それぞれの生活があるでしょう。お互いの人生には踏み込まない。時任さんのように、殺人事件の容疑者ともなればなおさらです。下手に関わったら、自分まで厄介な目に遭《あ》います。現に、志田さんがそうだ」

「そら違う。人生は独立して成り立ってるもんやない。彼がいて、我がいる。原因があって、結果がある。その結果が、また何かの原因になる。そういう無数の網の目が、この世の森羅万象《しんらばんしょう》ですわ。友がコケたら、わしもコケますねん」

自称・〝ハードボイルドと慈悲の心を併《あわ》せ持った〟坊主はそこで大げさに目頭を押さえ、四宮は「困るなあ、そういう体育会系の説法……」と冷ややかに呟いた。

千秋は志田の説いた教えに相変わらずのうさんくささを覚える一方、自分の兄の失踪《しっそう》が家族に及ぼした数々の影響を思い起こした。

家中のすべてが死に絶えたような重苦しい沈黙と、烈火のように激しい夫婦喧嘩《げんか》が繰り返される毎日。

今になって考えてみるに、実父はあの頃、金策のため方々に頭を下げることも、世間から同情的な目で見られることも、我慢の限界に来ていたのだろう。人にモノを教える立場が長かったせいもあり、「負け犬」や「落伍者《らくごしゃ》」のレッテルを貼《は》られるのは、何より屈辱的だったのだと思う。

そんな実父の最後のプライドを支えていたのが、優秀な息子の存在だったのだ。

出身高校は、偏差値が県内一の進学校。京都の難関大学にもストレートで合格し、名物教授のもとで学問的キャリアを着実に築き上げている息子の人生は、数字の多寡《たか》で物事を考え続けてきた父にとっては大きな自慢だったに違いない。

実際、父が息子の決めた進学先を許したのは、それが人様の感心する条件を満たしていたからだ。そうでなければ、結婚直前まで母がつき合っていた男のもとで、息子を学ばせようとするわけがない。

一九七〇年代後半、千秋の今の父・宇野輝之が、六法全書片手に母への恋心を募《つの》らせていた頃、当の母はインカレサークルを通じて知り合った別大学の院生に夢中だった。自由な社会的風潮のもと、女子大生だった母は千秋の知る地味な女からは想像もつかないほどの積極さで、〝日本人離れした〟ハンサムな院生を追いかけ回していたらしい。

だが一年半の交際の後、院生は結局母と別れて別の女と見合い結婚。母は当てつけのようにバイト先の塾講師とつき合って妊娠し、大学を中退して籍を入れたのだ。その時産まれた長男が、やがて教授にまで出世したかつての院生のもとで学ぶことになろうとは、まさに皮肉としか言いようがない。

森羅万象を形作る無数の網の目は、そうやって千秋の兄を琵琶湖の水底《みなそこ》に沈め、息子を失った両親の離婚を早め、黄色いテープの録音を聞いてしまった妹の神経を不安定に歪《ゆが》ませた。

これが仏教で言う〝因縁《いんねん》〟のようなものであるなら、志田にとっての時任もまた、己《おのれ》が因《よ》って立つ大事な要素の一つなのだろう。

「ちなみに、四宮さんも岡さんと同じゼミやったんですか」

「岡とは高校時代からの腐れ縁ですが、僕は別の大学でした。父の所で学ぶのは気恥ずかしいというのは建前で、正直なところ山城大に入れる頭がなかった。父にとっては不満の、不肖の息子だったんです」

物思いに耽《ふけ》る千秋の横で、志田と四宮は互いの牽制《けんせい》などなかったかのように、何食わぬ顔で話し続けている。小泉さやかは客の前でスマホをいじり始め、志田はその態度を白々しく無視しながら、「ご謙遜を」と四宮に言った。

「今や同じ職場で、立派にお父さんを支えとるやないですか」

「僕は岡とは違って、教育委員会からの出向ですからね。父の意向に添えるよう、空気を読むのだけはうまくなりましたが」

父親との関係を話す時だけ、四宮誠の冷静な自信はなりをひそめて、代わりに教授の眼鏡にかなわなかった一人息子の、鬱屈《うっくつ》した過去が見え隠れする。それは「渡井は四宮教授の大のお気に入りでしたからね」と語った岡の目に閃《ひらめ》いた嫉妬と同じ類《たぐい》の、本人たちにも制御不能な内面の穴に見えた。

「ところで十三日の夕方五時半頃、一之瀬さんが岡さんに会いに来たようですが、どんな理由か見当つきます？」

「今度はあたしじゃなくて岡さんを疑ってるんですか？　奈良で亡くなったんでしょ、岡さんは関係ないじゃない」

とたんにスマホから顔を上げて志田をなじったさやかを、四宮がたしなめる。年の差もあるだろうが、結婚後は四宮が主導権を握るのだろうなと、千秋はどうでもいい他人の将来を考えた。

「詳しい理由は分かりませんが、少なくとも用事があったのは一之瀬さんの方じゃないでしょうか。岡が呼びつけたとは考えにくいですし……」

「東大寺《とうだいじ》山《やま》古墳の鉄刀レプリカの話やったとは考えられませんか」

「どういう意味です？」

「一之瀬さんはワニ展に先駆けて刀のレプリカを造ってました。いわばこちらの目玉展示品のパチもんが、一足先に出回る形です。そら岡さんは、怒りますでしょ」

「それは迷惑ですけど……でもこちらのものは、古来からの技術を使って、刀匠の方《かた》に完全再現していただいた名品です。いくら一之瀬さんが本物そっくりにお造りになっても、模造刀との違いはプロが見れば一目瞭然《いちもくりょうぜん》でしょうし、いくら岡でも、わざわざ呼び出して文句をつけることはないと思いますが……」

結局、千秋と志田が出した結論と同じ所に落ち着いた。刀そのものが殺人の理由ではなく、その場にあった凶器が模造刀だったというだけの話だろう。

「ほんなら、一之瀬さんと岡さん、それぞれ何時頃に帰られたか分かります？」

「十三日は確か、僕自身も六時過ぎにはここを出てしまったので、分かりませんね。――志田さん、もうこれでじゅうぶんでしょう。友情けっこう、説法けっこう、だけど僕がまだあなたを疑っているのを忘れないでください」

微かに苛立ちを滲ませ、四宮はもう帰れとばかりに立ち上がった。その時、筋道の通った悪意が千秋の頭に降り、気づいた時には口から言葉を出していた。

「……岡さんはあの日、名前と場所を提供しただけでは？」

動き出していた三人がいっせいに止まり、千秋を見る。

「一之瀬さんと研究所で密かに会おうとしたのは、岡さんではなく別の人だった。でもその人は、面会のことを警備さんに知られたくなかった。だから岡さんに頼んで、一般人が入れるはずのない、地下の展示作業室に一之瀬さんを招き入れたんです」

「あなた、何が言いたいんです？」

「十三日、教授もこの研究所にいらしたのでは？」

「やめんかい」怖い顔で会話に割って入った志田が、立ち上がるよう千秋を促《うなが》した。「心の声を漏らすなて、毎回言うとるやろ」

千秋はリュックと上着を抱え込み、小さくうつむいてパーティションを出た。

十三日の夕方、教授がここにいたとしたら、すべて説明がつくのだ。教授は五時半頃一之瀬と展示作業室で会った。話題は共通の〝渡井隼人〟。その時、何かトラブルの種を作ったのかもしれない。和爾へ帰る一之瀬を追って行き、七時半頃に鉄工所で殺害。近くの公園の池へ捨てに行った――。

その過程を、和爾へやって来た時任が見てしまったのだとしたら？

簡単には処分できない凶器のワニ刀を時任のアパートに置いたのは、時任に罪を着せる目的以前に、「口止め」の意味もあったのではないのか。

「――あれ？」

その時、総務課の向かいの壁に並んだ防犯カメラの映像を見やった四宮が、不審な声を上げた。

研究所と博物館内を映した防犯カメラの一つに、講演会場になったホール前を横切る警備員の姿が現れた。四宮がメタルフレームの眼鏡を押し上げ、暗い画面に目を凝らす。

「おかしいな、今日の警備担当者は相川さんのはずだ」

千秋もまた、制帽のひさしに隠れた顔を食い入るように見つめた。なで肩の猫背。前方へぞんざいに足を投げ出す独特の歩き方。

ふいに、背後の頭上から志田の声が投げ落とされた。

「そらまあ、そこまで珍しい苗字ではないけども。おたくら、あの警備さんの素性をほんまに知らんかったんか」

カメラを見上げた初老の警備員と千秋の目が合う。コートのポケットに両手を突っ込んだまま、志田はぐるりと首を回して、四宮たちを不敵に睨《ね》めつけた。

「『マホロバ警備』の渡井弘《わたいひろし》さん。——あら正真正銘、〝渡井隼人〟の父親やで」

事務室の空気が凍りついた。

次に博物館の一階受付に現れた渡井弘は、そのまま展示室へ入って行く。一方の別のカメラには、研究室の廊下を歩く四宮教授が映し出された。

「脅迫者は……警備員の渡井さんだったのか？」

四宮の言葉に、小泉さやかが弾《はじ》かれたように動いて内線電話に取りついた。

「駄目、相川さんは巡回時間みたいです！」

渡井はそのまま第一展示室《縄文時代》に進み、関係者専用のドアを開けた。教授は千秋たちのいる研究所の二階と、博物館の地階を結ぶ渡り廊下へ足を運んでいる。

四宮ジュニアは壁に配置された正方形の映像へ次々に目を走らせ、かすれた声で叫んだ。

「このままだと鉢合わせするぞ！」

五章　闖入者《ちんにゅうしゃ》は雨夜に歩く

1

薄暗いモニターの前で、千秋《ちあき》の頭は真っ白に凝《こご》っていた。

渡井弘《わたいひろし》はここで何をしようとしているのか。『古代逍遥《しょうよう》』に載った〝渡井隼人《はやと》〟の論文と何か関係があるのか。何より、志田は渡井弘の存在をいつどうやって知り得たのか。

六時三十六分から秒針が一巡りする間に答が出るはずもなく、千秋はただ一人その場に立ち尽くして映像を見上げた。

制帽を深くかぶりなおした渡井弘は、研究棟の二階に通じる博物館の地下廊下を歩き、次の瞬間カメラから消える。

「曲がった。作業室へ向かってるんだ」

内線電話をかけた四宮誠《しのみやまこと》が、すぐに受話器を置いた。

「おかしいな、岡《おか》がいない」

「また煙草《たばこ》吸いに行ったんじゃないですか？」

小泉《こいずみ》さやかの返答に、四宮はスーツの内ポケットからスマホを取り出す。応答した相手に一言、「おい、どこにいる。作業室戻れ！」とささやくように怒鳴って、再び画面に目を走らせた。渡井弘から遅れること二分、地下廊下をやって来る四宮教授の姿が映し出され、渡井と同じように曲がって消えた。

「すみません、ちょっと作業室の様子を見てきます。小泉さん、巡回中の相川《あいかわ》さんに連絡取っておいて」

前半を千秋と志田《しだ》に、後半をさやかに言って、四宮は慌ただしく事務室を出て行く。

「わしも行きます」とコートの裾《すそ》をひるがえして便乗する志田を、千秋は気が気でない思いで追いかけた。

所長室、職員用会議室、応接室、更衣室の並ぶ事務棟を足早に抜け、研究棟との間から博物館の地階へ延びる薄暗い渡り廊下へ。

「作業室前の廊下には、カメラは設置されてないんです」

隣を歩く志田へ、四宮が歩調を緩めず呟《つぶや》いた。部外者の二人を気にも留めないのは、ひょっとすると焦っている証拠かもしれなかったが、酔っているのが顔に出ない人種と同じく、落ち着き払った表情はあまり変わっていない。

「そこ、作業室のほかには何があるんです」

「他館から借りてきた物の収納庫と、展示に必要な道具を入れておく小さな倉庫と、当館の所蔵品を入れた収蔵庫が一つ……」

「出入り口は、渡井さんらが曲がったとこだけ？」

「とんでもない。搬出入に使う大型エレベータが……」

千秋は鈍麻した頭で博物館と研究所の構造を思い描いた。つまり、研究所の職員駐車場の奥にある搬入口から一つ上がると、博物館の地階にある作業室前の廊下に出る。そこからもう一階上がれば展示室になるのだ。

機械室や倉庫の白い鉄扉が続く素っ気ない通路は、博物館に接続するや二方向へ分岐する。一階の受付へ出る職員用階段と、作業室や大型エレベータのある廊下方向だ。

と、曲がり角の先で、鉄扉の開閉する騒々しい音が聞こえた。続いて、「ちょっと、君！」と怒鳴る四宮教授の声。

ふいに、目の前に警備員が躍り出た。

渡井弘の落ち窪《くぼ》んだ小粒の目が、四宮誠、志田へと動き、最後に千秋を捉《とら》える。そのわずか数秒の間、渡井の身体《からだ》は錆《さ》びついた機械のように動作を鈍らせたが、続いて現れた教授の「待ちなさい！」の一声に、職員用階段がある方向へ走り出した。

「私が作業室へ入っていったら、慌てて逃げ出したんだ。何か探していた……――」

父親の言葉を最後まで聞かずに、四宮ジュニアは駆け出した。教授は一瞬、物問いたげに小首を傾《かし》げて部外者二人を見やったが、「追ってください！」と志田にけしかけられ、反射的に従った。

「おっと、宇野《うの》さんはこっちや」

あとに続こうとした千秋を、志田が引き戻す。

「あんたまで渡井を追いかけ回してどうする」

「でも私は……」

「いいからこっち来んかい。チャンスの女神さんに後ろ髪はない。後《あと》からつかまえよ思ても遅いんやで」

どこか真剣味を帯びた志田の強い口調に、千秋は渡井を追いかけたいのだと主張することもできず、つい目をそらして頷《うなず》いてしまった。

志田はそれから悠然とした足取りで、誰《だれ》もいない作業室の鉄扉を開けた。たとえ機会を見つけても、見えなかったふりをして人生をやり過ごしてきた千秋は、志田の機転に素早く反応できないまま、四宮父子《おやこ》の消えた方向と作業室を未練がましく交互に見、結局室内へ足を踏み入れた。

「さて、渡井弘はここへ何しに入ってきたか……」

次回展示に向けて準備を進める作業室は、ひどく雑然としていた。

中央の広い作業台には、展示ポスター、作成途中のパネル、写真、ローラーや定規など作業道具の山。床には現在展示中の品が入っていたらしき空《から》の段ボール箱、紙の切りかすが詰まったゴミ袋。壁には研究書、概説書、ファイルボックスの入った本棚が張りつき、数台のブックトラックにもワニ氏関連の本が並んでいる。

「渡井は岡に会いに来たんか、それとも岡がここにおらんて知っとったか。教授もまたしかり。ここへ何しに来たんやろな」

「こうは考えられませんか。教授はすでに渡井弘が脅迫者だと分かっていた。それで、この場で話をつけようと、非番の渡井を呼び出した……」

十三日の夕刻、一之瀬《いちのせ》が岡と会うふりをして教授に会ったという推測を、千秋はまだ捨ててはいなかった。

「少なくとも、六時に来るて言うた手紙の主《ぬし》は、渡井弘ではないな。渡井が映像に映ったのは六時三十五分。三十分以上も遅刻するなんて、間抜け過ぎる」

雨と夜と山の湿気が、窓もない密閉空間にどこからともなく忍び入ってくる。古物と書物が発する微《かす》かな黴《かび》の臭《にお》いに、くしゃみが一つ出た。

「でもな、宇野さん。もし渡井弘が教授と会う約束してたなら、教授が作業室入ってきた途端逃げ出すのは変やで」

「ああ、それもそうですね……」

自分の考えに固執するあまり、単純な事実を忘れていた。そう言えばもう一つ、『マホロバ警備』の男が渡井弘だと、どうやって志田が知ったのかということも謎《なぞ》だ。

千秋が尋《たず》ねるより早く、作業台を漫然《まんぜん》と眺めていた志田が写真の束を指差した。

「全体的には散らかっとるけど、作業ごとの塊《かたまり》で見ればきちんとまとまっとる。効率的で丁寧な仕事や。でも、ここの写真だけぐちゃぐちゃで床にまで落ちとると言うことは、これが渡井弘の探し物やったんかな」

「……探し物は見つかったんでしょうか」

「途中で教授が入ってきたから、どうかな」

写真はどれもどこかの風景や神社、古墳、出土品の数々を映しており、宇治《うじ》神社や和爾《わに》近くの公園など、千秋が見知った場所もいくらか混じっていた。ワニ氏関連の参考風景らしいが、デジタルではなくフィルムを現像したもののようだ。昔撮った写真を、今回の展示のためにまとめておいたらしい。

志田は鉛筆の先であれこれ写真を移動させていたかと思うと、「これと、これ」と二枚無造作に引き出し、「大事に持っとるんやで」と千秋のポケットに押し込んだ。〝不妄語《ウソつかない》〟の戒律に続き〝不偸盗《ぬすまない》〟まで犯した坊主の暴挙に、今度ばかりは抗議しようと口を開いた千秋だったが、またもや一足早く遮られた。

「見てみい。なんと、こっちはお宝やで」

細長い箱の蓋《ふた》を鉛筆でどけながら、志田が興奮気味に手招く。隣に立ってのぞき込んだ千秋は、収められた〝お宝〟の放つ鋭い美しさに、思わず息を呑《の》んだ。

切れかけた蛍光灯の光を受けて白銀色に照り返っているのは、細長い刀身が少し内側に曲がった、古代刀のレプリカだった。全長は一メートル十センチ。柄頭《つかがしら》には飾りがつき、薄い刃《やいば》の近くには、波飛沫《しぶき》に似た美しい筋が浮き上がっている。

「なるほどな、日本刀をアレンジして復元したわけか。さすがに、当時の古代中国のまんまの作刀技法は取られへんしな。この重さやったら、地鉄《じがね》はやっぱり洋鉄やなくてたらの鉄使《つこ》たんやろか……」

研究者の描いた復元図から、刀匠が伝統的な工法に則《のっと》って生み出した東大寺《とうだいじ》山《やま》古墳の復元刀は、素人目にも一之瀬の模造刀とは別物だということがはっきりと判《わか》った。

かつて権威の象徴や戦の道具として作られた〝刃物〟は、鑑賞者が美しいと感じた瞬間〝芸術〟に変わる。鍛刀場で刀身を折り返し鍛錬する刀工たちの息、鎚《つち》を振り下ろすたび闇《やみ》に飛び散る火花、規則正しく鳴り響く甲高い鍛冶《かじ》の音——。そうした炎と人の織りなす諸々《もろもろ》の熱気が、この見事な一振りを作り上げたのだ。

一之瀬が殺されたことも、四宮教授が脅迫されていることも、渡井弘や〝渡井隼人〟のこともつかの間忘れ、千秋は惚《ほ》れ惚《ぼ》れと見入ってしまった。

「はあ、立派や。人間も、こうやって何遍も打たれて鍛えられるほど、強靱《きょうじん》でしなやかになんねんな」

志田はそばにあった柔らかいローションティッシュで柄《つか》をつかみ、刀の背を明かりの下にかざした。

「ほらほら、象嵌《ぞうがん》の所もようできとる。ほんまもんの金《きん》やろか」

志田の指差す大刀《たち》の先に、古代中国の年号である〝中平《ちゅうへい》〟が読み取れた。鏨《たがね》を鎚で叩《たた》いて文字を彫り込み、そこに入れた金線をはずれないよう叩きしめ、最後に象嵌部分を一文字ずつ丁寧に研磨して、ようやく完成するのだと志田が説明してくれた。

たった数センチ幅の所にまで、職人の技と矜持《きょうじ》が刻みつけられている。岡とこの博物館が、次回展示の目玉としてどれだけこの復元刀に力を入れてきたのか、素人の千秋にもようやく伝わってきた。

と、千秋以上に夢中になって鉄刀を眺めていた志田が、そこでふと我に返った。散らかった作業台と奥にある展示収納庫の扉を順に見やり、再び刀に目を戻す。

「……ところで、なんでこの刀がここにあんねん」

「なんでって?」

「こういうんは、他館から借りたもんと一緒に、飾り付けの時まで収納庫に大事にしまっておくもんやろ。特別な額装があるわけでなし、わざわざ展示前に作業室で何かする必要なんてない」

答えようもないまま、千秋は自分を不安にさせる数々の現実を再び思い出した。

志田は箱のそばにあった無水エタノールのボトルに素早く目を走らせ、それから丁重に大刀を箱の中へ戻すと、やおら長軀《ちょうく》を屈《かが》めて足下のゴミ袋を漁《あさ》り始めた。袋は二つ、中身は大半が紙の切りかすだ。

「何してるんです……？」

「あるはずのもんがない」

それが何かを聞きかけた時、今度は内線電話が鳴った。「ハイ、作業室！」やくざの事務所よろしくワンコールで取り上げた志田は、諦《あきら》めたようにゴミ袋を蹴《け》り飛ばして答えた。「そうです、志田です。下手に動かん方がいいと思て、ここで待機してたんですわ。は、岡さん？　いえ、ここにはいてません。わしらが事務室に来る前、外階段のとこで会いました。何や知らん、ひどくお急ぎやった。ええ、ほんならわしらも、南玄関向かいます。ああそらもちろん、こん中のもんには指一本触れてません。当たり前ですがな」

調子よく言って、受話器を置いた。

「渡井を取り逃がしたらしい。四宮父子は今、岡を探しとる。わしも会《お》うて聞きたいことがある。行こ」

取り逃がした――。

呆然《ぼうぜん》と突っ立つ千秋の肩を二度ほど軽く叩いて、志田は作業室を飛び出していく。千秋はそれから数秒遅れてようやく体を動かし、励ましとも慰めともつかない今の〝肩たたき〟は何だったのかと考える間もなく、一階の警備室の前を通って南玄関までやって来た。

前髪から水を滴《したた》らせた四宮ジュニアが、ハンカチで肩口を叩くように拭《ふ》いている。

「二階のホールの脇に、非常口があります。建物の後ろから林を回り込んで、正面のメインアプローチまで出て来られるようになっているんです。どうやって鍵《かぎ》を開けたかは分かりませんが、渡井はどうやら行きも帰りもそこを使ったようです」

「渡井弘さんは、そこそこのお年であんたより足速かったてことですか」

「まさか渡井が二階の非常口から出たと思わなかったものですから、最初一階の受付入り口に回ってしまいました。自動ドアが施錠してあったので、今度は展示室の中に隠れているのかと……。その後ようやく二階に思いいたったわけです。時間のロスでした」

四宮は順を追って説明し、「岡がいれば良かったんですが」と忌々《いまいま》しそうに眼鏡を押し上げて言った。人を転がすことが好きな男は、〝計算外〟に弱いのかもしれない。

「一通り見てみたんですが、岡がどこにもいないんです」

教授と小泉さやかはすでに館内を回っており、巡回から帰ってきた警備員の相川は待機、ジュニアは石段の方から父親たちと合流するつもりらしい。

三人で表に出た。夕方より大粒になった雨が、吹きつける風にひるがえってアスファルトを叩く。この本降りに、さすがの志田も「入れてくれ」とでかい図体を割り込ませて、千秋の傘を引ったくった。一方のジュニアはと言えば、お高いバーバリーの黒傘だ。

左の暗がりの先は、職員駐車場と搬出入口。宇治川の水紋をデザインした外灯の光に、濡《ぬ》れた白い石貼《いしば》りの外壁がぎらついている。

一度道路へ出、博物館のエントランスへ続く石段を上った。両側をサツキの植え込みに挟まれてうねうねと伸びる階段は、雨の檻《おり》に閉じ込められた蛇のようにも見える。

「志田さんたちが岡に出くわしたのは六時くらいでしょう。今はもう六時五十分です。さすがにもういないと思いますが」

「どっか買い出しに出られたてことはないんですか。残業中の夕飯とか菓子とか……」

「車は駐車場にありました。コンビニまでは徒歩だと少しかかります」

二つの建物を取り囲む椎《しい》の林が風に揺れ、四方でざわめく長い枝が不吉な予感を引っかき回す。千秋は眼鏡についた滴《しずく》をぬぐい、重たい歩を進めた。

とにもかくにも、渡井弘は逃げた。たとえ千秋が追ったところで、状況は変わらなかっただろう。ただ、暗い廊下で目が合ってしまったあの瞬間、千秋は人生の半分を過ごしてきた世田谷《せたがや》の大きな家から、風の神様を祀《まつ》った川近くの故郷へ、オセロの白黒が再びひっくり返った小さな音を、確かに聞いてしまったのだった。

「さっき事務所で電話してはったでしょ。もう一回かけてみたら」

志田が四宮を促《うなが》す声も早瀬のような葉擦《はず》れの音にかき消され、雨を巻き込んだ木々が、ざあざあ、とざわめく。

四宮が手慣れた手つきでスマホを操作した、その直後だった。

博物館のアプローチにほど近い植え込みの裏で、やけに明るいコール音が鳴り響いた。千秋は音の方向をたどろうと、不覚にも志田と同じ角度に首を傾げて耳を澄ませた。だが四宮は怪訝《けげん》な面持ちですぐに電話を切ってしまい、「あいつ、落としたんですね」と呆《あき》れたように呟いて、最後の数段を駆け上った。

先を行くバーバリーの黒傘が、植え込みをのぞきこんでふと止まる。何らかの異変を察知した志田が、「どうしました」と下段から声をかけたが、四宮は答えない。

同じ高さまで来た時、千秋にも初めて植え込みの向こうが見えた。

濡れそぼった落ち葉の上に、男が倒れている。その雨に打たれた肉体がひくりとも動かないことに気づいた時、千秋の違和感は同時に血の臭気を嗅《か》ぎ取った。

男は焦点の定まらない半開きの虚ろな眼差《まなざ》しで、そばに転がった黒縁眼鏡を見つめている。ジャケットもネルシャツもベージュのチノパンも、六時に見た時の格好と寸分違《たが》わなかったが、もはやそこに生命の発するシグナルはなかった。

閉ざされた千秋の頭の中で、兄の言葉が鈍く反響する。

――ワニはきっとサイなんや。越えたらあかんねん……。

立ち尽くしていた四宮誠が、そこで初めて口を開いた。

「――岡」

2

それからの確かな記憶はない。

すべてが水の中で起こった出来事のように、感覚も時間も自分自身の身体さえも浮ついて、連絡を受けた教授や小泉さやかや警備員の相川が駆けつける様子を、千秋は他人事《ひとごと》のように眺めていた。だが、濡れた地面に転がった岡の虚ろな眼差しと、鼻腔《びこう》にこびりついた血の臭いと、耳をつんざくさやかの泣き声とが改めて五感を刺激した時、現実離れした意識に反して気分が悪くなり、たまらず吐いてしまった。

渡井弘が、人を殺したかもしれない――。

その考えに思い至るや、もともと不安定な千秋の神経はますますバランスを崩して、額から噴き出す汗に震えながら、精神安定剤を二錠口に放《ほう》り込んだ。雨に濡れて全身が冷え切り、強張《こわば》った指で薬のシートを押し出すのも一苦労だった。

「渡井がやったんですよ」

実際、四宮誠は父親たちに状況を説明するなり、こめかみを引きつらせて断言した。

「僕の電話を受けて、作業室に引き返そうとした岡と、ここで鉢合わせしたんです。それで恐らくつかみ合いになって、その石で……」

倒れた岡のそばに、拳大《こぶしだい》の石が落ちている。縄文時代の鋭利な石器とまではいかないが、割れて先の尖《とが》った部分に血糊《ちのり》が付着していた。これで目一杯殴られたらしい。

すでに死んでいるのは明らかだったため、近づいて触れるものは誰もいなかった。ただ一人、半狂乱のさやかが駆け寄ろうとして、四宮ジュニアに鋭く止められたのだった。

「無念だ」教授が口惜《くや》しそうに言う。「一階で手間取らずに、もっと早く追いかけていれば、助けられたかもしれなかった」

「いえ、僕が焦って岡に電話なんかしなければよかったんです」

「そこまで言っては、きりがない」

「――素早いね」

今まで黙々と〝MY数珠《じゅず》〟片手に念仏を唱えていた志田が、そこで唐突に口を挟んだ。教授は講演会の質問タイムで自分を困らせた男が、なぜ今もまだここにいるのかと、説明を求めるように息子を見た。「僕の知り合いです」と素っ気なくジュニアが答える間に、志田は言葉を継いだ。

「さっきから聞いとると、渡井は逃げ足も敵を倒すのもやたらと素早い。ちょちょいのちょいや」

「何が言いたいんです？」

「岡さんにもう一度電話をかけてくれませんか。確かめたいことがあります」

志田に押し切られた四宮ジュニアが、白い息を吐いて素早くスマホに指を走らせた。ほどなくして、岡の内ポケットからコール音が鳴り出す。先ほど千秋も耳にした、場違いに明るいメロディーだった。

「そのまま、切らんでください」

志田の指示通り、四宮はスピーカー機能にして待ち続ける。

すると、五回のコール音の後、通話状態に切り替わった。「どういうことだ？」と教授が問い、息子の代わりに志田が答えた。

「岡さんのスマホが、自動応答設定になっとるんです。作業中で手が離せない時にも通話できる、便利な機能ですわ」

ジュニアが眼鏡を押し上げ、怪訝そうに尋ねた。

「つまり、私が事務室で電話をかけた時、岡はすでにここでこの状態だったと？」

「時間的に考えれば、その方が自然やないですか。四宮さんたちが追いかけて来ている状況で、渡井が岡さんともみ合って殴り倒すには、そうとうちゃちゃっとやらなあきません」

「でも、それが分かったところでどうだって言うんです？　渡井がやったことには変わりない。行きもここを通ったんです。その時に岡と出くわして、勢い余って殺してしまったのかもしれない」

殺した、という直裁《ちょくせつ》な表現に、再びさやかが絹を裂くような悲痛な声を上げ、ジュニアがたまらず「うるさい！」と一喝した。婚約者に怒鳴られたさやかは、二重に傷ついたような顔をして、唇をわななかせた。

「うるさいって何？　誠さんは何とも思わないの？　高校の時からの友達なんでしょ。それとも、ムカつく奴《やつ》がいなくなってせいせいしてるってわけ？」

「こんな時に何言ってるんだ」

「知らないとでも思ってるの？　最近、顔を合わせれば言い争いしてたじゃない。隠れてやってたつもりかもしれないけど、知ってるんだから」

「君には関係ない」

「関係ないってことないでしょ。あたしがどんな思いで……」

「やめなさい。こんな所でお互い責め合っていても仕方がない」

風雨に銀髪を乱した教授が割り込み、「それより、まずは警察だ」と至極まともな提案をした。それから教授は、車両誘導のため玄関に待機するよう警備員の相川に指示し、呆然と突っ立つ息子の横でポケットを探り始めた。

「連絡はこちらでする。さやかくんは事務室に戻っていなさい」

婚約者に怒りを募《つの》らせたまま、小泉さやかはピンクのシフォンスカートをひらひらさせて石段を駆け下りていく。その動きを目で追った志田が、冷や汗とめまいでがたがた震える千秋の肩を抱いて、「あんたもこんな所におったら毒や。中に行こ」と引きずるようにその場から連れ出した。それが親切でも何でもなくただの口実だったのは、階段を下りきった所でさやかを呼び止めたことからも明らかだった。「小泉さん」と声をかけた志田に、泣きはらした赤い眼《め》が振り返る。アイメイクが崩れて、パンダのようになっていた。

「四宮さんも、婚約者のあんたにあんな言い方せんでもええのにね」

兇悪《きょうあく》につり上がっている眉《まゆ》を極限まで下げ、志田は〝お悩み僧談〟とばかりに優しく言った。長い数珠を手際よく内ポケットにしまう様は、いかにも堂に入っていた。

「ショックやったでしょうね。岡さん、あんたの元カレさんやったんでしょ」

志田が傘を差しかけてやりながら慰めると、途端にさやかの瞳《ひとみ》が潤《うる》み始めた。私の傘なんですけど——と千秋が心の中で思っていたら、また知らずに声に出していたのか、志田の手がこちらへ無造作に伸びてきて、ウインドブレーカーのフードをかぶせられた。冷え切った手足はすでに感覚がなく、こめかみから額にかけて頭が鋭く痛む。渡井弘の出現から死体の発見まで、最悪の気分なのはさやかだけではないのだった。

「同じ職場やし、毎日顔合わせとるし、人の心っちゅうもんはそう簡単に割り切れるもんやない。あんたのことで四宮さんと岡さんがぎくしゃくなるんは、そら仕方がないわ」

同情で押しまくる志田に、さやかはうつむいて頭《かぶり》を振る。

「そんな、恋愛ドラマみたいなことで喧嘩《けんか》してたわけじゃないと思う……」

「たとえお仕事のことやったとしても、あんたにしてみれば辛《つら》いやろ。心に溜《た》まっとるもんは、そのつど吐き出さんとしんどい。ここに居合わせたのも何かの縁や。無関係の人間にだからこそ話せることもある。一人で抱え込まんと、事情があるんやったらお坊さんに言うてみ」

手がかりを引き出そうとする下心にさえ気づかなければ、傘を傾けて傷心に寄り添う坊主の言葉は、胸に沁《し》み入る無窮の温かさに満ちていた。あるいは、まがりなりにも人の生死に向き合う僧職の生真面目《きまじめ》さが、下心と優しさとの境を曖昧《あいまい》にするのかもしれない。実際、岡の遺体へとっさに手を合わせたのは志田の計算ではなかっただろうし、そうした本心の部分が相手の気を緩ませるのだろうと千秋は思った。

「罰《ばち》が当たったのかもしれない……」

さやかがか細い声で言った。

「罰？」話が読めず、志田は眉根を寄せて繰り返した。

「あたし……誠さんと結婚するのが決まっても、岡さんと別れられなくて……」

「関係を続けとった？」

だって、とさやかは言い訳がましく口を尖らせた。

「誠さんとはお見合いみたいなもんだもの。お母さん同士が乗り気になって、そうしなさいって。誠さんだって、特にあたしのことを気に入ってるわけじゃないし。でも。結婚後は精華町《せいかちょう》のお家を二世帯に替えるって、具体的な話まで決められちゃったら、断れるわけないじゃない」

財閥の政略結婚ではあるまいし、それだけで婚約の話がまとまるとは思えない。そこに働いたのは、さやか自身の打算だ。

四宮家の嫁という立場と、高級住宅地での生活。その未来を選んでおきながら、いまだ未練がましく岡との関係を続けるさやかの身勝手さが、千秋の癇《かん》に障《さわ》った。恐らくそこに自分の母親の影を見《み》出《いだ》したからかもしれないし、その母の言動が招いた悲劇を思い出させるからかもしれない。とにもかくにも腹が立った千秋は、濡れそぼったフードの下から刺《とげ》のある言葉を投げつけた。

「小泉さんは、一体誰をかばってるんですか」

志田がうんざりした顔で、「また台無しや……」と呻《うめ》く。

「何か知ってることがあるのに黙ってるのは、誰かにとって不都合だからでしょう。四宮さんですか、岡さんですか。十三日の夜、時任《ときとう》さんのアパートへ行ってないって言い張るのも、同じ理由じゃないんですか」

さやかは志田に見せる表情とはうって変わった険悪な眼差しで、千秋を睨《にら》みつけた。

「あたしはただ……」

「――さやかくんは、私をかばってるんですよ」

深いバリトンに一同が振り向けば、四宮教授が宝塚《たからづか》よろしく長い足を交互に伸ばして、堂々と石段を下りてくるところだった。

「あの夜、私は時任さんと会うつもりで、彼女に奈良《なら》まで送ってもらいました。ところが、待てど暮らせど時任さんは待ち合わせ場所に現れない。運悪く、私はスマホを研究所に忘れて電話もできなかった。それで仕方なく、直接押しかけました。さやかくんが部屋まで見に行ってくれたので、その時姿を誰かに見られたのでしょう」

隙《すき》のない物言いに、千秋は真偽の手がかりを見つけられずに押し黙った。たとえ教授が嘘《うそ》をついていたとしても、時任が行方知れずでは確かめようがない。

「一之瀬さんの事件で時任さんが疑われていると知って、彼女は将来の義父に妙な嫌疑がかかってはいけないと、気を回してくれたんでしょう。すまなかったね」

いいえ、と鼻にかかった涙声でさやかがうつむく。

「失礼ですが、時任にはどんな用件で？」志田が尋ねた。

「私はね、現今の歴史学界の行き詰まりを打破するには、在野の研究者や考古学ファンとも大いに交流すべきだと考えています。時任さんとはその点で気が合いましてね。互いの人脈を生かして、二人でいろいろなイベントを企画することにしたんです。十三日も、その件で会いに行きました。本当は明日も、一緒に琵琶湖《びわこ》史跡巡りの下調べに行くことになっていましたが、私の方もこんなことになってしまって、どうなるか……」

その言葉につられて腕時計を見た志田が、かすかに眉を寄せた。

「中で待ちましょう」

先頭に立って歩き出す教授の後を小泉さやかが追い、玄関口へ続く建物の角を曲がる。

志田は素早く左右に視線を走らせ、千秋をつかんで車に向かった。

「ちょっと、何するんですか……」

「大阪へ帰る。早《はよ》せえ。警察来《く》んで」

千秋はもう一度「ちょっと……！」と抗議し、腕を振り解《ほど》いた。

「ここで帰るって……。警察に疑われるじゃないですか」

「ほんならあんた、警察に根掘り葉掘り事情訊《き》かれても平気なんか。わしは困る」

クラウンの屋根に手を置いて、ぐっとこちらへ顔を寄せてきた志田に、千秋は言い返す言葉もない。

「四宮父子《おやこ》も怪しい。大方《おおかた》、わしらが階段下りた後で打ち合わせしとったんやないか。死体発見の一報から十分以上も経《た》って、警察がまだ来《け》えへんのはおかしい。あいつら、呼ぶのを故意に遅らせたんや。わしらも逃げるなら今がチャンスやで」

小窓から顔をのぞかせた警備員の相川に、志田は「一般駐車場の方へ移動しときます！」と腕を振り回し、有無を言わせず助手席に千秋を押し込んだ。

そのまま駐車場を素通りし、小道を抜けたクラウンは猛スピードで宇治橋を渡る。神経が疲弊して口をきくのも億劫《おっくう》になっていた千秋は、車が第二京阪に入った所でようやく気づいた。

「あの、私は奈良へ戻りたいんですが……」

「宇野さん。すまんがわしは今、とっても急いでお家《うち》に帰らなあかんねん。夕飯ごっそうしたるから、もうちょっとばかりつき合《お》うてくれ」

それは志田さんの都合でしょう、と言いかけたが、このまま朝日が昇るまで独りで過ごす心細さを考えると、少しでも長く誰かと一緒にいる方がいいような気もして、千秋は同意の代わりに抱えたリュックに顔を埋《うず》めた。食欲など、あるはずもない。

木津川《きづがわ》を越えればほどなく大阪の枚方《ひらかた》市に入り、そこから交野《かたの》市、寝屋川《ねやがわ》市へと、道路は北側を流れる淀川《よどがわ》に沿うように南西方向へ伸びている。まさに琵琶湖から流れた水が海へとそそぐルートをたどっているのだと千秋が実感した時、思いを読んだように志田が話しかけてきた。

「ワニ氏は日本海に面した敦賀《つるが》から琵琶湖、宇治川、木津川てな淀川水系の重要地点を押さえて、漁業や水運業に従事した民を〝ワニ部〟として抱えとったて言われてる。でも、最終的に淀川が海にそそぐ大阪を縄張《シマ》りにしてたんが、菟道稚郎子《うじのわきいらつこ》の兄・仁徳《にんとく》やった。天皇の治水工事の話、教科書でもやったやろ」

大阪湾の東側に、当時は「河内湖《かわちこ》」という大きな湖があった。そこへ流れ込む淀川の流域は、しばしば水害に苦しめられていたが、即位した仁徳が堤《つつみ》や堀江を造って流れを安定させた――。

「古来より、水を制すもんが天下を制す。西っ側《かわ》の出口を押さえられてたら、いくら勢力が大きくっても窒息や。菟道稚郎子と仁徳との即位を巡るあれこれは、水系の掌握争いでもあったと思う。歴史を書き残すんは勝者の方やから、菟道稚郎子の自殺てな美談でカタつけて、即位した仁徳も後の世まで聖帝と讃《たた》えられるようになったんやろな」

父帝に愛された宇治のプリンスは、立ちはだかった難波《なにわ》の仁徳によって、最後の最後で即位の流れを止められた。

かの若者は水底《みなそこ》に留め置かれ、開けた大海の先にある西の浄土へ行くことも叶《かな》わない。

殺人事件を目の当たりにした直後の、異常な心理の中でふいに浮かんだ古人への感傷は、ワイパー越しの街の明かりとともにじわじわと瞼《まぶた》に滲《にじ》んでは、千秋を泣きたい気にさせる。

「奈良から大阪湾へ流れる大和川も、昔は豪族の争いの的やった。そういや、大和川で思い出したけど――」

前方を見ながら、志田は唐突に話を現代に引き戻した。

「今朝、宇治へ行く前、奈良の三郷町《さんごうちょう》へ寄って来た。〝渡井隼人〟の住処《すみか》や」

大阪との県境、信貴山《しぎさん》と大和川《やまとがわ》に挟まれた小さな町だと志田は説明した。全国的にも有名な紅葉の名所で、風神を祀った龍田《たつた》大社がある所だ、と。

住所は古本屋『タカマツ堂』に電話をして聞いたらしい。一之瀬殺害の凶器が例のレプリカだと知った髙松は、〝渡井隼人〟も関《かか》わっているようだと志田に言われてますます恐れをなし、「あとは任しとけ」と根拠のない説得に応じて、問われるまま三郷町の住所を告げたそうだ。

「いかにも昭和の住宅地開発で造られた感じの、古ぼけた団地やった」

渡井隼人の父が塾を経営していたと、一之瀬恭子《きょうこ》が話していたのを思い出した志田は、二つ隣の部屋から出てきたおばちゃんに、昔の教え子を装って話しかけたらしい。結果、今は父親の渡井弘しか住んでいないこと、十年以上前に塾をつぶして、今はどこぞの警備会社で働いていることなどを聞き出し、前日に一之瀬の鉄工所に現れた『マホロバ警備』の男が渡井弘ではなかったかと当たりをつけたそうだ。

「父親の弘は個人塾を経営してたんやけど、隣の王寺町《おうじちょう》にできた大手の進学塾に押されて、つぶれるのも時間の問題やった。奇妙なことに、息子の隼人は同じ頃から、家族のもとに帰って来《け》えへんようになった。ほんで、とうとう奥さんとも離婚して、一人住まいになったらしい」

そうですか、と千秋は曖昧に相槌《あいづち》を打った。今さら何を聞いても驚かなかったが、今朝研究所の前で電話を交わした時、志田はすでに三郷町で渡井弘に辿《たど》り着いていたのだな、と他人事のように考えた。

「今回、〝渡井隼人〟の名前で菟道稚郎子に関する論文を載せたんは、恐らく父親の弘や。

研究所におれば博物館の展示スケジュールも早めに分かるし、『古代逍遥』のことも分かる」

「渡井弘が研究所の警備に就いたのは、偶然だったんでしょうか」

「どこの警備会社が落札するにしろ、ある程度は慣例的なテリトリーがある。研究所の警備を請け負っとる会社を、渡井弘が事前に知って選んだ可能性はあるな」

「じゃあ、四宮教授の家に電話をかけたり、『古代逍遥』を送りつけたりしたのも、やっぱり渡井弘でしょうか」

「うん。『タカマツ堂』に頼んだ追加の一冊は、そのためやったのかもしれん。理由までは分からんけど、弘は〝渡井隼人〟の論文をきちんとした形で教授に見せたかったんやな。ワニ展に間に合わせるためには、あの号に出すしかない。せやから『古代逍遥』に急いで入会して、急いで載せてもろたんや」

「さっき、渡井弘は研究所に来て何をするつもりだったんでしょう……」

「そこが分からん」

　志田は首を傾げながらも、はっきりと言った。

「教授を脅迫しとったくせに、渡井が向かったのは岡がいるはずの作業室やった。もう一つ、渡井の出入りした二階のホール脇の非常口が、内側から開けられとった。これらを考え合わせると……」

先ほど千秋も推測したことだ。

「所内の誰かに、呼び出されたってことですよね？　つまり渡井弘が隼人の父親だということは、すでにバレていた……」

「苗字《みょうじ》が同じや。難しいことあれへん。ほんで、渡井の正体に気づいたそいつは渡井を呼び出した。渡井も応じた。そこら辺が妥当やな」

「その日の朝、脅迫者が教授に『今日行く』と電話したのは……」

「電話を受けたんは教授だけや。ほんまにそう言うたかどうか分からん」

何にせよ、と志田は続けた。

「一之瀬と岡、二つの殺人が起こった原因も、〝今〟やなくて〝昔〟にある。その要《かなめ》が、消えた〝渡井隼人〟っちゅうこっちゃ」

クラウンは淀川に背を向けて一度南へ下り、そこから西へ西へ、ネオンと喧噪に満ちた大都市の心臓部へ近づいていく。

「志田さん。渡井家について、ほかに何か分かりましたか」

ぽつりと尋ねた千秋に、嘘が得意な坊主は初めて困った顔をして、「いや」とぶっきらぼうに答えた。

3

九時近くになって辿り着いた大阪の阿倍野《あべの》は、宇治や奈良の素朴な静けさが夢かと思うほどの、雑駁《ざっぱく》な都会の賑《にぎ》やかさに満ちていた。

ＪＲ、近鉄、地下鉄、バスが集中するターミナル周辺は、雨空に頭を隠した超高層の「あべのハルカス」を中心に、ファッションビル、モール型ショッピングセンター、飲食店、ホテルなどが建ち並ぶ最先端のエリアだ。一方で、北側には古刹《こさつ》・四天王寺《してんのうじ》の門前町として栄えた天王寺区の歴史情緒溢れる一角があり、ひるがえって西側には通天閣やジャンジャン横丁に代表される浪速《なにわ》区の「新世界」が控えている。

車とネオンが渦巻く繁華街の狭間《はざま》に、大衆的な活気と猥雑《わいざつ》な昏《くら》さを押し込んだ町は、土着の臭気を孕《はら》んで容易に本性をつかませない。日曜の夜、駅から吐き出されてきた人の波は、明日から始まる鬱陶《うっとう》しい日常に心持ち頭を垂れさせて、名物の歩道橋を渡って四方へ散っていく。

志田の家・光願寺《こうがんじ》は、路面電車「阪堺電軌《はんかいでんき》」の走るあべの筋から、ほんの少し西側へ引っ込んだ住宅街にあった。

本当に坊主だったのかと、改めて驚いた千秋が通されたのは、寺に隣接した大きな和風の二階屋で、つやつやの床を滑りながらまず式台に現れたのは、湯上がりの顔を上気させたちんちくりんの男の子だった。千秋を見るなり、

「えらいこっちゃ、おっちゃんが〝お持ち帰り〟しよった！」

まだ声変わりしていない甲高い声で、きいきいはしゃぐ。

「意外や、こないに地味な女」

「コラ、他人様《ひとさま》に面と向かってほんまのこと言うたら失礼やろが。謝らんかい」

志田の方が数倍失礼だったが、少年は「堪忍な」と素直に千秋へ謝って、再び左手の廊下に退場した。「今のは甥《おい》っ子の勘助《かんすけ》や」と志田が靴を脱いで説明する間に、今度は三十代半ばの女性がタオルを持って出てきた。

「はるばるようこそ。あいにくの雨で……」

整った卵形の顔は薄化粧でも華やかで、衝立《ついたて》を背に正座で出迎える所作もまた凛《りん》として美しい。ただ、ざっくりと着こなした大きめのトレーナーには、擬人化されたタコ焼きが、「必死のパッチ！」と怒鳴っているイラストが入っており、千秋は美女のファッションセンスを限りなく残念に思いながら、志田の紹介でぎこちなく挨拶《あいさつ》を交わした。

「こちら、雑誌編集者の宇野さん。こっちは兄嫁のキミちゃん」

「季美子《きみこ》です。いつも義弟《おとうと》がお世話になっております。二人とも、お食事は？」

「わしは上で適当に食うわ。宇野さんには、何か軽く食べさせたって。言うても、さっきホトケさん見てもうたから、あんまり食欲ないと思うで」

「ええ？　ミイラか何か？」

いくぶん現実離れした質問を軽くいなした志田は、「ほんなら宇野さん、あとはキミちゃんに良くしてもらい」と千秋に言い、家族間だけで通用する意味ありげな視線を兄嫁と交わして、廊下脇《わき》の階段を足早に上っていってしまった。

「お客様ほったらかして、芳信《ほうしん》さんも困った人やねえ」

タオルを手渡しながら、季美子は衝立《ついたて》の後ろのふすまを開けて、千秋を中へ促した。意外にも洋風の室内は、向かって右手がリビング、左手がダイニングだった。床暖房と電気ストーブで温まった部屋に、冷え切った心身もほっとなごむ。

「うん？　どちらさん？」

ソファでテレビを見ていた初老の男が、黒い綿入り半纏《はんてん》から突き出た長い首をぐるっと回し、丸眼鏡の縁《ふち》を持ち上げて振り返った。

会ったばかりの季美子が、それぞれを紹介する。正真正銘の住職だという志田明祥《めいしょう》は、息子そっくりの強面《こわもて》で千秋を見つめてきたが、年の功か修行の賜物《たまもの》か不思議と威圧感はなく、短いごま塩頭に手を置く仕草や、どこかはにかんだような笑顔からも、人の良さがうかがえた。

「へェ、こら驚き桃の木や。まさか東京の雑誌に愚息が載るとは。うん、あんたは見たとこえらい素朴《そぼく》やから、ナチュラル系のファッション雑誌か旅雑誌。どうや、当たりやろ。うまいこと記事にしたってな。ああでも、光願寺がパワスポになって、縁結び目当ての若い娘《こ》らが殺到したらどうしょう。御朱印に書く字ぃも練習しとかな」

「でもお義父《とう》さん、芳信さんたち、今日ミイラ見てきはったんですって」

「何や、超古代史系か。それであいつ、二日もお勧めほっぽらかしよったんやな」

明祥が何事かを勝手に納得していると、ダイニングへ再び現れたパジャマ姿の勘助が、これまた志田そっくりの口調で、遊園地『ひらかたパーク』への未練を切々と千秋に訴えてきた。

「わしはあんたのせいで、今日ひらパーへ行きそこなったんやで。ほんま、死んでも死にきれんわ。葬式も法事もなかったら連れてってくれるて言うから、誰も死なんように一週間ゴホンゾンさんにお願いしとったたっちゅうのに……」

二人も死んだんだよ、と言いかけ、千秋は不謹慎な心の声を呑み込んだ。

「わしはこう見えてもう小五やし、お母ちゃんと二人だけで行くんは恥ずかしい。おっちゃんには、そこら辺の男心が分かってへんねや」

もう寝なさい、体冷えんで、と季美子に追い立てられ、勘助はリビング正面の扉を開けて、しぶしぶ寝床へ向かう。そうかと思うと、いくつ部屋があるのか、どういう間取りになっているのか、今度はリビングの横手のガラス戸から、志田の母親らしき女性がスッピンをのぞかせて、

「あらぁ、今日はお客さんばっかしやねぇ」

のんびり歌うように言った。その言葉の意味を深く考える余裕もないまま、千秋は他人

の家庭のペースに引っかき回され、ただただ恐縮して住職夫妻に頭を下げた。

「こんな夜分に、突然お邪魔してしまいまして……」

「かまへんかまへん。うちはいっつも若い者《もん》が大勢寝泊まりしとるから」

「見習いや手伝いで、若いお坊さんたちがまとめて来るんです。お嬢さんの一人や二人、物の数にも入らんから、気にせんでも平気」

「この人、東京の雑誌の編集者さん。今日は芳信とミイラ見てきはったんやって」

「ああいうんも、撮りようによってはインスタント映えするんやろか」

「ミイラに湯ぅかけてどないするんや」

一通りの挨拶を済ませてしまうと、夫妻はテレビを消したり歯を磨きに行ったりとマイペースに寝支度を始め、客慣れした様子で「ほんならごゆっくり。お休みなさい」とスリッパを鳴らしてガラス戸の奥へ消えた。午後九時二十七分。就寝も寺時間だった。

「季美子さんもお休みになる時間じゃ……」

「いくらなんでも、十時前なんかに寝られへんよ」

千秋はダイニングテーブルに座り、対面式のキッチンで手際よく動き回る季美子の後ろ姿を見ながら、所在なく待った。室内は綺麗《きれい》に掃除が行き届いているが、統一感のない雑多な品々は家庭特有の生活味にあふれ、どこか別世界にいる心持ちになる。実際、ここに来てからの十数分、千秋は宇治で起こったことのすべてを忘れていた。

「お待ちどおさま。食欲ないて言いはるから、夕飯の残りを雑炊《ぞうすい》にしたんやけど、お口に合うやろか」

目の前に置かれた一人用の鍋《なべ》には、ホタテ、白菜、水菜、ニンジンが柔らかい湯気を立てており、のぞき込んだ千秋の眼鏡を一瞬でふわっと曇らせた。まったく食欲はなかったはずが、とたんにお腹《なか》が鳴る。いつの間にか台所に突っ立っていた志田が、物欲しそうに千秋の鍋を見やった。

「キミちゃんの料理は美味《うま》いで。遠慮せんとたくさん食べ」

「芳信さんの分もあります、どうぞ」

盆ごと手渡されると、志田は分かりやすく歯を見せて笑い、大事そうに抱えてまたどこかへ消えてしまった。宇治から血相を変えて帰って来たわりに、ずいぶんリラックスしている。

「ご覧の通り、我が家には大きな小学生もいてるんです」

冷めないうちに食べて、と季美子に勧められ、木のれんげで熱々の雑炊を口に運べば、ホタテと昆布《こんぶ》のだし汁がしみ込んだ白菜や米粒が、ニンジンの甘さや水菜の食感とともに口中に広がった。優しくも深い味に包まれ、胸とお腹が暖かくなる。「毎日美味《おい》しい手料理食うて……」と昼食時に自慢していた志田の言葉が、今になってよく分かった。

誰かの作った料理を味わうのは、いつ以来だろう。ふうふう息を吹きかけて食べ進めながら、千秋は考えた。

一人暮らしの兄が実家へ戻った日は、決まって鍋を囲んだ。母は兄の器に、兄は千秋の器に、それぞれ「たくさん食べ」と山盛りに具を入れて、ビールのコップが二十歳《はたち》の兄の席に加わるようになると、「こんな日が来るとはなあ」と実父までが感慨深げに缶を傾けたものだった。

母は料理下手で、千秋はこれと言った〝おふくろの味〟を思い出すことはできないが、少なくとも十六年前のあの時までは、誰かと共有する時間というものを、食事と一緒に嚙《か》みしめていた気がする。

その後移り住んだ東京には、惣菜からお弁当まで美味しいものがこれでもかとそろい、千秋と輝之の食事を簡単にそろえることができたけれど、千秋は故郷の食卓に家族の味を置き去りにしたまま、考えることを放棄して機械的に胃袋を満たすようになってしまった。

もう戻らない兄や母や実父との食卓風景と、おざなりに済ませてきた今の父との食生活を交互に思い返したら、懐かしさや情けなさや、自分で自分を不自由にさせてきたいろいろなことへの無関心を後悔する気持ちが、ごちゃ混ぜになってふいに下瞼《したまぶた》からこぼれ出した。

この件が片付いたら——。千秋は涙をふいて黙々と雑炊を頰張りながら自問した。この件が解決したら、何かが変わるだろうか。毎食口にする食べ物の味も、忍耐と諦めで塗りつぶしてきた雨の景色も、不安定な心身の状態も。自分自身の過去に棲《す》む死者へ思いを馳《は》せるのが供養なら、それによって生きている自分自身もまた変われるのではないか。

思いがけず去来した未来への切望は、許容量の少ない胃袋と閉塞《へいそく》した心の中へするすると落ち込んでいく。

この件が片付いたら――。

「ゆっくり食べんと、火傷《やけど》するよ……」

何らかの思いを汲《く》んだ季美子が、麦茶とボックスティッシュを持ってきて、対面に座った。千秋は眼鏡の下にティッシュを押し当てたまま、からになった鍋を前に、しばしじっと頭を下げた。

「私、志田さんとは昨日初めて会ったばかりなのに、図々しくこんな美味しいご飯までごちそうになって……」

「水臭いこと言うたらあかんよ、袖《そで》振り合うも多生《たしよう》の縁《えん》て言うでしょう。芳信さん、ああ見えて老若男女誰にでも優しいから平気。たまに長々とウンチク喋《しゃべ》ってくるけど、右から左に流しとけばお経みたいなもんやし、へェーッて顔して聞いてるフリすればバレへんし」

的確な〝取扱説明〟に、しおれていた千秋も思わず頰を緩めてしまった。

「古代史が趣味とおっしゃっていましたが……」

「趣味も何も、あの人本当は学者さんになりたくて、院に行くのも決まってたてん」

そう言えば、四宮誠から〝渡井隼人〟が急に大学を辞めたと聞いた時、志田は自分もその口だったと言っていた。

「どうして辞めたんですか？」

「跡継ぎの長男が、交通事故で急に死んでしもて」

あまりにさらりと言うので、それが季美子の夫のことだと気づいたのは、数秒経ってからのことだった。

「寺は誰かが跡継がな、一家全員住むとこなくなって路頭に迷うでしょう。それで芳信さん、一からお坊さんになる修行始めて。しばらくして、全然似合わへん青々した坊主頭で高野山《こうやさん》から帰って来て……」

――おうキミちゃん安心せえ、ポークポークポークポークチーンで問題解決や！

「そん時、何や知らん、旦那《だんな》の葬式でもよう泣かんかったのに、ぽろぽろ涙が出てきて。ああ、人生ままならん、誰も彼もうまいこと生きられへんのに、なんでこんなにありがたいんやろって」

季美子は両目の下に人差し指をあてて、ほろほろと泣く真似《まね》をした。こんな風に話せるようになるまで、きっと多くの時間を要したのだろうと思わせるような、突き抜けた朗《ほが》らかさだった。

「事故が起こった時、勘助はまだお腹の中やったし、これでも私、真剣に途方にくれて。それがチーンで綺麗さっぱりなくなって、お義父《とう》さんもお義母《かあ》さんも私の好きにしていいて言うてくれはったから、頼んで居させてもらってるの。私、この一家には頭上がれへんのよ」

美味しい手料理と、ごちゃごちゃした生活雑貨と、休日の遊園地——。ここにも千秋と輝之のような〝家族ごっこ〟を選んだ人たちがいたわけだったが、そうなると三世代の中で一人「叔父《おっ》ちゃん」に留《とど》まり続ける存在は、傍《はた》から見ると歪《いびつ》な分だけ切ない。そうなることを知ってか知らずか、とにかく〝チーン〟ですべて自分の身に引き受けた志田の潔《いさぎよ》さを、千秋は感心すると同時に羨《うらや》ましく思った。

それからぽつぽつと当たり障りのない世間話をしていると、十一時近くになって、から の鍋を持った噂《い》の志田がダイニングに顔を出した。スマホを揺らし、「さっき、京都府警から事情聴取のお誘いがあったで」と事も無げに言う。警察が来る前に逃げようと焦っていたのが別人のようだ。

「わしが小泉さやかに渡した名刺見てかけてきたんやて。任意やけど、明日宇治の警察署に行かなあかん」

「あの、私のことは……」

「会《お》うたばかりの人で、奈良に泊まっとることしか知らんて言うといた」

良いのか悪いのか、無駄に怪しまれはしないか、雑炊で持ち直した千秋の気分は、途端にまた下降した。受付の権藤《ごんどう》さんには、茶店で千秋の名刺を渡していた。それで警察が会社へ連絡したら、大事になる。

青ざめる千秋をよそに、志田はキッチンカウンターの置き時計を確認して、「すっかり待たせてもうたな。そろそろ行こか」と顎《あご》をしゃくった。

「こっからすっ飛ばせば、奈良までは一時間もかからん。どのみち明日は、東京に帰るんやろ。あんたはもう手ぇ引いた方がええで」

「ちょっと、嫌やわ。こんな時間に放り出すん？」

そこで口を挟んだのは、今まで黙ってやり取りを聞いていた季美子だった。

「何や分からんけど、ここまで連れて来たんは芳信さんの都合でしょう。勝手に呼んで、もう帰れって、ずいぶん無責任やないの」

「この人、奈良のホテルに帰らな。まだ十一時前やし、ちゃんと送るし……」

「私は今、芳信さんが見た目に反してどれだけ優しいかということを、力いっぱい涙ながらに語っててん。それをまあ、私が千秋さんに嘘ついたみたいやんか」

志田は「必死のパッチ！」と怒鳴るタコ焼きと兄嫁の鋭い視線にさらされ、「ほんなら、どうせえと……」と言いよどんだ。

それから先は、二階が空いてるとか、いや二階はまずいとかの実際的な応酬になり、千秋は本人の意思を無視したところで交わされる自分の処遇を聞きながら、面倒な事態を予感して、しだいに腰が引けてきた。思いきって「帰ります」と切り出した時には、季美子はもう二階へ布団を敷きに行っていた。

荷物はリュック一つきりだし、支払いはカード決済だから、ホテルに戻らずとも問題はない。ただ、学生時代の家飲みならいざ知らず、よく知らない他人の所へいきなり泊めてもらう状況に躊躇《ちゅうちょ》していると、志田が「観念せえ」と諦めたように首を振った。

「志田家健康大臣の世話好きを侮《あなど》ってたわ。今夜はうちに泊まり。今頃、ホテルには警察が待ち伏せとるかもしれんし」

冗談とも本気ともつかない言葉でお尋ね者にされた千秋は、季美子が渡してくれたバスタオルや着替えや『コラーゲンたっぷりシートマスク』を抱え、志田について二階へ上がった。

階上のほとんどを占めるのは、〝お坊さん集団〟が泊まる三十畳の和室で、小さな和風照明に照らされたそのだだっ広《ぴろ》い部屋に、今はたった一つぽつねんと布団が敷いてある。志田は廊下の先がトイレとシャワールームだと説明し、いつでも好きな時に使っていいと言ったが、最後に「ただし」と怖い顔を寄せて、和室の対面にある扉を指した。

「このわしの部屋だけは、何があっても絶対にのぞいたらあかん。ええか、絶対やで」

「つまり、のぞけと言うことですか……?」

「アホ、前フリと違《ちゃ》うわ」

こうして千秋はエアコン暖房だけが唸《うな》る暗い和室に取り残され、思わぬ所で初めての〝宿坊体験〟をするはめに陥《おちい》ったのだった。


十二時を過ぎて再び強まった雨音が、志田家の二階屋を覆っている。

千秋はしばらく闇《やみ》の中で耳を澄ませていたが、やがて枕元《まくらもと》のライトをつけてトイレに立った。

あれからシャワーを借りてさっぱりしたが、一日の間に起こった様々な興奮と緊張のせいで、体は疲れ切っているのに眠れない。溜まっていた仕事のメールや輝之へのＬＩＮＥの返信を、寝る前にしたのも良くなかった。おかげで、紙の束が山積みになったデスクの現実が、ワニ氏やら殺人事件やらの非現実に付け加わってしまった。

くいだおれ太郎がプリントされた恥ずかしい長袖Ｔシャツに、厚ぼったい真っ赤な半纏を着込んで、千秋は雨音の響く暗い廊下に滑《すべ》り出た。

先ほど「芳信さん、明日のことなんやけど……」とささやく季美子の声がし、「ああ、下行って話そ」と二対の足音が階下に遠ざかっていったから、誰もいない二階は静まりかえっている。

頭を休ませるために考えるのをやめたかったが、考えなければいけないことは多々あるし、ささいなことに煩《わずら》わされて大事なことを考え忘れている気もする。渡井隼人や弘のこと、四宮教授のこと、岡や一之瀬の殺人事件のこと、〝ワニはサイ〟の続き、作業室で志田が拝借した二枚の写真——。

そこまでぼんやりと歩を進めた千秋は、トイレの手前で突如足を止めた。

雨音でちっとも気づかなかったが、シャワールームの洗面台で水音がする。一瞬、自分が水道を止め忘れたのだろうかと思ったが、確かに人の動く気配がした。

住職夫妻も勘助も、寝室は一階だった。志田と季美子も、今は下で話している。宿泊中の僧もなし。ならば——。

鈍い回転を続けていた真夜中の頭が、恐怖ではっきりと覚醒《かくせい》した。

シャワールームにいるのは誰だろう?

雨なのか水道なのか、ざあざあと鳴る水音に紛れ、長い溜息《ためいき》が千秋の耳に届く。志田の声がよみがえった。

——わしの部屋だけは、何があっても絶対にのぞいたらあかん。

誰が、いるの?

一秒、二秒、三秒——ふいに扉が開き、湯気と石鹸《せっけん》の香りが廊下に溢《あふ》れ出た。

光を背にした真っ黒な影が、立ちすくむ千秋にぎょっとして後ずさり、明るいシャワールームに姿をさらした。そうして、そこにいるはずがない男の顔を目の当たりにした千秋は、頭の理解が追いつかずに思わず悲鳴を上げた。

六章　八十《やそ》の衢《ちまた》に坊主が一人

1

「まあほんまに、どこまでも間《ま》の悪い男やな」

「これでも気ぃつこうて時間見計らったんやけど……」

志田《しだ》に悪態をつかれ、間の悪い男——時任修二《ときとうしゅうじ》は、まだ完全には乾いていない頭を下げて畏《かしこ》まった。

「宇野《うの》さん、あんたもあんたやで。さっさと用足して戻ればええもんを、夜中にシャワールームの前で聞き耳立てるて、悪趣味やないか。おまけにあんな悲鳴上げて、まったく何事かと思ったわ」

「別に聞き耳立ててたわけじゃ……」

あたかもこちらに非があるように説教され、だだっ広い三十畳の真ん中に正座した千秋《ちあき》は、むっつりと黙り込んだ。

午前十二時三十一分。急きょ持ち運んだちゃぶ台に日本酒の一升瓶とぐい飲み三つを載せて、黒い作務衣《さむえ》姿の坊主と悩める衆生《しゅじょう》二人が円座している。

「一言私に教えておいてくれればよかったじゃないですか……」

「あんたは教授の講演を聞きたいがためだけに、この間抜けな時任を利用したクチやないか。しかも半分は時任の無実を疑うてた。そんなやつに言えるか」

「何や僕、今いろいろな意味でショックを受けてる」

方々《ほうぼう》を闇雲《やみくも》に逃げ回り、結局手持ちの金を使い果たしてしまった時任は、今日の夕刻、困り果てて光願寺《こうがんじ》に駆け込んだ。

志田は『早蕨園《さわらびえん》』でウサちゃんと抹茶デートの最中、季美子《きみこ》からの電話でそのことを知った。ところが、四宮誠《しのみやまこと》と会ってすぐに帰るつもりが殺人事件にまで発展してしまい、時任をかくまっている身で警察に根掘り葉掘り尋問されては堪《たま》らず、ともかく一度本人から詳しい事情を聞くため、強引に大阪へ帰ることにしたのだった。

焦って帰宅したはずの志田が、家ではやけにくつろいでいたのも、これで合点がいった。千秋が階下でかしこまっていた頃《ころ》、二階の三十畳では時任が事の次第を洗いざらい志田に打ち明けていたらしい。その後で、急きょ泊まることになった千秋のために、季美子が時任の布団を義弟の部屋にせっせと運び入れたのだった。

「一之瀬《いちのせ》さんが殺されたのは十三日でしょう。あの夜一体何があって、十六日の今日までどうされてたんですか」

千秋が問うと、時任は正座した膝《ひざ》に両手を置いたまま、ちらりと隣の志田へ視線を投げた。垂れ落ちた前髪は、ひどく頼りない風情《ふぜい》。カメラマンと言えば、重い機材を持ち歩くタフな職業だろうに、自信を完全喪失して縮こまった中肉中背の男は、志田と並ぶとヤミ金の事務所に連れ込まれた世間知らずの学生に見えた。

「こうなったら、わしに言うたことをもう一度話したれ」

高野山《こうやさん》の地酒『般若湯《はんにゃとう》』をそそぎながら、志田が言った。もともと〝般若〟は仏教用語で〝真実を悟る最高の知恵〟を意味し、〝般若湯〟は古来飲酒が禁止されていた僧の間で〝酒〟を指す隠語だったという。

「回想シーンの開幕や」

千秋は酒が強い方ではなかったが、果たして真相を知り得るかどうか、時任に続いてぐいっと一杯飲み干すと、エアコンとガスストーブで温まった室内で、寒夜の冷たさに似た液体が喉《のど》に沁《し》み入った。

「あの日は結局、一之瀬さんと七時半に鉄工所で会う約束をして……」

こうして、信楽焼《しがらきやき》のぐい飲みを指先でいじくりつつ、偉大な〝般若〟の力に動かされた時任は、ぽつぽつと当夜の出来事について話し始めたのだった。

十二月十三日——。

古本屋『タカマツ堂』を出た時任が、そこから南へ六、七キロ下った和爾《わに》の里へ着いたのは、約束の時間にはぎりぎり間に合うかどうかという、七時二十分頃のことだった。途中、小腹が空いてコンビニの肉まんを胃袋に収めていた分、到着が遅れたのだ。

国道から一歩入り、外灯しか目立った明かりのない坂道を愛用のママチャリで漕《こ》ぎ上がりながら、時任は先ほど険悪ムードになりかけた高松《たかまつ》との会話と、これから会う一之瀬にその旨《むね》を伝えねばならないことを考えて、ペダルを踏む足が少し重くなったのを感じた。

東大寺山《とうだいじやま》古墳の鉄刀レプリカを、高松を通さずに買わないかと持ちかけてきたのは、一之瀬の方だった。お互い『古代逍遥《しょうよう》』の編集でしょっちゅう顔を合わせているのに、わざわざ高松に儲《もう》けさせてやるのは馬鹿馬鹿しい、と。

時任さんの刀には、特別に刃《は》も入れて本物らしゅう見せますわ――。

そう乗せられ、深く考えもせず喜んで承知したのだったが、いざ値段交渉の段になって、一之瀬は刃を入れる分の価格をつり上げてきた。それでもめていたのを結局高松に知られて、事はさらにこじれたのだった。

おかげで、面倒なばかりか当の鉄刀にまでケチがついた。

しょせん、刀も自分も偽物だからな。

時任は前屈《まえかが》みで自転車を漕ぎ進め、自嘲気味に独りごちた。

高校を卒業し、すぐに社会へ出て十数年。地元奈良《なら》を飛び回る日々の中で芽生えた古代史への興味は本物だったが、大学や博物館の専門家にしてみれば、在野はどこまでも趣味の域を出ない〝研究者もどき〟で、たとえ自説を発表したくとも、まともに相手をしてくれる所はほとんどなかった。

整った環境下での研究は無理、本格的な実地調査も無理となると、素人が一人で手に入れられる情報には限界があり、自然とその穴を主観や想像で埋めるため、たとえその説が本当に正しかったとしても、根拠がない突飛な考えとして退《しりぞ》けられてしまう。

こうして在野は学界の周辺や隙間《すきま》を縫って活動を続けていくのだったが、アマチュア研究家には、権威に真っ向から反発するタイプと、できる限り権威を利用するタイプがあり、どちらかと言えば時任や一之瀬は後者だった。

その権威の一つが、山城《やましろ》考古学研究所と附属博物館だ。

特に一之瀬はアカデミックな肩書きに弱く、とりたてて特徴のない平凡な自分の容姿や性格や学歴を、どうしたら特別に見せられるのかを常に意識している節があった。『古代逍遥』の編集委員を務めるのも、地元ではない京都の文化財保護団体に名を連ねるのも、そうした肩書きを求めてのことだと思う。

時任はその態度や口ぶりから、いわば〝公〟である社会科教師の奥さんに対してコンプレックスがあるのではと邪推しているのだが、ともかく一之瀬の権威への窓口は、博物館の喫煙所で知り合った岡《おか》という学芸員だった。

ろたら。

――岡さんに話つけておいたから、『古代逍遥』をミュージアムショップに置かせても

その言葉を信じてさっそくコンタクトを取ったら、岡にはいかにも迷惑そうな顔をされた。一之瀬がみずから頼まなかったのは、自分の方が優位に立てる相手を動かして少しでも自分自身をえらそうに見せたいからで、一之瀬にとって同じ在野の時任は、古代史雑誌『アカシック』に記事を載せても四宮教授と対談しても、〝お近づきになりたい〟対象にはならないのだ。

とはいえ、常に学術機関と関《かか》わっていることで、自分も関係者になっていると錯覚する喜びは、残念ながら時任にも気持ちがよく分かった。どんなにささいなことでも、例えば研究員とちょっとした意見を交わすだけでも、何となく有識者の一端として認められた気になる。この呆《あき》れるまでの卑屈さは、悔しい思いをさせられてきたアマチュア研究者なら少なからず抱く自己防衛の心理の一種で、絶対に越えられない朝野《ちょうや》の彼我《ひが》の差に、苦し紛れの折り合いをつけているのだった。

実際、一之瀬は三ヶ月ほど前にも、岡からワニ展のチラシに使う画像を相談されたと自慢してきた。何のことはない、岡が灰皿の脇に座り込んで古い写真を眺め回していたところ、煙草《たばこ》を吸いに来た一之瀬が世間話程度に口を挟んだだけのたわいないやり取りだったが、チラシができあがった時には、あたかも自分のアドバイスでこれに決まったと言わん

ばかりの得意顔だった。

――見てみい、このチラシの写真、珍しいやろ。岡さんはデジタルカメラで撮った小野《おの》神社とか唐臼山《からうすやま》古墳の画像と迷うてたみたいやけど、フィルムの写真かてスキャナーで取り込めばええだけの話やし、絶対これにせえって言うたったんや。たとえ十六年前の風景でも、山並みは変わらんしな。ワニ展で小野氏だけにフォーカスするんは、全体像を見失うからやめろてしつこく言うたら、さすがに岡さんも納得しはったみたいで……。

岡に進言した時はもっと腰が低かったはずだが、一之瀬はそれを百倍くらい誇張した武勇伝に仕立て上げ、時任には大上段に振りかぶる。最近ではそれが少し鬱陶《うっとう》しくもあり、それなら鉄刀レプリカの件も岡にずばっと言えばいいじゃないかと、何度も喉元まで出かかった。

何でも今度のワニ展に、刀匠が作った本格的な復元刀を展示するそうで、たとえネット上のレプリカ販売とはいえ、博物館の謳《うた》い文句を台無しにしかねない一之瀬や髙松に、岡は難色を示してきたらしい。

時任は刀を直接一之瀬からもらうし、ブログに載せるのも自重するつもりだが、そもそも岡にそこまでの強制力はないと思っている。それでもやはり気をつかって販売を延期してしまう辺りが、アマチュアの弱い所だ。

ワニ展に合わせて『古代逍遥』のテーマを決めたのも、面白くなかったのだろうか――。

そんなことをつらつらと考えながら、時任は畑やビニールハウスや溜《た》め池が点在する坂を、自転車で上っていった。右手は東大寺山《とうだいじやま》古墳の丘陵《きゆうりよう》を整備した公園の、こんもりした暗い塊《かたまり》。家々の明かりが集まる集落の方へ進むと、その手前に『一之瀬鉄工所』が見えてくる。

錆《さ》びたトタン壁の工場《こうば》は、鉄工所というより製作所に近い規模。刃物製造を主としてやっていると聞いたが、従業員はすでに全員帰ったのか、作業音も聞こえない。

正面のシャッターは閉まっていたので、道路際に自転車を止め、裏へ回ることにした。工場の隅は事務作業をする小部屋で、そこにアルミサッシの勝手口がある。

思った通りドアが開いていたので、時任は念のため「一之瀬さん、僕です」と声をかけてから中へ入った。雑然と机が並んだ小部屋は暗く、工場に通じるドアから明かりが漏れている。仕上がった刀が見られると思うと、道中の不満はなりをひそめて、代わりに期待感が膨らんできた。

持った時の手触りや重さ、光の反射具合。古代史を考える上で時任が大事にしているのは、そういう生《ナマ》の感覚だ。先行論文や一次史料を渉猟するのも大事だが、机上《きじよう》の戦いでは在野は圧倒的に不利になる。だからこそ、〝実感〟を武器にするのだ。

例えば東大寺山古墳の中平《ちゆうへい》銘鉄刀の刀身がずいぶん刃の側に反《そ》っているのは、もともと直刀だったものを、何十年にも亘《わた》って何度も研ぎ直したからだという見方がある。それが本当だとすれば、あれが墓に収められるまで代々大切に使っていたことになるが、実用ではいかにも使いづらそうだ。そうなると、あの刀は権威の象徴、あるいは儀式用だったとも考えられる。

古墳からはほかに数本の刀や鏃《やじり》も出土し、同時に巫女《みこ》が使ったと思しき腕輪も見つかったことなどから、被葬者は軍事や祭祀《さいし》に携《たずさ》わったワニ氏の遠祖と推測されている。先ほど脇《わき》を通ってきた公園には、ワニ氏の祭祀場跡が見つかっているし、この辺り一帯は古来〝ワニ坂〟とも呼ばれ、ワニ氏祖人の武将が戦勝を祈願したという伝承も残っている。

今よりもずっと精神世界が行動に直結していた時代、祭祀をどこでいかにして執り行うかによっても、その氏族の属性《キャラ》や理念がある程度窺《うかが》い知れる。少なくとも、この大和盆地東北部に盤踞《ばんきょ》したワニ系集団は、戦勝の呪力《じゆりよく》をまとう舞台装置に「坂」を選んだわけだ。

いずれにせよ、たった一本の刀を自分の身で体感することにより、文献に頼らずともワニ氏の性質や祭祀形態まで想像できるところが、〝百聞は一見にしかず〟戦法の強みであり楽しみなのだった。

「一之瀬さん、僕です。時任です！」

工場中に響き渡るような大声でもう一度呼びかけてみたが、返事がない。じつは工場に入った時、何か微《かす》かな音を耳にしたと思ったのだが、気のせいだったようだ。

ダウンジャケットのポケットから機械的にスマホを取り出してみたものの、一之瀬が固定電話しか使っていないことを思い出し、結局七時三十二分とだけ時刻を確認する。

明かりに照らされて鈍い光を放っている屋内は、さながら無機質の原生林だった。鎚《つち》の重量別に機種の異なった、鍛造用スプリングハンマーがいくつか。火床《ほど》、シャーリングマシーン、どこに繋《つな》がっているのか分からないコードやボンベ、チェーン、金鎚《かなづち》、やっとこ、金属パイプなどの資材が、さして広くないスペースを埋め尽くしている。

脇の空き地で、煙草でも吸っているのだろうか――。

静まりかえった機械の間を歩いて行った時任は、その時ふと、床に落ちた黄色い溶接グローブに気づいた。

そこから何気なく視線を左へずらした先に、脚立《きゃたつ》にモーターをくっつけたような形の、小型のスプリングハンマーがある。

その裏側から、二本の足がのぞいていた。

グレーの作業ズボンに、黒い運動靴。

網膜に結ばれた〝異状〟を脳が処理するまでに、数秒の時間がかかった。その間にそばまで歩み寄った時任は、そこでさらなる異状を目にすることになる。

「一之瀬さん」

うつぶせで倒れている男を発見した瞬間、時任はまず発作か何かを疑い、次に背中を染める赤色の正体に気付き、背中の左側にある一、二センチ幅の刺し傷と、脇に転がった細長い鉄刀に目がいくや、ついに腰を抜かして叫んだ。

猛烈なパニックが体中を駆け巡り、理性も判断力もすべてが吹っ飛ぶ。叫びながら唯一浮かんだのが、「救急車」の三語だった。

「救急車……！」

震える手で、持ちっぱなしだったスマホをお守りのように掲げた、その時だった。

後頭部に激しい衝撃が走り、何が起こったか分からない間にもう一度衝撃が来て、時任は昏倒《こんとう》した。

恐らくその時に、スマホが手からすっ飛んでいったのだと思う。

その後、時任が再び目覚めた時、一之瀬の死体は消えていた。痕跡《こんせき》すら見当たらなかったので、初めはすべて夢かと思ったが、後頭部の痛みが紛れもない現実を教えている。頭がひどく痛み、めまいがして吐いた。

壁に掛かった時計は、七時四十五分を指していた。それほど長いこと気を失っていたわけではないらしい。立てかけてあった資材が頭に倒れてきたのかと、辺りを見回したが何もなかった。つまり工場に潜《ひそ》んでいた何者かにやられたと気づいたのは、もう少し冷静になってからのことで、その時はただただ混乱に支配されたまま、時任は自分が次になすべきことを必死に考えた。

警察に通報――？

だがすぐに、一体何を報《しら》せればいいのか分からなくなった。何もない、誰《だれ》もいない、何が起こったのかも判然としないこの状況を、どう説明するのか。

痛む後頭部に手を当ててみたら、血がついた。その手触りに、また気分が悪くなる。自分は何者かに殺されかけたのだと考えたところで、ほかならぬ一之瀬がその目に遭《あ》ったのだと思い至った。

一之瀬は死んでいた。強盗か、借金取りか、とにかく何らかのトラブルの末に殺されたのだ。それにしたって、スマホはどこだ——?

思考が拡散し、泡のように現れては消え、てんでんばらばらな動きでまったくまとまらない。何より、今どうすべきかが分からない。

その時、混乱した脳みそがさらなる恐怖を連れてきた。

凶器は、自分が注文したあの鉄刀レプリカだった。そのことがこの先どんな意味を持ってくるのか、あるいは気絶していた空白の十五分弱で何が起こったのか。

死体は恐らく犯人に始末されたのだ。そうなると、事件が顕在化した場合、真っ先に疑われるのは誰だ——?

一之瀬と自分との関係やら、古代刀のレプリカを注文していたことやら、ここで仕上がりを見る理由やら何やら、他人様が納得できるような言葉を使って説明できる自信がない。ひるがえって、工場にはどこもかしこも自分の指紋が残っている。

気づけば、公衆電話を求めて自転車を駆っていた。鉄工所の電話を使うという発想はなかった。悪夢の現場から少しでも早く遠ざかり、誰にでもいいから今の抜き差しならない状況を伝えねば、まんまと無実の罪を着せられると思った。

こうして時任は、櫟本《いちのもと》駅前の公衆電話へ転がるように飛び込んだ。

僕は殺してへん！


「──話、長いわ。ちゃっちゃとせえ」

もともと口下手なところへ持ってきて、あちこち話が脱線するものだから、時任が櫟本駅までやって来たくだりで、たまらず志田がせかした。

「大体、お前が鉄工所できっちり通報しとったら、こんなややこしいことにはならんかったんと違うか。後ろめたい理由があったわけでなし、なんでわざわざ焦《あせ》って逃げなあかんねん。犯人の思うツボやろ」

「その場にいてへん人に、あの怖さは分からん。急に殴られて、その間に死体が消えて、まだ犯人が工場のどっかに潜んでるかもしれん状況下で、理屈通りには動けへん。志田さんが言うんは、ただの傍目八目《おかめはちもく》や」

「オカメでもヒョットコでもどっちでもええわ。ほんで、その後這々《ほうほう》の体《てい》で自宅まで戻ってどうしたんか、宇野さんに一言で説明したれ。百文字以内やで」

千秋は疲れた体に効き過ぎた般若湯《はんにゃとう》でなかば朦朧《もうろう》としつつ、字数制限のプレッシャーでますますしどろもどろになった時任の説明を聞いた。

「ポケットに入れておいたはずの鍵《かぎ》が、ドアにささってて。嫌な予感がして中に入ったら、あの血まみれの刀が台所の前に転がってた。鍵はたぶん気絶している間に盗《と》られたと思うんやけど……、犯人がどうして僕の家を知ってるのかも分からんし、わざわざ危険を冒《おか》してまで刀を置きに来たのも不気味やし、うちに凶器がある以上警察にはもう絶対言えへんし、警告とか口止めの意味があるんかなとか、……どっちにしろ、もう終《しま》いや、と思て――」

「刀隠し直して、家を出たと。ネットカフェとファミレスを梯子《はしご》して、金が無《の》うなってとうとう〝駆け込み寺〟や」

「小銭ができた段階で、もう一度志田さんに連絡を取ろうとは思わなかったんですか？」

時間が経《た》って助けを求めづらくなった、と時任は遠慮がちに答えた。事件直後は焦るあまり、唯一覚えている番号にかけてしまったが、言えばかえって厄介なことになるのではないかと躊躇《ちゅうちょ》する気持ちがしだいに芽生えて、今日まで来てしまったそうだ。何と言うか、面倒くさい男だ。

だが、これで事件の輪郭《りんかく》が、大まかながら判明した。

つまり、一之瀬は七時半頃、鉄工所で殺された。そこへ運悪く時任が到着。犯人は時任を殴って昏倒させ、その間に遺体を公園の池へ運んだ。場所を移したのは、目を覚ました時任が、仮にすぐ警察へ通報したとしても、確かなことを証言できないようにするためだ。それと同時に、遺体の体内に刃先が入ってしまったことを知った犯人は、どのみちすぐに凶器が割れるならばと、一番容疑のかかりやすい時任を犯人に仕立てることを思いついた。わざわざ自宅まで持って行ったのは、その方が処分しにくいし、見つかった時に言い逃れができないからだろう。それに唯一の目撃者である時任へ凶器を押しつけてしまえば、ある程度口をつぐませる効果も期待できる——。

そこまで考えた千秋は、何とも言えない違和感に、内心で首を傾《かし》げた。

どこかしっくりこない。こうして強引な理屈ならばつけられるが、わざわざ遺体を池まで運んだり、刀を時任の自宅へ置きに行ったりする行為は、誰かに見られるリスクが高いわりに必然性が弱い。

殺人直後の異常心理と言ってしまえばそれまでだが——。

熱を帯びた頭で悶々《もんもん》と推理する千秋の脇で、志田が「わしも解《げ》せんことがあんねん」と呟《つぶや》いて顎《あご》をさする。

「池から見つかった遺体は、複数回刺された跡があるて、ニュースでやっとったやろ。せやけど、こいつが見た傷は、背中の左側一箇所だけやて言うねん」

「動転してて、そこしか目に入らなかっただけでは……?」

「僕も初めはそう思ったけど、あちこち刺されてたらさすがに分かるし、左側の一箇所だけピンポイントに認識するてなことはない気がする」

そうなると、どういうことになるのだろう。

「つまり犯人は、時任を殴り倒した後、ご丁寧に刺し傷を増やしたっちゅうこっちゃ」

「何や怖いな。一之瀬さんにそうとうの恨みがあったんやろか」

うつぶせに転がった一之瀬の骸《むくろ》へ、犯人が執拗《しつよう》に細長い刃物を突き立てたのだとしたら、事件はいっそう陰惨で不気味な様相を帯びてくる。

「とにかくホンモノの犯人見つけな、シャレにならんで。それがはっきりせん限り、時任の不利な状況は何一つ変わらんやろ。時任のスマホにはわしの着信が残っとるはずやし、奈良県警は早晩、わしらが一之瀬の鉄工所やら自宅やらを嗅《か》ぎ回ってたことに気づく。わしは京都府警にも行かなあかんし、管轄違いて言うても、二つの事件が繋がってるて知られる前にスピード解決したい」

それは千秋も同じだ。あれこれ素性を探られる前に、今回の件を終わらせたい。脅迫状めいたメモを教授に渡してしまったのも、今となっては悔やまれる。

「その、岡さんが殺された事件も一之瀬さんの方と関係あるんか」

先に事件のあらましを聞いていたらしく、時任が志田に尋ねた。

「モチのロンや。一之瀬の事件後にも鉄工所で渡井弘《わたいひろし》がうろついてたし、岡の時もそうやった。恐らく共通項は〝渡井隼人《はやと》〟と〝ワニ〟や」

雨が屋根を叩《たた》き、二時を回った室内に物憂《ものう》い沈黙が下りた。「とにかく、今は寝よ」と膝を叩いた志田の号令一下、二人の男は和室から撤退し、千秋は再び静かになっただだっ広い三十畳で、たまらず布団に潜《もぐ》り込んだ。

そうして時任が長々と語った中に、千秋にとって重大な何かが隠されていた気がしたのだが、その答に辿《たど》り着く前に意識は途絶えた。

2

九時十二分――。スマホの表示に、千秋は思わず目を疑った。

障子《しょうじ》から差し込むほの白い陽光に、一瞬どこにいるのか分からなくなり、志田の家だと思い出して飛び起きる。夜更かしをしても、たいていは七時前後に目覚めてしまうのに、高野山の霊酒が効いたのか、月曜の朝からとんだ失態だ。

慌てて洗面と身支度を済ませ、恐る恐る階下に降りていったら、ダイニングでは寝癖だらけの時任が呑気《のんき》に朝食を食べていた。リスのように両頬《りょうほお》を膨らませ、湯気の立つお味噌《みそ》汁《しる》や焼き鮭《じゃけ》やだし巻き卵を、せっせと口元へ運んでいる。

「志田さん、毎日毎食こんなん食って……あの無駄な元気の源はこれやったんです。黙って座ってても旨《うま》い飯が出てくる生活、ほんまにうらやましい」

その志田は普段通り五時に起き、朝のお勤めの後は一家でラジオ体操をしていたらしい。時任曰《いわ》く、坊主父子《おやこ》は今も寺の方におり、勘助《かんすけ》は学校に行き、母親と季美子《きみこ》は何が楽しいのか、家の外でご近所さんときゃあきゃあ笑い合っているという。

そんなことを話していたら、くだんの季美子がどこからか現れて、千秋の分の朝食も用意してくれた。いたれり尽くせりのもてなしに千秋が恐縮すると、季美子は「一宿一飯は基本やし」とひらひら手を振り、重たそうなダイソンの掃除機をいとも簡単に転がして、またどこかへ行ってしまった。

「昨晩は、大変失礼いたしました……」

千秋は時任と向かい合って座り、改めて初対面の挨拶《あいさつ》をした。近鉄奈良駅の行基《ぎょうき》像の前で会うはずが、とんだことになってしまった。二日間の〝取材〟は台無しになってしまったが、古代庭園のテーマなら手持ちの資料や画像を使って何とかできると、時任は律儀に言ってくれる。

「宇野さんがなんでわざわざ奈良まで来はるんか不思議に思ってたんやけど、結局僕は教授に会う〝口実〟やったわけでしょ」

千秋は口が裂けても「はいそうです」とは言えずに口ごもったが、時任はたいして気分を害したふうでもなく、それより『アカシック』担当の下條亜佐美《しもじょうあさみ》に、今回の件をどう話したらいいものか悩んでいるのだと溜息《ためいき》をついた。土子雄馬《ツチノコUMA》との共同企画が駄目になったら殺される、と失敗した福笑いのような顔で嘆く。

「ゆくゆくは古代史関係の方で身を立てよ思て、カメラの方の仕事を徐々に減らしてるんです」

昨今の旅行流行《ばやり》で、講師が同行する歴史系のツアーや史跡巡りが盛況なのだという。時任は個人的なガイドウォークがそこそこ成功したため、来年からは小さな旅行会社と組んで、関西をあちこち廻《まわ》る日帰りツアーの仕事を始めるらしい。まったく、古代史が絡むと外見や話し方からは想像もつかない積極性を発揮するようで、まだドローンが一般的でなかった頃、関連史跡を様々な角度から見たいがためだけに、パラグライダーやモーターボートの操縦まで習いに行ったというから驚きだ。お世辞にも溌剌《はつらつ》としているとは言いがたいが、意外にもアウトドア派らしい。

「せやけど、僕だけやなくて、山考《ヤマコー》の方も大変なことになってもうたみたいですね。本当は今日、教授と琵琶湖へ史跡巡りに行く予定やったんやけど……」

「そのことですけど、十三日の夜、教授と待ち合わせていたというのは本当ですか？　時任さんが来ないので、直接アパートへ行ったって言うんです。琵琶湖の史跡巡りの件でだそうですが」

味噌汁のついた上唇を舐め、時任は首を傾《かし》げた。

「約束はしてません。わざわざ家にまで来るほどの緊急の用事て言うんも、ちょっと思いつかへんし」

やはり教授は嘘《うそ》をついていたのだ――。

卵焼きに浸《し》み込んだだしをじっくりと味わいながら、千秋は考えた。教授は時任のアパートへ行った理由を隠したいのか、それともただ小泉さやかをかばっているだけなのか。

「宇野さん、まさか教授が事件に関わってるて思ってるんですか」

イエスともノーとも答えず、千秋は質問を変えた。昨夜、時任が語ったことの中に、核心的とも思える話があったのを、一晩経ってようやく気づいたからだった。

「古い写真をワニ展チラシの裏画像に使ったんですよね。それ確か、十六年前の風景だって、昨夜おっしゃってましたよね……」

「うん、確か一之瀬さんがそう言うてたから」

「チラシの中の、どの写真か分かります？」

「そら、まあ……」

千秋はスマホで山城考古学研究所のウェブサイトへ行き、そこから次回展示のチラシをPDFファイルで表示させて、時任に差し出した。チラシの裏面には、展覧会の趣旨や関連イベント、交通案内などの情報に混じって、主立った展示品やパネルの写真などが紹介されている。

「確か、これやったと思うけど……」

時任が指差した風景写真に、千秋は小さく頷《うなず》いた。思った通りだ。

渡井弘が展示作業室に忍び込んで探していたらしき写真——志田が無造作に抜き出して千秋に渡した、二枚の写真のうちの一枚と同じものだった。

水面《みなも》を手前にして、細い岸辺とうっすら冠雪した連山を映した、何の変哲もない風景だ。

「一之瀬さんは、これを推したんですよね。どこが珍しいんです？」

「こらね、湖上から和邇《わに》の方を撮ったもんらしいです」

「ワニ……」

「一之瀬さんの鉄工所がある奈良のワニは之繞《しんにょう》がない〝和爾〟。滋賀《しが》県の琵琶湖《びわこ》のほとりにある、湖西《こせい》線の駅名にもなってる方は之繞がある〝和邇〟。名前からも分かる通り、どっちもワニ氏のテリトリーです。和邇浜から撮ったもんは多いけど、湖上からってのはあまり見ません。せやから一之瀬さんは——」

時任の説明に閃《ひらめ》くものがあり、千秋は二階から二枚の写真を急いで持って来ると、再びダイニングへ戻った。身を乗り出し、食卓に写真を滑らせる。

「こっちの朱《あか》い鳥居が映ってる写真を見て下さい。神社名が書いてある、扁額《へんがく》の文字の部分です。〝和爾下神社〟って、之繞がないってことは、奈良の方の、一之瀬さんの鉄工所に近い所ですよね？」

「うん、櫟本《いちのもと》の……古墳の上にある神社やけど。それより、宇野さんが何でこの写真持ってるん……」

時任の問いかけを無視し、千秋は二枚の写真に見入った。

恐らく、あの時作業室で写真の束を見た志田は、まずチラシの裏面に載っている和邇の写真がクサいと踏み、そこから考えを発展させて、もう一枚を直感的に選び出したのだろう。なぜなら――。

「この二枚の写真、十六年前の、同じ日付ですよね？」

「あ、ほんまや……」

年の瀬も迫った日付が、写真の右下にオレンジ色の数字で記されている。まだフィルムカメラが主流だった時代、現像した写真にはたいてい撮影年月日を入れていたものだ。チラシの画像では消されているが、もとにした写真にはしっかり入っている。

十二月二十二日。十六年前のこの日付を、千秋は何度も見て知っている。滋賀県大津市の公民館で、四宮教授が『古代湖上交通と海神族の軌跡』という講演会を行った日だ。

そしてこの日はまた、千秋の兄が忽然《こつぜん》と姿を消した日でもある。翌二十三日、真面目《まじめ》な兄が家庭教師のアルバイトに行かなかったことで、すぐに失踪日《しっそうび》が知れたのだ。

その後兄の行方は知れぬまま、両親が離婚し、母が再婚し、すでに東京での暮らしが人生の半分を越えた千秋が輝之《てるゆき》の書斎で見つけたファイルの中には、二種類の紙が入っていた。一つは琵琶湖で兄のものと思《おぼ》しき骨が見つかったという今年の新聞記事。そしてもう一つが、十六年前の講演会のチラシだ。

すなわち千秋の兄が消えたのと同じ日、琵琶湖のすぐそばでは教授の講演会が行われており、この写真を撮った人間もまた、一日のうちに奈良の和爾と滋賀の和邇の両方へ行っていたというわけだ。

「この写真、そもそも誰が撮ったんでしょうか……」

「教授と違うんかな」時任はいともあっさり返した。

「僕がモーターボート乗るために二級小型船舶の免許取ったて話したら、教授は一級持ったはるって。昔、琵琶湖でボート借りてさんざん乗ったらしい。この写真の構図は、湖上からやないと撮れへんし、教授が船を出したんやないかな。今日もボートクラブ『クロコダイル』で船をレンタルする予定やったし」

教授は十三日の夜のことに関して、何らかの嘘をついた。また昨夜の事件の時も、わざわざ業務時間終了後に作業室へ向かい、岡の死体を発見した後も警察に通報する時間を遅らせた。渡井弘やこの写真の件を考慮に入れなくとも、二つの事件には教授の胡乱《うろん》な影が見え隠れする。

写真を見つめて押し黙ってしまった千秋に、食卓の反対側から時任が慌てて言った。

「宇野さん、何や知らんけど、教授はあんな恐ろしい事件を起こすような人やないと思います。学者としてのキャリアもあるし、一般的な知名度も高いのに、全然えらぶらへんでしょ。僕がガイドウォークのイベントを提案した時も、運動不足でお腹《なか》出てきたから一石二鳥やって乗り気になってくれたし、ハイキングウェア買いに行くお供もしたけど、えらい気さくな人やってん」

人を惹《ひ》きつける教授のスター性もさることながら、時任がこうして無条件に相手を信じてしまうお人好しだからこそ、皆にいいように利用されたのではないか。半ば同情しつつ、空《から》になった二人分の食器を流しへ持って行った千秋に、時任は途方に暮れたような視線を寄こしてきた。

「まさか志田さんも教授が怪しいて考えてるんかな。昨日ずっと一緒にいて、何か言うてました？」

「さあ……、向こうが喋《しゃべ》ってたのを、一方的に聞く方が多かったので……。でも、まだチーンは出て来ないそうです」

一休さんのとんちならぬ、問題が解決した時に鳴る〝脳内鈴《りん》〟のことを話してやると、時任は「やっぱりあの人、中身だけは真っ当な坊主やなあ」と笑った。

「志田さんの電話番号、覚え方あるんやけど、知ってます？　僕は今回、これで救われたようなもんや。二五九二―一〇五九。〝地獄に天国〟。宇野さんも困ったことがあったら、この如来《にょらい》様への直通電話にかけてみるんも手です」

覚えようとも思っていないのに、勝手に頭の中へ潜り込んでくる辺りが、いかにも志田らしい番号だ。

「とりあえず、坊さんに包み隠さず話ができて、僕は何やすっきりしました。志田さんは真犯人見つけるまで隠れとけて言わはるけど、いつまでもここに厄介になってるわけにもいかへんし、逃げ回っててても心象悪くなる一方やし、志田さんが京都府警へ行く時、僕は奈良の警察へ行こう思います」

「時任さんは何も悪くないんですから、警察もきっとすぐに判《わか》ってくれますよ」

兄がいなくなった時、警察は真剣に探してくれなかった。二十歳《はたち》を過ぎた男が家族に何も言わず消えたくらいでは、事件にもならないのだ。兄があんな目に遭《あ》った原因は母にあり、それが父の知るところとなり、夫婦間の不和はついに極限に達して、無様に終わりを迎えた。千秋は狭い団地の一隅で、もう兄に返すことはできない黄色のカセットテープをもてあましたまま、じっと両親の諍《いさか》いを聞いていたのだった。

時任は黙々と皿を洗う千秋を所在なく見つめ、借り物のだぶついたジーンズを持ち上げた。趣味の悪い虎《とら》の顔のセーターと、赤地に黒の花柄シャツは、それを提供した志田とは違った意味で、死ぬほど似合っていない。

「宇野さんは、今日何時の電車で帰らはるんですか」

「時間は決めてないんです。これからどうしようかも……」

そう口では言いながら、時任との会話を通して、すでに腹は決まっていた。積もりに積もった長年の悔恨や疑心に、今日一日できっぱりと引導を渡す。まずはこの後荷物をまとめて、すぐにでも志田家を辞すつもりだった。

「ところで、そのデコ、どうしたんです」

唐突に額《ひたい》を指され、千秋は話題が変わったことに気づかず面食らった。ひと呼吸置いて、一昨日《おととい》『タカマツ堂』でひっくり返った時の擦《す》り傷だと思いいたる。

「一昨日ちょっと擦りむきまして……。志田さんが問答無用でリバテープ貼《は》ってくれるもんだから、ますます間抜けに見えちゃって、すぐに取っちゃったんです」

「何や宇野さん……」

時任は前髪の間で何度も瞬《まばた》きを繰り返し、また落ちてきたジーンズを持ち上げて遠慮がちに言った。

「奈良の人やったんなら、もっと早く言うてくれれば良かったのに」

今度は千秋が瞬きをして時任を見返し、たった今発した自分の言葉を反芻《はんすう》した結果、絆《ばん》創膏《そうこう》の代名詞『キズリバテープ』が全国区ではないということを、二十七年の人生で初めて知ったのだった。

3

光願寺の門前で失礼するつもりの千秋だったが、志田は駅まで見送ってやると言い、法衣の上にぶ厚い僧侶《そうりょ》用ダウンコートを引っかけてついてきた。

「お坊さんに悪人はおれへんからな。京都府警にも、この格好で行こ思てんねん」

いかにも悪そうな強面《こわもて》で得意げに笑った志田の脇を、「ちん電」こと阪堺電軌《はんかいでんき》の路面電車が、一両編成の小さな車体でチンチンと音を立てて通り過ぎていく。軌条に沿って阪神高速の高架をくぐると、周囲はビルや色とりどりの看板を掲げた商店街が続く、雑多な繁華街に変わった。

そのまま日本一の高さを誇る「あべのハルカス」目指して五百メートルほど黙々と歩けば、北側にJRと地下鉄の天王寺《てんのうじ》駅がある。

「せっかく来たんや。最後に高いとこから浪速《なにわ》のエッフェル塔でも見たってな」

近鉄前交差点の頭上にとぐろを巻く、巨大な「a」の形をした屋根付きの歩道橋を上りながら、志田が言った。

「ほんで、その後は地下鉄の御堂筋《みどうすじ》線乗って、きちっと新大阪で降りるんやで。そっから新幹線乗って、品川だか東京だかで降りて、よう知らんけどナンチャラ電車に乗って、自宅の玄関まで一目散にダッシュやで」

「大丈夫ですよ。子供じゃないんですから……」

「『一樹之陰《いちじゅのかげ》』て言うやろ。見知らぬ者《もん》同士が偶然同じ一本の木の下で雨宿りするんも、前世からの縁や。あんたとは二日間時任探して方々走り回った仲やし、悪いようにはせえへんから、くれぐれも変な気起こさんと、まっすぐ東京帰るんやで。お家《うち》に着くまでが遠足なんやから。ええな」

くどいくらいに言うのは、不審の裏返しだ。この坊主は人の心が読めるんじゃないかと舌を巻きつつ、千秋は「変な気ってどんな気ですか……」とはぐらかした。

「もうあんな事件に巻き込まれるのはこりごりです。時任さんは見つかったし、教授にもお会いできたし、目的は果たせましたから、ちゃんと大人しく帰ります」

「わしらは時任のアパートにも黙って入ったし、関係者の周囲を事件発覚直前に嗅《か》ぎ回ってもうた。いろいろ決着つくまで、じっと息を潜めとるんやで。その代わり、わしもあんたのことは知らんかったことにしといたる。それであいこや」

西側へ湾曲する歩道橋を駅ビルの方へ回っていくと、順にあびこ筋、JRの線路、天王寺公園、その向こうに〝浪速のエッフェル塔〟こと通天閣《つうてんかく》が見える。晴れていれば日の入り時はさぞ夕焼けが綺麗《きれい》だろうが、今は降りしきる白い細雨が、クリスマスを次週に控えた賑々《にぎにぎ》しいビル群や、せっかちな群衆や大量の車を控えめに濡《ぬ》らしている。

頭上でやいやい言われる鬱陶《うっとう》しさから解放されるのは嬉《うれ》しかったが、だんだんと近づいてくる『JR 天王寺駅』の文字に、「一樹之陰」から離れる名残惜《なごりお》しさが湧《わ》いてきたのか、千秋は早足で先を行く志田を引き留めるように、思わず声をかけていた。

「志田さん。最後に一つ、いいですか……」

「おう、何や。一つでも二つでも、大阪土産《みやげ》に教えたるわ」

「昨日、講演会の質問タイムの時、〝佐比持《さひも》ちの神〟と〝賽《さい》の河原〟に続いて、もう一つサイがあるって言ってましたよね。あれって、何だったんですか。私が志田さんに聞いた〝ワニはサイ〟とも、関係があるんでしょうか」

「あらあんたの言葉をヒントにしたただの思いつきや。〝渡井隼人〟がほんまに論文に書こうとしたことなんて分かれへんし、サイに関しても、あくまでこう考えてたかもしれへんて推測の話しかできんけど」

「それでもかまいません」

志田は何事か考えていたかと思うと、唐突に手すりへ近づいて顎をしゃくった。

「サイはここや」

つられて見下ろした先には、あびこ筋、谷町筋、あべの筋の交わる交差点が、四方に広がっている。轟々《ごうごう》と流れる車、空気を裂くクラクション、スピードを上げる特急電車、人の話し声と忙《せわ》しない雑踏、街に充満する様々な騒音が、とたんに雪崩《なだれ》をうって千秋の耳に飛び込んで来た。

「天王寺はミナミに続く大阪市南部の玄関口や。JR大阪環状線、関西本線、阪和線、近鉄南大阪線、地下鉄御堂筋線、谷町《たにまち》線、阪堺電軌上町《うえまち》線――。この一大ターミナルに押し寄せる乗降客は、一日約八十万人。まさに古代で言う〝八十《やそ》の衢《ちまた》〟や」

「たくさんの道が枝分かれしている辻《つじ》という意味ですか……？」

「ただの交差点と違《ちゃ》うで。人や物が集まる所には、言霊《ことだま》や精霊《モノ》も一緒に溜《た》まる。古代人にとっての辻は、そういう霊的な力が充満する特別な空間やった」

すべての感覚が鈍麻した無神経な現代人には分からない、自然と人間とが分かちがたく共存していた時代の精神世界を、志田は真っ白な鋼鉄の橋上で説き続ける。その目の前を、背後を、足下の道を、年齢も性別も様々な人たちが足早に行き交っている。

ベビーカーを押す若い母親、年配の観光客、自転車に乗ったサラリーマン、コンビニの袋を下げたジャージ姿の中年、予備校へ向かう女子高生。それぞれが属す社会の臭気や、生活スタイルの残滓《ざんし》をアスファルト上に振りまいて、のべ八十万人がこの交差点を通り過ぎていく。ビルとビルの間に渦を巻く、その爆発的な熱量はいかばかりだろう。

「辻はあっちとこっちの境やろ。橋も、水際も、坂も峠《とうげ》も、門も関も境。古代では、そういう境界上には人外の力が生まれるて考えられとった。鬼の出てくる場所が羅生門《らしょうもん》や一条戻橋《いちじょうもどりばし》やったりするんも、もとはそういう考えがベースになってる」

何となくだが、境界に生まれる力のことは、千秋も古典の授業で聞いたことがあった。昼と夜が交代する夕暮れ時は、すなわち陽から陰へ変わる境の時刻だ。野良《のら》仕事を終えて家路につく人々は、薄暗がりに包まれた寂しい道の向こうから、顔貌《かおかたち》のはっきりしない何者かがやって来ることに気づく。おや、あれは誰だろう？　隣家の長男坊か？　いや違うな。よく見えない。まさか、魔物の類《たぐい》じゃあるまいか——。

そうして夕刻のことを、〝誰《た》そ彼時《かれどき》〟〝逢魔《おうま》が時《とき》〟などと呼び習わし、すべてがぼんやりとした夕暮れの風景の中に、夜に向かって蠢《うごめ》き始めた陰の力を感じ取ったのだ。

「一方で、境界は〝こちら側〟に魔物や疫病や穢《けが》れを入れないための防衛線でもあった。見えない垣根や。京《みやこ》にも、国にも村にも、〝あちら側〟の世界は境のすぐ向こうにあった。せやから、境界線上に神を据えた。それが砦《とりで》を意味する〝塞《さえ》の神〟、すなわちサイの神や。道祖神もこの仲間に入るし、後には神仏習合して地蔵さんもそうなる」

「塞の神……」

「古代豪族を知るには、その一族が何をしたかだけやなくて、どういう性格を持った一族なのかという精神面まで考える必要がある。渡井隼人は、水辺をテリトリーとした海洋民のワニ氏に、塞の神としての側面をも見出《みいだ》したんと違うやろか」

それが証拠に、『古事記』や『日本書紀』に登場するワニ氏のエピソードをピックアップすると、そこここに「境界」が出てくる、と志田は言った。ワニ氏に関して何事かの起こる場所、あるいはワニ氏の力の働く舞台は、坂や水辺、峠などが多いらしい。

例えばワニ氏の祖先・彦国葺《ひこくにぶく》は、崇神《すじん》天皇に叛旗《はんき》をひるがえした武埴安彦《たけはにやすひこ》を征討する際、和珥《わに》にある武鐰坂《たけすきのさか》——すなわち和爾坂で戦勝祈願の祭を執り行った。そこから兵を連れて北上し、奈良と京都の境である那羅山《ならやま》を呪的に踏みならし、最終的には木津川《きづがわ》の水際で敵軍に勝利する。

同様に、ワニ氏の祖先・日触使主《ひふれのおみ》の娘は、近江《おうみ》へ行幸中の応神《おうじん》天皇と宇治《うじ》の木幡《こはた》で出会い、菟道稚郎子《うじのわきいらつこ》を産んだ。その後、宇治川のほとりに住んだ郎子は父王にこよなく愛され、兄たちを差し置いて王位継承者となる。それを不服とした異母兄・大山守《おおやまもり》は、父の死後に兵を起こしたが、郎子はもう一人の兄・仁徳《にんとく》――当時の名は大鷦鷯《おおさざき》――の助言により、大山守を宇治川で溺死《できし》させ、遺体を那羅山に葬った。

最後はその郎子自身が、仁徳に王位を譲るため「謎《なぞ》の自殺」を遂げる。難波《なにわ》から駆けつけた仁徳が招魂の呪法を行うと、郎子は死して三日経っていたにもかかわらず、川のほとりにある菟道宮《うじのみや》で蘇《よみがえ》り、妹を仁徳に託して再び死んだ。

これらの出来事が事実であったかどうかは問題ではない。重要なのは、それを書き留めたり伝承したりした者の真意が、史書には必ず反映されているということだ。ワニ氏にまつわるエピソード、とりわけ生死を左右する出来事の舞台に、こうまで「境」が選ばれているということは、少なくともその当時において、ワニ氏の奉じる神の力が、「境」――特に「水辺」――で発動すると考えられていたからではないのか。

「もっとも、坂で戦勝祈願をする氏族はワニ氏のほかにも例があるし、これだけでは論説も粗いと思うけど、渡井隼人の考えもあながち的外れやないかもしれん」

そう言えば、と千秋は茶店『早蕨園《さわらびえん》』で権藤《ごんどう》さんが語っていたことを思い出す。

——宇治神社の御祭神が、橋姫《はしひめ》さんの夫やて伝承もあるらしいわ……。

言うまでもなく宇治神社の祭神は菟道稚郎子で、橋姫は水神であり境界の「橋」を司《つかさど》る塞の神だ。民間伝承とは言え、その二人を夫婦にしたということは、公的には伝わらないワニ氏の役割を示唆《しさ》しているのかもしれない。

水系の塞の神。これが「ワニはサイ」の本意だ。

「あんたは一昨日、奈良の和爾におった時、何でこの場所には海もないのにワニの本拠地なのかて言うてたけど、琵琶湖や宇治に固まって住んでた連中の一部が、朝廷内で影響力を増していくに従って奈良へ居を構えた結果なのかもしれんな。ほんで、ワニ氏の奉じる塞の神は水辺だけやなくてワニ坂でも力を発揮するようになった……。一応筋は通るな。〝刀〟とか〝鋤〟を意味する〝佐比〟との関係で、鉄に関わる海神族の面ばかり指摘されてたけど、〝塞〟に行くのもおもろいわ」

千秋はもう答えられなかった。ただひたすらありがたいと思った。何がと言って、渡井隼人が——千秋の兄が十六年前に考えたことの続きを、こうして志田の口を借りて垣間見《かいまみ》られたことだった。兄が残した断片のようなものを、志田が時間を飛び越して繋《つな》ぎ合わせてくれたことが、どこまでも無性にありがたかった。

十六年前、雨の坂を上って眼下の大和川を望んだ兄は、小学生だった千秋の何気ない一言でひらめいた発想を、もうすぐ書き上がる卒論の中へ組み入れようとしたはずだ。だがその卒論は完成されないまま、「ワニはサイ」という呪文のような一語もまた、水底《みなそこ》に沈んだ兄とともに、時間の堆積に押し潰《つぶ》されてしまった。

志田が拾い上げたのは、そんな兄の記憶だ。仏に代わって法を説く僧は、死者の声をも代弁して生者に届けるのだ。

これでいいかな、と千秋は心の中で兄に語りかけた。あの時お兄ちゃんが言いたかったのは、こういうことでいいのかな――。

「まあ、こんな感じでええんと違うかな」

心の声が漏れたわけでもないのに、再び歩き出した志田が千秋の自問に答えた。

「渡井隼人がここにおったら、絶対に似た者《もん》同士、わしと話が合うと思うねんけど」

「さあそれは、どうでしょうか……」

恐らく、志田は薄々気づいている。

昨日の朝、志田が一人で三郷町《さんごうちょう》へ〝渡井隼人〟を訪ねに行った時、まだあの団地の一室が千秋の記憶通りに残っているのだとしたら、鉄製の扉の横に家族四人の名を書いたネームプレートが架かっているのを見たはずだった。

異様に勘が鋭く、記憶力もいい志田のことだ。「宇野千秋」なる女と「渡井千秋」とを結びつけるのは、その後博物館での千秋自身の不審な言動を見ていれば、案外簡単だっただろう。

そうであれば、千秋の「ワニはサイなのか」という疑問を聞いて、志田がすぐさま渡井隼人の書きかけの卒論だと推測できたのも納得できるし、渡井弘を追いかけないよう千秋を作業室に引き留めたのも、この人なりに気をつかった結果なのかもしれない。

いずれにせよ、多々迷惑はしたものの、この二日半、志田に振り回されたのは無駄ではなかった。あとは当初の予定通り、千秋自身が兄へ真相を手向《たむ》ける番だ。

折しもJR天王寺駅のコンコース入り口に着き、千秋は志田に向き直って二日間の感謝を述べた。直結の駅ビルで買い物をしてから帰る、と恐る恐る嘘をつくと、

「そうか。ほんなら、ここでな。気ぃつけて帰りや。間違えて谷町線乗ったらあかんで。御堂筋線の方やで」

怪しむかと思いきや、意外にあっさり納得した志田は、ミッキーマウスぐらいの大きな手を差し出してきた。上下に揺らす握手と同時に、口もまた最後までよく動く。

「来年の初め、ワニ展が始まったら、冷やかしに見に行ったらどうや」

「でも、あんなことがあって、無事にワニ展は開催されるんでしょうか」

「そんなん、いくら担当者が亡くなってもうても、展示に影響は――」

突如、志田が手を握ったまま「おおッ！」と吼《ほ》えるように叫んだ。目玉をひん剝《む》き、口を全開にした国宝級の〝阿形《あぎょう》〟に、構内の通行人がいっせいに振り返る。

「何です、いきなりどうしたんですか……」

「宇野さん。分かった。チーンや、ついに小《ち》っさいチーンが鳴ったで！」

「犯人が、誰だか分かったんですか？」

「いや、そらまだやけど、今のでとっかかりが浮かんできた気がすんねん。犯人が一之瀬の遺体を池に捨てたんも、岡が博物館の植え込みのとこで殺されたんも、要は全部ワニ展のせいや」

志田はそれ以上推理を披露しようとはせずに、「まあ、事件が無事に解決したら報《しら》せるわ」と口早にまとめて、せかせかと踵《きびす》を返してしまった。

八十の衢に旋風を巻き起こした坊主とも、これでやっとお別れだ。

千秋は肩を揺すって帰っていく志田の黒い背中が、間違いなく駅舎の外に出て行くのを確かめ、念には念を入れて駅ビルのエスカレータとエレベータを乗ったり降りたりした後、ようやくトイレ脇のスペースでスマホを取り出した。

ずっと協力してくれた志田や、嫌疑をかけられている時任には悪いが、ここまで来ればもう、あとは自分自身の問題だった。

千秋はスマホ片手にしばらくためらい、電話用のダイヤルパッドに並んだ数字をひとしきり睨《にら》んでから、意を決して〇七四五から始まる十ケタの番号を押した。かつて何度も何度も、学校の提出プリントや雑誌の読者アンケートに書き込んだ固定電話の番号だった。

息を殺して相手が出るのを待つ。ふいに《電話を転送いたします》と女性の声で音声ガイダンスが流れ、口から心臓が飛び出そうになった。今頃、相手のディスプレイには、誰のものとも知れないナンバーが表示されているはずだ。

案の定、切られた。もう一度かけたが、再び切られる。本来なら勤務時間だろうが、あんな事件があった後では、普段通り仕事などしていられるわけがない。

三度目にかけた時、相手が無言で応じた。

さざ波のように押し寄せる雑踏のざわめきにかき消されまいと、千秋はスマホを耳に押し当てて言った。

「千秋です」

返事がないので、もう一度言った。「宇野、千秋です」

その頃、時任修二が本堂で大日如来《だいにちにょらい》や両界曼荼羅《りょうかいまんだら》を眺めていると、宇野千秋を天王寺駅まで見送りに行った志田が、ダウンコートのポケットに両手を入れたまま、仏頂面で戻って来た。

「警察はなしや。わしはまず、もう一度教授に会う」

護摩壇《ごまだん》の前の座布団を引き寄せて座るなり、いきなり予定の変更を告げてくる。

「そらけっこうやけど、なんでまた……」

「あの女、絶対に何かたくらんどる」

あんたの方がよほど「たくらんでる」悪人面《あくにんヅラ》やないか。内心で言い返しながら、時任は「あの女」が宇野千秋を指していることに、しばらく経ってから気づいた。

「たくらんでるて、どういうこと」

「妙に素直に帰りよった。目的は果たせましたから、ちゃんと大人しく帰りますゥーて、あんなん絶対嘘に決まっとる。お前のコネ利用してまで教授の講演聞きたかったくせに、結局何もせえへんかったんやで。ちゅうことは、あいつの狙《ねら》いはこれからや。坊主だますんは百年早いで」

時任は宇野千秋の小柄な姿を思い浮かべた。化粧っ気のない顔、デザイン性の欠如した眼鏡、中途半端な膝丈スカート、動揺して小刻みに揺れる目——どれを取っても、「たくらむ」という動詞からはほど遠く、一体何が悲しいのか、雨までが自分のせいだと言いたげなしょげようは、初対面の時任にさえ憐憫《れんびん》の気持ちを起こさせた。

「そら志田さんの考えすぎや。ちょっと言葉少なやったけど、ええ人やと思うよ。あの素朴さは、まるで石見《いわみ》遺跡の『椅子《いす》に座る男性ハニワ』みたいや。笑《わろ》うてるんか笑うてへんのか、淋《さみ》しげで微妙な表情が可愛《かわい》いねん」

「それがハニワの罠《わな》や。宇野千秋はな、昨日と一昨日の二日間、あの地味ィーなたたずまいでことごとくわしの邪魔をし続けてきた。まず、控えめぶっとるくせに心の声がうるさい。わしがうまいこと愛想笑いでごまかしとる相手に、あんたは怪しいですねって、そのまんま言うんやで」

「きっと根が素直な人やから……」

「おまけに、神妙な顔でふんふん頷いとると思てこっちが油断してると、ちょっと目ぇ離した隙に暴走すんねんで。不法侵入したり、脅迫状書いたり。しかもその暴走が、うまくいった例《ためし》がないねん。小細工が周囲にバレバレやっちゅうのに、本人はバレてへんつもりで自信満々なんや」

「その前にあんたら、二日間何してたん……」

やけに物騒な言葉の数々に、時任はこの先本当に濡《ぬ》れ衣《ぎぬ》を晴らすことができるだろうかと、途端に不安になった。そうして考えてみれば、宇野千秋には隠しきれない余裕のなさというものが、随所に散見していた気がする。先ほども、奈良の人かと聞いたら必死に否定してきたのだが、その必死さがかえって本当の所を暴露して、秘密がまったく秘密でなくなるのだ。

「宇野さんて何者なん？　ただの仕事で来たとは思えへんけど。琵琶湖から和邇を写した写真もえらく真剣に見てて、誰が船出したのかて聞くし」

「それでお前、何て答えた」

「たぶん教授やろ、って……。そう言えば宇野さん、今度の事件も教授のこと疑ってたけど、ほんまのとこどうなん」

志田は答えず、ただひたすら「教授、教授、教授！」と連呼した。

「わしはな、さっきとうとう頭ん中でチーンが鳴ったんや。せやから、教授に会《お》うて確かめたいことがあんねん。あの女に先越されたら、ややこしなってかなわんわ。何としても先回りせな」

いずれにせよ、志田の人物評は確かなのだろうが、そこから導き出される結論を考えてみるに、要は宇野千秋が心配だということらしい。志田本人は知らないだろうが、他人のSOSを察知する能力と受け皿は、そのガタイと同じくらいでかいのだ。

「一之瀬の事件と、岡の事件と、宇野千秋が追っとる十六年前の件。あら芋づる式や。一挙解決のためには、何が何でも教授と会わなあかん。そういうわけで、仕度せえ。お前がいれば、変な嘘つかれんで済む」

「え、なんで僕も行くん……」

警察に行って片をつけようと考えていた時任の抗議は、早くも動き出した志田の足音に遮られた。

「もとはと言えば、お前が手間かけさすからやないか。こちとら慈善だの友情だので奔走しとるわけやあれへんで。この件をすっきり解決せんと、わしらの計画が台無しになるやろ！」

七章　父と子

1

お母さんはどうしてお父さんと結婚したの？

昔、千秋《ちあき》がそんな子供らしい質問をした時、母は「できちゃった婚」とは言えようはずもなく、少し間《ま》を開けてから「自分の正しさを、よく知っている人だから」ともっともらしい返事をしたものだった。

千秋はそのたび、生徒を指導する塾長としての父親の姿を思い浮かべ、「正義感が強い」という大人びた言葉で納得してきたのだったが、その「正しさ」が裏返ると、たちの悪い「潔癖」や「自己中」になるのだと知ったのは、ずっと後になってからのことだった。

テレビや新聞のニュースを見ては、リビングで国政に物申すのを常としていた父は、寺子屋に毛が生えた程度の小さな自分の私塾が、隣の王寺町《おうじちょう》にできた大手塾に生徒の大半を持って行かれた時、理不尽に職を奪われた屈辱と鬱憤《うっぷん》を、国政と同じく家庭のリビングに持ち込んだ。

自分はいつも「正しい」のだから、人のせいにするしかない。父は家族に暴力こそ振るわなかったものの、不機嫌な黙《だん》りと癇癪《かんしゃく》を交互に繰り返して母と喧嘩《けんか》になり、千秋は楽しみに見ているアニメ番組をそのつど消して、自分の部屋に引っ込まねばならなかった。そうして母は、そんな父に対する意趣返しとしてある「嘘《うそ》」をつき、それが結果的に兄の死を招いたわけだが、そうした母の身勝手さや致命的な裏切りは、千秋が病院へ見舞いに通い詰めた最期の日々の中で、あるいは火葬場から立ち昇る煙と一緒にうやむやになってしまった。だから子供時代を暗く彩《いろど》る千秋の嫌悪の対象もまた、もはや実父しか残ってはいないのだ。

天王寺《てんのうじ》の駅ビルで実父の渡井弘《わたいひろし》に電話をかけた後、千秋は対面にある広大な天王寺公園に向かい、待ち合わせ場所に指定した茶臼山《ちゃうすやま》古墳の河底池《かわぞこいけ》に落ちる細かな水滴と水紋を眺めながら、つらつらとそんな来《こ》し方《かた》を考えた。

渡井弘は昨晩から、奇《く》しくも千秋と同じ天王寺にいた。

山城《やましろ》考古学研究所を逃げるように去った後、父は一度自宅のある奈良《なら》の三郷町《さんごうちょう》に戻ったものの、警察の追及を恐れてまた家を出、その足で電車に乗ったらしい。格安ホテルや飲食店がそろう一番近い都市と言えば、ＪＲ関西本線で三十分足らずの、山を越えた大阪の天王寺だったからだ。

「千秋か……」

ふいに呼ばれた名に振り向けば、池沿いにベンチの並んだ雨景色の中、くたびれたジャンパーを着た初老の男が立っていた。記憶よりも一回り小さく感じる身長や、無精髭《ぶしょうひげ》まじりの乾ききった肌や、艶《つや》のない白髪の増えた頭に、娘の知らない十四年分の年月が積み重なっている。千秋は父親の年齢を計算し、六十五という数字を頭の中で弾《はじ》き出した結果、この人はあの団地の一室で、五年前に独りきりの還暦を迎えたのだと思った。

「千秋か……」

渡井弘はもう一度言ったが、千秋は再会の一言目に困って目をそらした。

昔、父親の塾に通っていた数年間、教室で父を「先生」と「お父さん」のどちらで呼ぼうか迷った時と同じように、自分の立ち位置と線引きを見失った千秋は、十数年の空白を繋《つな》ぐ言葉を持たないまま、傘の柄《え》を握って立ちすくんでしまったのだった。

母や再婚相手の輝之《てるゆき》はどうだったか知らないが、千秋自身は故郷の三郷町を去ってから、一度も実父に会っていなかった。実父との生活はすでに別世界の出来事として折り合いをつけていたし、母の葬式にも来なかった男を父親と認めてしまったら、この先どんな顔で輝之と家族ごっこを続けていけばいいのか、見当も付かなかった。中学校の入学式から大学の卒業式、成人式、入社式まで、血の繋がらない娘の通過儀礼をせっせと祝い続けてくれた輝之と、小学校の授業参観にも運動会にもやって来なかった生物学上の父を、どうやって同じ俎上《そじょう》に載せて処理すればいいのか。

それでも千秋が苦渋の決断で実父に再会しようと決めたのは、ただひたすらに兄の死の真相を探るためであり、一連の事件に関与した人間の可能性を一つずつ潰《つぶ》していこうとする、ただの機械的な判断だった。いずれにしても実父の側にしか、千秋の会いたい兄の姿はないのだ。

「昨日、館内で見てもしやと思ったけど、驚いたわ……。今、いくつになった……？」

「四宮《しのみや》教授の自宅に脅迫電話かけたり、お兄ちゃんの名前で載せた『古代逍遥《しょうよう》』を送りつけたりしてるの、お父さんでしょう。なんで？」

父親の質問には答えず、千秋は単刀直入に切り返した。「お父さん」と口にした時、心の奥深くに沈んでいた澱《おり》が、どろっと流れ出した気がした。

「なんでって……」

問われた渡井弘は、小さな目を池に向けてしょぼつかせ、「今年になって、琵琶湖《びわこ》で見つかった白骨の新聞記事を見たんや」と呟《つぶや》いた。

「前々から教授のことは何となく疑《うたご》うとったけど、やっぱり隼人《はやと》は母さんの言うた通り、あの男に殺されたんやて思った。あいつの近くで働くんも、何やただの自虐《じぎゃく》みたいに思い始めとったし、ほんならせめて教授のやったことを知っとる人間がいるっちゅうことを、本人に思い知らせてやりたかったんや」

何を今さら、と千秋は思った。父は、兄の失踪《しっそう》後もすぐには手を打たなかった。最初の内は「まあ、男やし」と放《ほう》っておき、次には「学校放っぽらかして、何やってんねや！」となり、年が明けて卒業も間近になったところで、ようやく心配を始めたのだった。

一方の母は、どうやら兄が琵琶湖へ行く予定だったこと、兄の消えた日に教授が琵琶湖で講演をしていたことなどを聞きつけ、当初から教授を疑っていた。しかしチラシ一つで確たる証拠もないまま、母は自分のついた「嘘」を十数年も後悔し続けたあげく、三年前に病に冒《おか》され逝《い》ってしまった。

「隼人の命と、渡井家をめちゃくちゃにした張本人に、何か仕返ししてやりたかった」

父はいつも自分を中心に、自分の「正しさ」を中心に物事を考える。四宮教授が顧問を務める研究所の警備員に収まったものの、埒《らち》のあかない現状とやり場のない怒りに苛立《いらだ》った父は、自分がなし得る唯一の独善的な糾弾《きゅうだん》として、ああした何の解決にもならない嫌がらせを始めたのだった。

「年明けにワニ展をやるんも、隼人が今になって偶然見つかったんも、何や運命みたいな気になってな。ミュージアムショップに置いてあった『古代逍遥』なら、アマチュアでも掲載してもらえるて知って、隼人の名前で入会して、論文を投稿した。それを教授に送りつけたれば驚くやろうし、うまくいけば尻尾《しっぽ》を出すかもしれんて……」

「あれ、お兄ちゃんの書きかけの卒論でしょう」

父は、そんなことまで知ってるのか、と言いたげな眼差《まなざ》しを千秋に寄こした。

「隼人がもう戻って来《こ》んて分かった時、京都のアパートに荷物片付けに行って、卒論に使《つこ》うてたフロッピー見つけたんや」

「フロッピー……」

今は懐かしき記録媒体の名前にも、背後に去っていった時間の量を感じる。渡井弘はチノパンが濡《ぬ》れるのもかまわず、墳丘と池を望むベンチに腰を下ろした。大坂冬ノ陣では徳《とく》川家康《がわいえやす》が、夏ノ陣では真田《さなだ》幸村《ゆきむら》が本陣を置いた茶臼山は、激戦の痕跡《こんせき》など微塵《みじん》もうかがわせない静けさで都会の片隅に沈んでいる。

「教授にまでなる奴《やつ》てのは、よほど神経が図太いんやな。お前は人殺しや、人殺しやて、何回電話で言うたかて、ケロリとした顔で研究所へ来んねん。ひょっとしたら教授は、贖《しょく》罪《ざい》のつもりでワニ展を企画したんやろかて、少しでも考えた俺が心底阿呆《あほ》やったわ」

「昨日の朝も、教授の家に電話したんでしょう？　『今日会いに行く』って。それで、会ってどうするつもりだったの」

渡井弘は眉《まゆ》をひそめ、かたわらにたたずむ娘を見上げた。

「確かに電話はしたけど、そんなこと言うわけあらへんやないか。面と向かって追及する気ぃなら、最初から電話なんてかけへんわ」

今度は千秋が眉をひそめる番だった。脅迫電話の主《ぬし》が会いに来るのだと、四宮誠《まこと》は講演会前に教授から聞き出したと言っていた。

教授が息子に嘘をついたのだろうか。それとも、息子が千秋たちに嘘をついたのだろうか。一体、何のために——？

「でも、お父さんは昨日実際に研究所へ来たじゃない。なんで突然現れたの。どうしてホール脇《わき》の非常口が開いてたの。作業室で何を探してたの」

「お前、何でそんなに詳しいんや。何しにこっち来た……」

「お父さんには関係ない」

鋭く言い放ちながら、千秋は新聞記事を見つけた自分が、結局父親と同じような行動を取ったことに内心で愕然《がくぜん》とし、何より気になっていた最後の質問を畳みかけた。

「——お父さんが、岡《おか》って学芸員を殺したの？」

「まさか、そんなわけないやろう！」

渡井弘は残っていた最後のプライドを傷つけられたような顔つきで、短く吐き捨てた。

「昨日、六時半頃《ごろ》にこっそり作業室まで来るようにて、俺を呼んだんは岡さんや。ホール脇の非常口を開けとくから言うて……。警察が監視カメラ見たら、鍵《かぎ》開けに来る岡さんがどっかに映っとるはずや」

「何のためにお父さんを呼んだの？」

「お前に言うても分からん。一から話したら、かえってややこしなる」

苛立った時に見せる父親の貧乏揺すりが始まり、千秋は無言でウインドブレーカーのポケットから写真を二枚取り出した。

「これを探してたんでしょ」

渡井弘の小さな目が広がり、再び「お前、何で……」と呟きが漏れたが、伸びてきた手を避《よ》けるように千秋は一歩退《しりぞ》いた。

「悪いけど、私はお父さんより多くのことを知ってる。一昨日《おととい》お父さんが一之瀬《いちのせ》さんの鉄工所を探ってたことも、一之瀬さんが殺された十三日、お父さんが博物館をなぜか早引けしたことも、全部ね」

「どういうつもりや」

「私は何でお兄ちゃんが琵琶湖で死ぬことになったか知りたいの。私が突き止めなきゃいけないの。そうでもしないと、黙ってカセットテープを取っちゃった申し訳が立たないの」

途中から語尾が震えた。言葉を吐き出すたび、心の淵《ふち》の底の底から発酵しきった思いが湧《わ》き上がる。新聞記事を見つけた千秋が、いてもたってもいられず関西までやって来たのは、兄の無念を晴らしたいと同時に、あのテープを抜き取った日からずっと胸に抱き続けた千秋自身の罪悪感や閉塞感《へいそくかん》に、なにがしかの決着をつけたいと願ったからだった。

「生きてる私も死んでるお兄ちゃんも、このままだと先へ進めないの。だから、知ってること教えてよ！」

父は娘を見上げ、何か聞きたげに二、三度瞬きをしたが、ふいにまた視線を池に戻して話し始めた。

「すべての発端は、一之瀬さんや……」

父と一之瀬浩三《こうぞう》は同世代ということもあり、職員玄関脇の喫煙スペースでぽつぽつと雑談をしたり、それが縁で一、二度仕事帰りに飲みに行ったこともある間柄だった。

あれは十二月の『古代逍遥』が出るか出ないかの頃だから、十日前後のことだったと父は言う。貸し会議室を利用していた一之瀬が、いつものように警備室の外で煙草《たばこ》を吹かしながら、何気なく話しかけてきたのだった。

――渡井さん、水臭《みずくさ》いで。息子さん、今回の『古代逍遥』に論文出しとるでしょ。しかも山城大学の日本史学科卒言うたら、四宮教授の元《もと》教え子やないですか。

当然ながら、父は驚いた。『古代逍遥の会』の会員になるのに隼人の学歴まで書いた覚えはないし、ましてや息子がいたと一之瀬に話した覚えもない。なぜ知っているのかと尋ねた父に、一之瀬は妻が高校時代に隼人を教えていたこと、大学に入ってからも年賀状のやり取りをしていたことなどを告げた。

――知り合いがやっとる農園の夏野菜を、渡井さんに送らせてもろたことあったでしょ。その時の宛先《あてさき》と、妻が持っとる年賀状と、『古代逍遥』に登録してある住所が全部同じやったからね。ホラ私、一応あの学術雑誌の編集委員やから。

何の他意もない一之瀬の声は、ささやかな発見で心なしか弾《はず》んでいた。

――妻が言うには、ずいぶん優秀な子ぉやったって。載ってる論文も、見習いたいくらいきちんとしたできばえやったし……今も歴史系の仕事してはるの？

父は曖昧《あいまい》に首を振り、これ以上息子の話はしたくないという意志をにおわせて、その日は無難に切り上げた。

だが、〝教授の元教え子〟に興味を覚えた一之瀬は、後日また一つささやかな発見を披露してきたのだった。

十三日――。出勤日だった父は、昼の休憩中、携帯に入っていた一之瀬からの伝言メッセージを聞いて耳を疑った。

《いや、大したことやないねんけど。隼人くん、十六年前に教授と琵琶湖へ行かへんかったかなて思いまして》

失踪後、隼人の友人知人さえ知り得なかったことを、なぜ十六年も経《た》って赤の他人が言い出してくるのか。隼人が琵琶湖へ行ったことも、その時教授が近くで講演をしていたことも分かっている。だが、二人が一緒にいたことまでは定かではない。

父はすぐに鉄工所へ電話をかけたが、従業員が出て、「社長は今接待中です」と言う。その時から父は頭も身体《からだ》も働かなくなり、同室の設備士やすれ違う清掃員にも「渡井さん、どっか具合悪いんか、顔色真っ青や」と口々に言われて、体調不良を理由に早退しようと思い立った。

そうして、交代の警備員・相川《あいかわ》を待つ間もなく、父はすでに三時には和爾《わに》の鉄工所に一之瀬を訪ねていたのだった。

――すんません、別に今度会《お》うた時でも良かったんやけど、おもろいことに気づいたもんやから、その場ですぐ電話かけてもうて……。

一之瀬はわざわざやって来た父を半分怪訝《けげん》そうに眺めて言った。

――ささいなことやねんけど、隼人くんが十六年前の十二月、妻とそこの和爾下《わにした》神社で会うたこと思い出して。もし当時もワニ氏の勉強してはったんやったら、今度のワニ展チラシの写真撮った時も、教授か誰《だれ》かと一緒におったんと違うかなて……。

意味が呑《の》み込めなかった父に、一之瀬は自分のアドバイスで岡がチラシの画像を決定したのだと自慢げに話し、

――それが、ちょうど十六年前の十二月の写真やったんですわ。

と言った。そこで一之瀬は、父の態度に何か尋常ならざるものを感じ取ったのか、初めて「あんた、一体どうしたん……」とはっきり眉をひそめ、その釈明に追われた父は、とっさに答えてしまったのだった。

――いや、場合によっちゃ、その写真のせいで今度のワニ展が大変なことになるかもし

れへんで。

その時一之瀬の顔に一瞬だけ浮かび上がった表情を、父は何と表現していいか分からない。だがあえて言うならば、それは〝行き過ぎた好奇心〟だった。

自分の関《かか》わった写真一枚が、博物館の展示を左右する重大事に発展するかもしれないという発想の末、その強烈な酔いが一之瀬の凡庸《ぼんよう》な顔を彩ったのだ。ここに至《いた》って、父は一之瀬に知られ過ぎたことをはっきりと悔やんだのだった。

――渡井さん、何や知らんけどひどい顔色やし、今日の所は帰った方がええで。また改めて連絡させてもらいます。

そう促《うなが》され、父は後ろ髪を引かれる思いで鉄工所を後にした。だが結局、それが一之瀬を見た最後になったのである。

千秋はしだいに明らかになっていく十三日の出来事の因果を、頭の中で順に並べた。

あの日、一之瀬が夕方になってなぜか博物館へ行ったのは、写真の件が原因だったのだ。突然押しかけたのか、事前に岡か誰かに連絡をしてから行ったのかは分からない。しかし、普段なら館外の人間が入れるはずのない作業室で会ったとなると、迎える側にもそれなりの疚《やま》しさがあったと考えるのが自然だ。

「それでお父さんは、一昨日も鉄工所へ様子を見に行ったの？」

「社の車で現場から現場へ移動する途中、気になって寄ったんや。鉄工所のシャッターは閉まってたのに、隣の空き地には一之瀬さんのライトバンがある。こらいよいよおかしいて思て、裏側に回って勝手口探してたら、図体のでかいヤクザがいきなり現れて、鬼の形相でメンチ切ってきよった……」

正しくは光願寺《こうがんじ》の看板《カンバン》を背負《しょ》った副住職なのだが、訂正する余裕もないまま千秋は聞き続けた。

「このまま一之瀬さんにかまけてても埒があかんて思て、思いきって岡さんに連絡を取ることにした。でもあの人何や無愛想やし、素人があれこれ口出すんを嫌がる性分やから、チラシに使うた写真のこと教えてくれって理由もなく頼んだところで、断られるに決まってる。せやから……」

あの写真が、失踪した息子の生死を判断する材料になるかもしれないと、岡に打ち明けたのだそうだ。すると岡は、「息子さんて、渡井隼人くんですか」と思わぬことを尋《たず》ね返してきた。自分は学生時代、隼人くんと同じゼミだった、と。だから父は、一之瀬がすでに何かを喋《しゃべ》ったに違いないと確信して、ぜひとも会って話がしたいと言ったらしい。

「すぐには返事がもらえんで、次の日の朝に電話をもろた。今日の夕方六時半過ぎなら時間が取れるて……。ホール脇の非常口を開けておくから、目立たんように作業室へ来いて。だから相川の巡回時間を狙《ねろ》うて、監視カメラに映ってもすぐにはバレへん制服着て、こっそり博物館に入った。後はお前も知っての通りや」

父は相川の巡回にタイミングを合わせ、指定時刻より少し遅れて作業室へ入ったものの、岡はいなかった。ふと目にした机上《きじょう》に写真の束があり、夢中で取りついた時、教授が現れたために動揺して逃げた――。

「たぶん俺は、教授にはめられたんや。岡さんはきっと、教授の言いなりになって俺を呼びつけて、口封じに殺された。逃げる時、植え込みの奥に岡さんが転がってるのを見つけて、俺は真っ先にそう思った。あら絶対に教授の仕業やて」

千秋は考えた。岡が父を作業室へ呼び出したのは六時半頃。ならば、六時に千秋たちが石段の上り口で岡と出会った時、岡が博物館の入り口で待ち合わせしていた相手こそ教授だったのだろう。そこならば監視カメラはないし、渡井弘が三十分後の侵入のために使うルートだったからだ。

教授は呼びつけた渡井弘に罪を着せるため、植え込みの奥で前もって岡を殺害した。そうなると、六時十五分に事務所へ現れた四宮ジュニアが、今まで教授の部屋にいたと言っていたのも、何らかの事情を知って父親をかばうための嘘だった可能性がある。

いずれにせよ、父の知り得るすべての話を聞き終えた千秋は、自分もまた「教授だ」という思いを新たにした。

十六年前、湖上に船を出して兄を殺したのも教授。十三日、作業室で一之瀬の話を聞いた後、和爾の鉄工所へ追っていって殺したのも教授。事情を知る岡を口封じのために殺したのも教授。そうして一之瀬殺しの罪を時任《ときとう》に、岡殺しの方を脅迫者の渡井弘にかぶせることにした。だからこそ、「今日、脅迫者が来る」という嘘を教授は息子に伝えたのだ。

これなら、すべてつじつまが合う――。

今の状況を、もし兄が見たら何と言うだろう、と千秋は思いを巡らせた。恐らくは、すべての真相が明るみに出ることを望むに違いない。そのために兄は命を落としたも同然なのだから。

兄もまた、ある意味で渡井弘の「正しさ」を受け継いだ人だった。あるいは、たとえ自分の身に禍《わざわい》が降りかかろうとも、追及せずにはいられないのが優等生の完璧《かんぺき》主義というものなのかもしれない。いずれにしても、兄は偶然知ってしまったことの真偽を、問いたださずにはいられなかったのだ。

兄みずからが黄色いテープに録音した、母と教授の会話の真偽を。

「お父さん。お兄ちゃんのこと、いろいろ調べてくれてありがとう……」

やり方はどうあれ、父も兄のことを考えに考えて供養していたのだと思ったら、自然とそう言っていた。茶臼山の河底池にそぼ降る霧雨は、父のよく日に焼けた虚《うつ》ろな横顔をますますぼんやりとさせ、白い息とともに吐き出された言葉もまた湿った冷気に溶けていく。

「不思議なもんやな。時が経てば経つほど、無念な気持ちが強《つよ》なる。どんなんなっても、息子は息子なんやろな……」

千秋はマフラーに顎《あご》を埋《うず》めてうつむき、今はもう亡い母が、かつて父と兄と教授に及ぼした呪《のろ》いの大きさに改めて身震いしながら、母の最期の言葉を父に伝えるべきか否か、幸と不幸の重さを両天秤《りょうてんびん》に掛けて考えた。

そして数分後の十二時十五分、千秋はスマホを耳に当てながら、天王寺公園を出た。

2

阿倍野《あべの》の光願寺を出発した黒いクラウンは、「アホ、ボケ、カス」をワンセットとする罵《ば》詈《り》雑言《ぞうごん》とクラクションをまき散らしながら、第二京阪を北東に進んだ。

「宇野《うの》千秋は、どういうわけか教授に恨みを抱いとる。恐らくは十六年前、卒業を間近にして消えた兄貴と関係がある。親父の方も似たような考え起こして、教授の周囲をうろつき回っとったんや。あらもう、父娘《おやこ》してただ事やない」

時任は「へえ」と空返事をしながら、寒くもない車内でダウンのファスナーを上げた。趣味の悪い虎《とら》の頭が編み込まれたセーターを、人に見られたくなかったからだ。後ろからベンツにせっつかれた志田がまた腹を立て、車線を譲りざま「アホ、クソベンツ！」と怒鳴る。漢字変換したらもっと汚そうや、と時任が助手席に身を沈めていると、何事もなかったかのように続きが来た。

「たぶん宇野千秋は今頃、研究所に電話をかけとるか直接行っとるか……。でもまあ、どのみち教授は小泉《こいずみ》さやかと自宅に向かっとる。わしらの勝ちや」

先ほど教授に会いに行くと決めた時、志田が連絡相手に選んだのは、四宮ジュニアの婚約者・小泉さやかだった。時任には普段挨拶《あいさつ》一つ返さない女に、志田はさんざん優しくいたわりの言葉を投げかけた後、至極さりげない流れで、同じ研究所内にいる「将来の義父」に電話を代わらせた。

――じつは時任が十三日の件で、わしに重大な証言ぶちまけましてん……。まずは教授に話さなあかんて、本人が言うとるんです。

こうして意味ありげに時任の「重要証言」をちらつかせ、京都の精華町《せいかちょう》にある教授宅で一時過ぎに会うことを、まんまと約束させてしまったのだった。

「まったく、みんなして僕を悪用し過ぎや。志田さんと言い、宇野さんと言い、犯人と言い……」

その時、後部座席に置いた志田のダウンコートの中で、スマホが震えた。

「代わりに取ってくれ。親父《おやじ》やったら出んで切れ」

住職の明祥《めいしょう》は、不肖の息子が三日も仕事をさぼることを許さず、一方で犯人捜しに燃える副住職の芳信《ほうしん》は、父の目を盗んで脱走した。

「事件に巻き込んだ僕が言うのも何やけど、親子喧嘩に巻き込まれるのはかなわんわ」

苦笑しつつ手を伸ばしかけ、時任はそこでふと動きを止めた。狭い車内に、スマホの振動音が響く。どうした、という風に、志田がミラーをのぞいた。

「――この音や」

「何が」

「僕が一之瀬さんとこの工場《こうば》に入って行った時、何や微《かす》かな音が聞こえたて言うたやろ。これやこれ、上着のポッケでスマホが振動する音」

「一之瀬はスマホ持ってへんで」

「せやから、そこにおった犯人のスマホや。僕が入ってった時、誰かがちょうど犯人に電話をかけた。犯人は上着を脱いでたんで、すぐには切れへんかったんや」

時任にしてみれば会心の推理だったが、志田は無言で顎をさすっていたかと思うと、意外なことを尋ねてきた。

「正確には、いつ聞こえた？　鉄工所の勝手口入った時か、事務室通って工場に入った辺りか、完全に工場に入ってからか。それでその後、音が聞こえなくなったのはいつや」

何か違いがあるのかと、時任は訝《いぶか》しみながらあの夜の忌《い》まわしい記憶をたどり、

「事務室から、明かりの見えてる工場に入った時に、何となく聞こえてたような……。でも、少なくとも一之瀬さんが倒れてるの見つけた時には、消えてた気がする」

「工場入った時、何て声かけた？」

「『一之瀬さん、僕です、時任です』とか何とか……」

「その後死体見つけて、悲鳴あげたて言うたな」

「志田さん、ひょっとして、僕を馬鹿にしてるんか」

だが志田はそれきり黙ったまま、高級外車に煽《あお》られても追い抜かれても怒ることなく、途中立ち寄ったそば屋でも姿勢良くそばを平らげるばかりで、不安な時任をよそに、打ち合わせも何もなく約束の一時を迎えたのだった。


似たような戸建て住宅が並ぶ通りの端に、志田はクラウンを停《と》めた。

精華町の閑静なニュータウンは、真っ白な雨にますます個性を消して、いかにも場違いな墨染《すみぞ》めの坊主と学生風情《ふぜい》の男を無表情に取り囲んでいる。

「時任さん。今回はお互い大変なことになってしまって……」

モデルハウスもかくやというような、小ぎれいな二階屋で出迎えてくれた教授に、時任は道中に抱いた疑心が萎縮《いしゅく》していくのを感じた。事件のせいで少し疲れてはいるようだが、教授を教授たらしめている魅力的な自信は健在で、滑舌の良い話しぶりや豊かな表情からも血腥《ちなまぐさ》さはうかがえない。クォーターの恵まれた容姿と、アカデミックなステイタスと、それに付随した後光《ハロー》効果とに支えられた、堂々たる初老の男がそこにいた。

志田もまた隙《すき》のない他人の家に遠慮したか、先ほどまでの好戦的な態度はどこへやら、

「ハイ、お邪魔いたします」と慇懃《いんぎん》な合掌一つ、真っ白い足袋《たび》で上がり込んだ。

「お時間取らせてもうて」

「かまいませんよ。今日はどこにいても、落ち着かなくて仕事になりません」

白いレザーのソファを客に勧めるなり、芝居がかった口調で教授がぼやいた。じつに四宮教授のすごさというのは、世間一般の人間が想像しうる「教授」という人物像を、物の見事に体現している所だ。

　フラワーアレンジメントの習い事で不在の四宮夫人に代わり、すでに嫁気取りのさやかが、花柄のエプロンで紅茶とクッキーを運んでくる。月曜は博物館が休館のため、事務室は四宮誠含む少人数態勢で仕事に当たっているらしい。今朝は警察への対応もあって研究所に行っていたのだと教授は付け足した。

　白とベージュとピンクに彩られたインテリアは夫人の趣味なのか、小泉さやかを息子の嫁に選んだことも、どことなく納得できる。居心地悪く体をもぞつかせる時任の横で、志田はウェッジウッドのティーカップをお上品につまみ上げ、教授はそんな対照的な二人の客を交互に見ながら、「それで?」と切り出した。

「一体、私に聞かせたい重大事とは何でしょう」

「じつはわしがここに来たいて、時任に頼んだんです。十三日の事件と昨日の事件、共通点があるのに気づいてしもて」

「被害者は二人とも直前まで作業室におったのに、そこでは殺されてへんてことです」

教授はかたわらに立ったさやかと怪訝そうに顔を見合わせたかと思うと、やがて苦笑を漏らして背もたれに身を預けた。

「それはあなた、都合のいい所を集めて論拠にしているようなものですよ。トンデモ学説と同じだ」

「そらわしは専門家やないんでね。指紋も検死結果も監視カメラの映像も手に入りません。せやけど、もうこの世にいてない人扱うんは、刑事も歴史学者も坊主も一緒です。ホトケさんの世界では、証拠以上に想像力がモノを言う。その力が、時々どえらい真実をつかむんですわ」

「犯罪捜査と歴史研究を、悟りの境地と一緒にされてもね……」

「まあええ。――時に教授、十三日の八時半頃、この時任の家へ行ったておっしゃってましたけど、それが本当やとして、理由は何です？　琵琶湖の史跡巡りの件ではないようですが」

「何だ、今度は取り調べのつもりですか……？」

教授がとたんに眉をひそめたので、時任の方が不安になった。教授が犯人でなかったとして、気分を害したらこの先一緒に仕事をしづらくなる。志田はこの場の付き合いだけでいいかもしれないが、時任にしてみれば死活問題だ。

時任の極めて利己的な損得勘定も知らず、志田は紅茶を飲んで言った。

「悪事やないんでしょ。隠すことあらしません。心配で見に行ったんと違いますか」

唐突な言葉に驚いて志田を見やったのは、時任だけではなかった。教授とさやかの強張《こわば》った視線を受けながら、洋風な室内に不似合いな線香の匂《にお》いを放って、坊主は続ける。

「教授は七時半頃、ある人に電話した。ようやく繋がったと思たら、向こう側から聞こえてきた声は、なんと『一之瀬さん、僕です、時任です』！　その後は、ホラー映画も真っ青の、身の毛もよだつ悲鳴や」

「待て。待って」時任は言い募《つの》ろうとする志田を制した。自分の体験がこんな風に繋がってくるとは、思いもよらなかったからだ。

「教授は犯人に電話したんか？」

「せや。それで教授は仰天した。一度通話を切っても気になって、今度は時任にかけても出えへん。異常事態やと察知した教授は、さやかさんの車で時任の家に駆けつけた」

否定もせず黙っている教授とさやかの姿に、時任は正解を見る。志田は時任から再び教授へ視線を戻して言った。

「さやかさんをアパートの部屋まで入らせたんはどういう理由か知りませんけど、その時に時任の隣人に目撃されたんでしょう」

時間的に考えて、さやかが去って間もなく時任が帰宅。部屋に血まみれの刀を見つけ、取る物もとりあえず逃げ出したのだった。

「教授は毎日研究所に顔出すわけやないし、続く十四日と十五日は、電話の相手に事情を聞き出す時間と余裕がなかった。あるいは、相手にはぐらかされてうやむやになりかけたのかもしれません。そうこうしとるうちに、十六日の朝になりました」

志田は時に教授を見据え、時に虚空へ目を向けながら、よどみなく〝あらすじ〟を述べる。話が進めば進むほど坊主の舌は滑らかに、対して教授とさやかの表情は暗く固くなっていく。

「教授は一之瀬さんの遺体が発見されたニュースを見て、再び仰天した。講演会のために来館して、電話の相手に十三日のことを改めて問いただそうと、六時半過ぎに作業室へ向かった。その時間になったんは、『六時に行く』て妙な手紙を講演会後に受け取ったもんやから、教授はその謎《なぞ》の人物をしばらく部屋で待っとったんでしょう」

その「謎の人物」は、志田によると宇野千秋らしい。手紙をトイレの柱横で拾ったというのも明らかに嘘くさいし、茶店から志田をまくように研究所へ戻って行ったのも怪しく、〝消去法〟で考えると彼女しか該当者がいないとのこと。

「結局、謎の人物は現れへん。そうして教授が遅ればせながら作業室へ行くと、今度はホンモノの脅迫者・渡井弘と鉢合わせてもうた。息子と一緒に後を追いかけていったら、とうとう植え込みの奥で岡さんの――」

青ざめたさやかに配慮して、志田はそこで口をつぐんだ。必死になって筋を追っていた時任は、頭の中をとっちらからせたまま尋ねた。

「作業室にいてたのが犯人いうんは分かった。でも十三日の夜、工場に潜《ひそ》んでた犯人は、どうしてわざわざ教授からの電話に出た？　犯人が通話ボタンを押さなければ、教授が僕の声を聞くことはなかったはずやろ」

「出られへんかったから繋がった。――岡さんのスマホは、自動応答設定や」

風に煽られた細《こま》かな雨粒が、さあっと窓ガラスに当たった。重苦しい沈黙を振り払うように、志田が駄目押しで時任へ言った。

「一之瀬さんの鉄工所で、お前の頭を思いきり殴ったんは、岡さんや」

証拠は、と言いかけた教授が、諦《あきら》めて首を振る。さやかが震える声で、「ナンセンスじゃない」とささやかな抗議を試みた。

「なんで岡さんがわざわざ鉄工所まで行って一之瀬さんを殺すのよ。作業室からこっそり出て、一緒に和爾まで行って、また帰ってきたとでも言いたいわけ？　計画的に殺すつもりだったら、もっとほかにベストな日にちゃ時間があっただろうし、衝動的なものだったとしたら、モタモタ時間かけすぎじゃない」

「そう、無理がありますねえ。そういう時は、前提の方が間違っとると思いませんか。つまり、一之瀬さんが和爾で殺されたという前提です」

志田は手を伸ばしてクッキーをつまんだ。この状況でよく食ったり飲んだりできるなと時任は呆《あき》れたが、そうやって志田がくつろいでいくたび、どういうわけか客側であるこちらの存在感が増していく。

「何やわし、犯人が一之瀬さんの遺体を近くの池に捨てに行ったんも、凶器の刀を時任の家に置きに行ったんも、リスクばっか高《たこ》うて手間かけ過ぎやて思ったんです。でも前提を崩せば、理由が見えてくる。犯人は……岡さんは、警察の目をあの刀と鉄工所に向けさせたかったんやないですか」

「どういうこと……？」

「人間ちゅうんは、探しあてた正解のさらに奥に本当の正解があるとは考えにくいもんです。たとえそれが、捜査のスペシャリストでも」

つまりこうだ。池で遺体が見つかる。体内から刃先が見つかる。警察は操作手順として、実際の現場と凶器探しを始める。鉄工所の固定電話の着信履歴、工場に落ちていた時任のスマホ、従業員からの証言か何かで、犯行当夜に一之瀬と顧客の時任が会ったと判明する。それで時任のアパートから刃の欠けた刀が見つかったら、めでたく特定完了だ。

「本当の現場と凶器を隠すために、岡さんはわざと二段構えに事を運んだんです」

「じゃあ、本当の現場と凶器は……」

尋ねたさやか自身でさえ、答は分かりきっている。

教授肝《きも》いりのテーマで二年前から準備を進め、関係各所への打診や依頼や手配に骨を折り、目玉品を大々的に宣伝し、心身を極度に消耗させて一月《ひとつき》後の特別展に備える岡が、絶対に調べられたら困る場所とモノ。教授の面子《メンツ》と、博物館の評価と、自分の仕事を守るため、絶対に侵されてはならない場所とモノ。

「作業室の復元鉄刀――」

「そう。岡さんはほぼ衝動的に、あの復元鉄刀で一之瀬さんを刺してもうたんです。その後真っ先に考えたんは、人を殺したショックより、自分が捕まるかもしれん恐怖より、このままやとワニ展が台無しになるということやった。岡さんがわざわざ奈良の和爾まで行ったんは、そこに一之瀬さんの作った同じ形の偽物《にせもん》があるて知ってたからやないですか」

「ああ、だから僕が見た刺し傷は、まだ一箇所しかなかったんや……」

岡は時任を昏倒《こんとう》させ、あとから一之瀬の背中に傷を増やした。刺し傷の形も同じになる一之瀬のレプリカ刀を凶器にするために。そうすれば、そこから四十キロ近く離れた博物館の作業室も、そこにある復元鉄刀も、容易に犯罪とは結びつけられない。

まさに岡は、自分の犯した最大の失態から、苦し紛れにワニ展を守ろうとしたのだった。

この四日間、めちゃくちゃな行動を取ってきた時任には、パニック後の岡の心理状態と思考パターンがよく分かる。強烈な感情に理性が吹っ飛ばされた人間は、その穴を埋めようとして、急きょ掘っ立て理論を組み上げる。第三者から見ていかに無理があろうとも、その場の当事者にとっては極めて妥当な解決法を、脳はとっさにひねり出すのだ。

「決定的な証拠にはなりませんけど」と前置きし、志田が言った。

「昨日、四宮父子《おやこ》が渡井弘を追って行った時、作業室で待たせてもらいました。そこに復元刀があったんです。そばの無水エタノールで消毒するんかなて思ったんやけど、コットンにせよ布にせよ、拭く物がどこにもなかったんです」

わけが分からないのは時任だけのようだったが、志田のご丁寧な解説が続いた。

「学芸員さんの中には、展示までは大事なもん捨てんように、紙の切りくずまで取っとく人がいてるて聞いたことがあります。実際、岡さんは紙くず入りのゴミ袋を保管してました。それなのに、あるはずの〝拭《ふ》く物〟がないてことは、刀の血糊《ちのり》を拭いて出たゴミだけを、こっそり処分した可能性も考えられます」

紅茶を飲む志田の存在感はいよいよ強くなり、ホームグラウンドに引っ張り込んだはずの教授とさやかは、それに反比例して精気を失っていく。この主客の逆転はどういうわけだろうと時任が不思議に思っていると、覇気のない声で教授が口を開いた。

「おっしゃる通りですよ。あの夜、岡に電話をしたら、時任さんの声が聞こえました。それで気になり――」

ちょうど教授宅にいたさやかに頼んで、車を出してもらったのだと言う。時任の住所は、さやかがカーナビに入力した。

「アパートに入る細道の手前で音声案内が終了してしまったので、辺りの様子を探っていたら、暗がりの細道から出てくる岡の姿を見つけたんです……」

曰《いわ》く、その後アパート前に車を停めたさやかは、教授の代わりに部屋まで様子を見に行った。鍵が開いていたので中に入ってしまったが、誰もおらずにすぐに車へ戻ったそうだ。

「なるほど、岡さんがねえ……」

物言いたげなさやかを視線の端に収めて、志田は切り口を変える。

「せやったら教授は、昨日の岡さん殺しは誰の仕業と思われますか」

「あれは渡井弘でしょう。じつは、あの男が渡井隼人の父親だと前々から気づいていました。彼は息子の失踪に私が関わっていると考えて、ひどく私を恨んでいます。岡は隼人君と同じゼミでしたから、何かを知っていたのかもしれません。恐らくはそれが原因で……」

「渡井弘は昨日作業室で、写真の束を引っかき回した形跡がありました。どの写真が欲しかったんやろうと気になりましてね。作業室に部外者が入ることはほとんどないから、外で目にする可能性があったもんやろうと当たりをつけました。ワニ展のチラシ裏に使《つこ》うた、湖の写真。滋賀の和邇を写したやつです。これですね」

そう言って、志田はふところからワニ展のチラシを取り出した。

「もう一つ、そばに同じ日付で別の場所を写したもんがありました。そっちは奈良の和爾下神社です。十六年前の同じ日の、二つのワニ。渡井隼人《はやと》の卒論テーマはワニ氏やったと聞きましたから、弘の探し物はこれやとピーンと来たんです。卒論提出する前に消えたていう時期とも一致します」

普段の志田とは似ても似つかない、その淡々とした穏やかな語り口を、時任はその時ふとどこか別の場所で見たことに気づく。視線を落とした教授をのぞき込むように、志田がわずかに身体を傾けてやんわりと畳みかけた。

「――教授、十六年前の十二月二十二日、渡井隼人に何があったか、本当はご存じなんやないですか？」

再びの重たい沈黙が降りた。太陽光発電のついた屋根を濡らす雨音と、時計が秒針を刻む音ばかりが、静かな二階屋に響いている。やがて、歯切れ悪く教授が答えた。

「隼人君は、あの日を境に姿を消しました。琵琶湖へ行ったらしいことは分かっています。二十二日、私は大津の公民館で二時から講演していましたし、船の免許も持っていますから、湖上に隼人君を連れ出して湖へ落としたのではないかと、彼の両親から疑われて……」

「突き落とす動機もおありやった？」

「極めて個人的な事情です。あなたに話すつもりはありません」

「ではなぜあの写真が作業室にあったかです。隼人君が撮ったと考えるんが自然ですが、失踪直前に撮った写真を手にできたとなると、その時一緒にいた人が怪しい」

「すると私が一番怪しいと。どう考えてもらってもけっこうですが……」

「怪しいけれど、あなたには無理です。少なくとも、この写真を撮った時、隼人君を湖に突き落としたんはあなたやない」

チラシを指す志田の手に、色素の薄い教授の目が不審げに瞬きを繰り返した。

「この写真、湖上から和邇の方角撮った写真ですね。当然、後ろの連山は比良《ひら》山系」

「それがどうしました」

「つまり、この山の向こうは、阿弥陀《あみだ》さんのお住まいになる極楽浄土てことになります。昨日、教授も講演で言うてはったやないですか。宇治の平等院《びょうどういん》は、極楽往生を願う衆生《しゅじょう》が、阿弥陀さんのおられる西方を向いて拝める配置になっとるって。ほら、この写真も逆光気味や。撮影者は、湖上から西側に向かってシャッターを押したっちゅうわけです」

「湖上から湖西《こせい》地方を写すんですから、当たり前でしょう」

「そう、当たり前です。ワニ氏出身の柿本人麻呂《かきのもとのひとまろ》も歌っとりますね。『東《ひむがし》の　野に炎《かぎろひ》の立つ見えて　かへり見すれば　月傾《かたぶ》きぬ』。東から曙光《しょこう》が差したら月は西に沈む。逆もまたしかり。月は東に、日は西に」

「おっしゃることが、よく分からない」

「――講演会のあった十六年前の十二月二十二日。太陽は自然の摂理に従《したご》うて、五時前には西の極楽浄土へ沈んでまうんですわ」

教授が鼻から短く息を吸い込む音が、やけに鋭く聞こえた。

「講演会は、二時からやったとおっしゃいました。たいていの講演は、質問タイムも含めて二時間弱、そこに前後の待機時間やらお偉いさんへの挨拶やら職員との雑談やらを加えて、太陽がこの写真の位置にある時間帯に、ボート飛ばして湖上から写真を撮るんは、いくら何でも不可能と違いますか」

もはや志田の語りかけに、口を挟める者は誰もいなかった。人を煙《けむ》に巻くような坊主の舌先一つで、現在の事件は十六年前から千数百年前の古代へ、かと思えば十万億土の西方《さいほう》へ、岡も渡井隼人も柿本人麻呂も生者も死者も、時間と空間を強引に引きずり回される。

複数人の相手を前に、一人一人にとって身近な話題から壮大なテーマへ持って行き、最終的にまた個人の話へ帰着する、このプロセスは何かに似ていると時任は考え続け、今ようやくその答にたどりついた。

これは、年回法要で親戚《しんせき》一同とともに聞く、お坊さんのありがたい〝法話〟だ。

それどころか、もてなす側の家の主人が緊張し、客一人がひとしきり喋って茶菓子をぱくつく構図というのは、春秋の彼岸に自宅へ経をあげにやって来る、菩提寺《ぼだいじ》の僧侶《そうりょ》と檀家《だんか》の関係そのものではないか。

日本人の遺伝子レベルに刷り込まれた、無闇《むやみ》にありがたい〝お袈裟《けさ》〟の威力は、知力と理性を積み上げてきた教授の心情にもじわじわと作用して、本来なら部外者が知り得ない事件の裏側にすんなりと踏み込んでいく。

ここに至って、時任は志田がわざわざ法衣を選んで個人宅に乗り込んだえげつなさを知った。

「ねえ教授。写真を見たら、誰でも夕方やて一目で分かります。こんなん、推理でも何でもない。自分が隼人君を船から突き落とすんは、時間的に無理やと素直に言うたらええのに、はっきりとは言われへん事情があったんですか」

エプロンの裾をきつくつかみながら、さやかが将来の義父を潤んだ目で見つめている。教授はしばらく両手で顔を覆っていたが、やがて息を吐き出すように「たぶん、岡です」と苦しげに告げた。

「岡は当時から、真面目《まじめ》な学生でした。でも、どう頑張っても隼人君にはかなわず、彼を逆恨みしていたようです。隼人君は、まだまだ荒削りで未熟な部分も多々ありましたが、磨けば光る学者としての才能がありました」

「岡さんは、隼人君の才能に嫉妬《しっと》して彼を殺したと？」

「二人が同じように院に進んで、私の下で研究を続けるとなると、どうしたって力量の差で露骨に待遇が違ってきます。ゼミにいた時点で、二人の将来は見えていました。それに、二十代の若者が抱える絶望の多くは、大人の目には些細《ささい》なことに映っても、本人たちにとってはこの世の終わりくらい辛《つら》いものでしょう」

アマチュア古代史家に対する岡の軽蔑《けいべつ》の裏側には、学生時代に端を発する神経質な劣等感が隠されていたのだろうかと、時任は想像を逞《たくま》しくして考えた。そうしてみると、立場の違いこそあれ、岡もまた考古学の権威にしがみつく人間だったのかもしれない。

四宮教授という太陽を中心として、みながその周囲をくるくると虚《むな》しく公転している。

この一連の事件に教授の影がちらつくのは、ある意味で当然なのかもしれなかった。

さやかがたまらず嗚咽《おえつ》を漏らし、教授は「もういいですか」と力ない声で呟いた。

「教育に携《たずさ》わる者として、岡を教え導けなかったのは私の責任です。博物館に就職してからも、実力以上の仕事を押しつけてしまったのかもしれない。事件を引き起こした言い訳にはならないし、人の命を奪ったことは許されない。でも志田さん、あなたにとっては『死んだら仏』でしょう。どうかあとは警察に任せて、これ以上過去の傷を掘り返さないでくださいませんか」

「そりゃあ、もう」紅茶を飲み干し、志田は教授を鋭く一瞥《いちべつ》して立ち上がった。

「『死人に口なし』てことわざもありますけどね」

「すごい、生臭《なまぐさ》探偵が、三件一気に解決しはった」

教授宅を後にし、クラウンの助手席に乗り込んだ時任が調子づいて拍手したら、志田に恐ろしい形相で睨《にら》まれた。

「何や、一件落着したのになんで怒るん……」

「どこが落着や。あの狸親父《たぬきおやじ》、潔白ヅラして一番肝心な所はぐらかしよった。坊主を馬鹿にしくさって、人数勘定くらい猿でもできるわ。どアホ、死体が運転するか！」

「え、何、死体が運転てどういうこと？　教授、やっぱり悪者なん？」

「時任。お前はそうやって何でもかんでも鵜呑《うの》みにするから、みんなに利用されるんやで」

そう言いながら電話を一本かけた志田は、「宇野千秋が出えへん」とぼやいた。

「せっかく途中経過を教えたろうと思ったのに」

その時、志田のスマホが震えた。「小泉さやかや」と教授宅を見上げつつ、スピーカーにして電話を受ける。隠れてかけているらしいさやかの震え声が、車内に流れた。

――あの、あたし、あれじゃあ岡さんが可哀想《かわいそう》で、教授のついた嘘、どうしてもそのままにしておけなくて……。

「うん、何でもお坊さんに言うてみ」

そうしてさやかの〝懺悔《ざんげ》〟を聞いた志田は、はっきり「こらあかんわ」と血相を変えて、再び時任には何の説明もなくクラウンを急発進させたのだった。

間章：死者の回想

国道前にある和爾下《わにした》神社の朱《あか》い大鳥居をくぐり抜けた先に、黄色いダッフルコートを着た渡井隼人《わたいはやと》が見えた。

光晴《みつはる》は「渡井！」と呼びながら長いアスファルトの一本道を小走りに駆け、百メートルばかり行ったところで追いついた。振り向いた隼人は、いくぶん精神的な疲労を滲《にじ》ませてはいたものの、涼しげな顔ではにかんだように笑った。

「何事かと思ったわ。なんでここにおるん」

尋《たず》ねた隼人に、光晴は寒風に乾いた唇を湿らせて、用意してきた台詞《せりふ》を慎重に返した。

「じつは今、高校時代の友達と遊んでてん。そんで、お前が今日和爾《わに》に来てんの思い出して、近くにいたら拾おうかと思って電話した。――な、俺たち今から湖西《こせい》までドライブするんやけど、一緒に行かんか。あっちの和邇《わに》はまだ写真撮ってないって、言うてたやろ。卒論の図版、協力したるわ。野郎二人で遊ぶより、人数多い方が楽しいし」

「そら願ってもない話やけど……」

隼人はコートのポケットに手を突っ込み、軽く肩をすくめて口ごもった。

「迷惑やないかな。初対面の人間いてたら、盛り下がるやろ」

「気ぃつかうことあらへんて。山城《やましろ》国際大学に行ってるお坊《ぼっ》ちゃまや。父親のベンツでドライブなんて、ええご身分やろ。ちょっと寒いけど、レンタルボートにも乗ろうって。船舶免許取り立てで、試したいらしい」

隼人は相手の姿を探すように、辺りを見回した。「どこにいてるの」

「ガソリン入れてる。その間に神社の写真撮ったらええやん。行こ」

ここで断られたら、隼人を引き会わせる計画が台無しになる。お坊ちゃまは自分の望んだ通りにならないと機嫌を損ねるから、うまいこと連れて行かねばならない。

光晴は隼人を促《うなが》し、そこからさらに百メートルちょっと歩いて、鬱蒼《うっそう》と木々が茂《しげ》る暗い参道に入った。石の鳥居と苔《こけ》むした燈籠《とうろう》、枯葉に埋《う》もれた摂社《せっしゃ》、柿本《かきのもと》氏の氏寺とされる〝柿本寺《しほんじ》〟跡を過ぎ、社殿に続く石段を上る。

和爾下神社は、全長百十メートルほどの前方後円墳上に社殿がある、櫟本《いちのもと》の鎮守社《ちんじゅしゃ》だ。同じ丘陵《きゅうりょう》上には、「中平《ちゅうへい》」銘の入った鉄刀が出土した東大寺《とうだいじ》山《やま》古墳、赤土山《あかつちやま》古墳といった首長クラスの前方後円墳のほか、いくつもの小さな群集墳が存在し、『東大寺山古墳群』を形成している。近くには和爾の集落もあり、この周辺が古代ワニ氏の本拠地だったことから、一族の墓群だと考えられているらしい。

微《かす》かな薄日の差す境内《けいだい》に、人の姿はない。使い込んだフィルムカメラで檜皮葺《ひわだぶき》の本殿を撮る隼人に、光晴は尋ねた。

「お前の題目、何やったっけ」

「『菟道稚郎子《うじのわきいらつこ》伝承の成立と淀川《よどがわ》水系の掌握について』」

「それやったら、こっちの和爾関係あらへんやないか」

「ワニ氏がどんな風に大和《やまと》朝廷に従属してたんか、それにともなってどう発展していったんか、論を展開させるんやったら、まずは定説の本拠地を押さえな」

隼人の要領を得た説明に、光晴は内心舌を巻いた。

名の知れた古代豪族が多々いる中で、隼人が卒論のテーマとしてマイナーなワニ氏を選んだのは、三回生の時に受けた四宮《しのみや》教授の講義で興味を持ったのがきっかけだったらしい。

正直なところ、光晴も同じ理由でワニ氏がやりたかった。だが、隼人の研究発表に満足した教授が、これを突き詰めて卒論テーマにしてみたらどうかと助言してしまったものだから、あまり目をかけられていない光晴が同じ題材を選んでも、結果は目に見えていた。

実際、隼人と光晴に対する教授の態度は露骨に違った。担当教授との相性が物を言うのは、どこの大学にもありがちな不運の一つだったが、そうした出来事がまさか自分の身に降りかかり、ましてや敗者の側に回ろうとは、思ってもみなかった。

小学生の頃《ころ》から四宮教授に憧《あこが》れていた光晴は、よく理解できないうちから教授の著書や論文を愛読しており、じかに教えを請《こ》うべく、難関と言われる山城大学の日本史学科に猛勉強の末合格した。何しろほかの学生とは〝年季〟が違うのだから、教授や古代史に対する憧れは、誰《だれ》にも負けない自信があった。

しかし、そこに渡井隼人がいた。教授の関心と、歴史学に必要なセンスと、健《すこ》やかな精神で光晴を圧倒する、絶対王者としての渡井隼人が。人柄も容姿も能力も、学費の一部をアルバイトで賄《まかな》っている苦学生ぶりでさえも、人好きのする魅力に変えて味方を増やしていく青年――。

かくして、光晴は人知れず挫《ざ》折《せつ》した。古代史を続けられる場所があるならそれでいい。自分が好きならばそれでいい。そうやって納得しようと試みても、現実に隼人との差を目《ま》の当たりにしてしまうと、忸《じく》怩《じ》たる思いや嫉《しっ》妬《と》はどうしても消えない。そのうち、そんなことに煩《わずら》わされている自分にも、自分にそんな煩わしさを与える隼人にも、嫌気が差してきた。すべてが〝好ましい〟隼人に嫌悪の情を抱くことで、光晴は自分の人間性の卑しさを思い知らされるのだ。

光晴にとってその存在自体が目障りなことに、当の隼人は一生気づかない。ならば少しくらい嫌な思いをさせても、罰《ばち》は当たらないだろう。

「――あら、渡井くんやないの！」

再び一本道を大鳥居の方へ戻り出したその時、前方から歩いて来た中年の女が、隼人に声をかけた。

「一之瀬《いちのせ》先生」

隼人は驚いた顔で応じ、しばらくなごやかなムードで立ち話に興じた。どうやら高校の時の担任らしい。自分は近所に住んでいて、今から知人の家を訪ねるところなのだと、女は隼人が聞いてもいないのによく喋《しゃべ》った。

まったく、優等生はどこへ行っても教師に好かれる——。

光晴は完全に白けたが、以前のような鬱々《うつうつ》とした嫉妬心は不思議と湧《わ》いてこなかった。

恐らく、あの日を境に、隼人への劣等感が薄れてしまったからだ。

二週間以上も前、四宮教授が研究室に四十がらみの女を伴って入って来た日のことだ。

——ちょっとはずしてくれないか。

教授は部屋に入ってくるなり、光晴にそう言った。

研究室の半分は教授のデスクと応接セット、もう半分は学生の使う大型テーブルや机、パソコンが並び、大量の本が押し込まれた中央のラックで双方のスペースを仕切っている。

机の下にもぐって、タコ足配線のコンセントと格闘していた隼人に、教授も女も気づいていなかった。ただ隼人だけが、驚愕《きょうがく》に見開かれた丸い目をのぞかせて、光晴に「一人で行ってくれ」とジェスチャーで告げてくる。

三者のただならぬ様子に好奇心を刺激された光晴は、一度廊下に出てから三センチばかり扉を閉め残した。教授と女がそれぞれ腰を下ろしてしまえば、ラックとの位置関係で向こうからはドアの様子が見えないのだ。

――まさか、君が渡井君の母親だなんて思いもよらなかった。

飛び込んで来た教授の言葉に、光晴は耳を疑った。ラックに遮られた部屋の左半分では、隼人が机の上に置いた愛用のカセットプレーヤーを手に取っている。ぐっとボタンを押し、回り始めたテープをラックの方にかざした。

あいつ、録音してるんか――？

母親と教授が既知の間柄だというのは隼人も初耳だったのか、何か異様な会話が始まろうとしていることを察知したのか、その血の気の失《う》せた横顔に、いつもの爽快《そうかい》な余裕はなかった。

そうして光晴は、あの日誰にも知られることなく、すべての話を立ち聞きしたのだった。はからずも、絶対に他人には漏らせない隼人の秘密を共有したことで、どういうわけか「勝った」と思った。あるいは、「勝てる」という確実な予感を覚えた。あとはそのチャンスを生かして攻めに転じることだ。能力で勝てないのなら、人間関係を崩せばいい。人と人とをぶつけ合わせて化学反応を起こせば、いかに優秀な学生でも研究など手につかなくなる。これで隼人は、勝手に自滅する――。

思案を続ける光晴の横で、隼人は高校時代の担任に頭を下げて歩き出した。

「今から琵琶湖行くんやったら、帰り遅《おそ》なるやろ。布団取り込んでもらわな」

携帯電話を取り出した隼人は、気心知れた学生寮の友人にメールを打ち始める。

タイミングよく、大鳥居の方からベンツがやって来た。

ほどなくして運転席から日本人離れした彫りの深い顔がのぞき、

「岡《おか》、そこでUターンするから！」

と光晴に向かって叫んだ。

八章　水神の棺《ひつぎ》

1

雨は、すでにやんでいた。

三時二十分。

千秋《ちあき》はJR湖《こ》西《せい》線・和邇《わに》駅の素っ気ない駅前ロータリーで、四宮《しのみや》教授を待っていた。

父親と天王寺《てんのうじ》公園で別れた後、山城《やましろ》考古学研究所へ電話した千秋に応《こた》えたのは、息子の四宮誠《まこと》だった。岡《おか》殺しの対応で手が離せない状況だが、用件次第で教授に取り次ぐと言うので、千秋は思いきって打ち明けたのだ。

自分は十六年前に琵琶湖《びわこ》で死んだ渡井《わたい》隼人《はやと》の妹であること。兄の死に関して、あるいは昨日と十三日に起こった事件に関して、ほぼ全容をつかんでいるということ。教授自身の口から事件の経緯を話してほしいこと。そのため講演会の後に不審者を装って手紙を書いてしまったこと。

誇張した部分やカマをかけた所もあったが、ここまでこちら側の手の内を明かせば、教授はもう逃げられないという確信もあった。四宮ジュニアはさすがに絶句して聞いていたが、いつもの冷静さを失わずに対処してみせ、十分後に教授からだという伝言を律儀に返してきた。

――研究所では、他人の目もあります。三時半にJR湖西《こせい》線の和邇駅で待っていてほしいとのことです。

その待ち合わせ場所を聞いた千秋は、すぐに「これは懺悔《ざんげ》だ」と考えた。兄を殺した場所で真実を語ろうとする、教授なりの懺悔なのだと。教授の中に残っていた一欠片《ひとかけら》の良心が、愛弟子《まなでし》だった渡井隼人に十六年分の許しを請《こ》うつもりなのだと。

待ってて、もうすぐすべての決着がつくから――。

千秋は白い息を吐きながら、十六年前の兄に向かって語りかけた。

駅から琵琶湖は見えないものの、古来〝楽浪路《さざなみじ》〟と謳《うた》われた湖岸の道路に沿って、湖西線の高架が伸びている。

水田ばかりののどかな風情《ふぜい》だが、志田《しだ》から「ワニはサイ」の解釈を聞いた今、ワニ氏がなぜこの地に勢力を広げていたのかが感覚として納得できる。

日本海側の敦賀《つるが》や若狭《わかさ》へ抜ける道と、湖上交通によって栄えた琵琶湖西岸は、古代から近代にいたるまで、まさしく人と物資を京《みやこ》へ運ぶ八十《やそ》の衢《ちまた》だったのだ。

敦賀から湖西へ、そこから山を越えて京都の南部へ、そして最終的に古代日本の中心地である〝大和《やまと》〟へ──。

このルートは、かつて応神《おうじん》天皇がワニ氏の娘を見初《みそ》めた際に歌った「蟹《かに》の道」そのものであり、同時にワニ氏に従属するワニ部の分布地とも重なる。ワニ系氏族やワニ部の人々は、日本海沿岸や琵琶湖、巨椋《おぐら》池、淀川《よどがわ》水系の水際に住み、漁撈《ぎょろう》や港湾事業や交易に携《たずさ》わりながら、峠《とうげ》を越えて大和へ往来した。こうして交通の要衝と「境」を押さえたことにより、ワニ系氏族は后妃を輩出するほどの大勢力になっていったのだ。

そこまで考えたところで、靴底から這《は》い上った冷たさに体が震えた。実父との再会、そこで判明した事件の推移、次々に刺激される兄との思い出が、千秋の神経をひどく動揺させていた。教授と対面する前に落ち着こうと思ったが、頼みの安定剤はもうない。

すがるようにスマホを見た。

不在着信の履歴には、しつこいほど同じ番号が並んでいる。

二五九二《ジゴクに》－一〇五九《テンゴク》。

一瞬だけ、志田に連絡しようかと迷った。あの無闇《むやみ》に騒がしく、派手派手《はではで》しく、暑苦しい極楽の番人が、今となっては唯一の支えになっている気がした。じつにこの三日間、千秋は蜘蛛《くも》の糸ならぬ志田の大きな手に引っ張り上げられて、強引に前へ前へと進んでこられたのだ。

志田さん、本当に漏らしたい心の声は、なかなか言えないものなんです──。

スマホ片手に千秋が逡巡《しゅんじゅん》していたその時、ロータリーに入ってきたシルバーのＢＭＷが、クラクションを鳴らして目の前に停《と》まった。

そこから降りてきた男に、千秋は絶句する。

「父は来ませんよ。伝えてもいません」

曇天の琵琶湖の色に似た、ヘリンボーン柄のグレーのコートを着た四宮誠は、魚鱗《ぎょりん》のような冷たい光を眼鏡の奥にぎらつかせながら、あくまで物腰丁寧に誘いかけてきた。

「どうでしょう、少し寒いですが湖上に出て話しませんか。――十六年前、お兄さんが見られた景色を眺めながらでも」

思考が形になる前に、千秋の中で何かが腑《ふ》に落ちた。それと同時に胸の内で警告音が鳴ったが、真実を希求する焦げつくような渇望と終息への予感が勝《まさ》った。

「……いいですよ」

結局かけることのなかったスマホをお守りのように握りしめ、千秋は固く頷《うなず》いて車に乗り込んだ。

それより三十分ほど前、琵琶湖へ向かって疾駆する黒いクラウンの助手席で、時任《ときとう》は志田のスマホでしつこく宇野《うの》千秋に電話をかけていた。

「やっぱり出えへん。案外、新幹線の中にいてるのかも。爆睡してて気づかへんとか」

「こちとら何時間もかけてんねんで。出えへんわけあるか」

「大した自信や。こんだけかかってきたら、相手だってひくわ。しつこ過ぎて嫌われてるとは思わへんの」

「わしのハートは防弾ガラスや。ハニワの鉄砲玉にびびってどないすんねん」

時刻はまもなく三時になろうとしていた。一度、山城考古学研究所へ寄ったからだ。教授宅を出た後、研究所の事務室にいる四宮誠に連絡を取ると、二時半には研究所を出る、と言われた。その時点で時間は二時近くになっており、精華町《せいかちょう》から急ぎ宇治《うじ》へ向かったのだが、結局四宮ジュニアとは一足違いだった。

そこで志田は、ジュニアの行き先に心当たりはないかと、再び小泉《こいずみ》さやかに電話をかけたのだ。するとさやか曰《いわ》く、

――さっき研究所から精華町に戻る車中で、教授が誠さんと電話してました。どっちにしろ今日はキャンセルするつもりだったから好きにしろって……。

教授が今日行くはずの所で、キャンセルする必要があるものと言えば、時任との史跡巡りに使うはずだったレンタルボートしかない。

かくして、クラウンは和邇のボートクラブ『クロコダイル』を目指し、宇治の山際を北上し始めたのだった。

「宇野さん、ほんまに四宮さんといてはるんかな。船乗って何するつもりなんやろ。大体

あの時間から行ったら、ボート乗るんは三時半くらいやろ。今は冬やし、帰着時間は四時までって店が多い。往復考えて、三十分でどこまで乗る気ぃなんかな」

「どのみち、あの男が昨日の今日で和邇へ行くやなんて、偶然とは思われへん。――クソ、こっからまだ四、五十分はかかかんで。後手後手やないか」

気づけば、府道を北上する右手に醍醐《だいご》の山並みがのぞいていた。

研究所のある宇治川近くから、応神天皇がワニ氏の娘と出会った木幡《こはた》を通り、今は山科《やましな》の「小野《おの》」に差しかかっている。近くには同じワニ系氏族の「大宅《おおやけ》」という地名もあり、クラウンは古代の〝山背道《やましろみち》〟を近江国《おうみのくに》に向かってひた走っているのだった。

つまり時任たちは今、ワニ系氏族の集団が結合し、あるいは分住して押さえていた勢力圏を、そのまま辿《たど》っている。ワニ氏を調べ、その足跡を追うだけで、知らず知らずのうちにワニの縄張り《テリトリー》から抜け出せなくなっていくようだ。

何や、まるでワニの呪力《じゆりよく》にはまったみたいやんか――。

時任は冗談とも本気ともつかぬ思いで独りごちた。

ワニ氏を研究対象に選んだ渡井隼人も、ワニ展に携わった岡も、東大寺山古墳の鉄刀レプリカに手を出した一之瀬《いちのせ》も、みな危うい一線を踏みはずして何かの境を越えてしまった。

そんな彼らの動線や関係各所が、当然ながらワニの支配する土地だけに、かの豪族の持っていた特性が、ひどく不気味に浮き上がってくる。中でも、志田から聞いた渡井隼人のワニ氏の解釈は象徴的だ。

水系の〝塞《さい》の神〟――。

この先、逢坂山《おうさかやま》を越えれば琵琶湖がある。

『古事記』によれば、のちに逢坂関《おうさかのせき》として知られるようになるこの国境の坂で、ワニ氏の祖である将軍が反逆者を追撃した。琵琶湖西岸に追い詰められた反逆者は、そこで入水《じゆすい》して果てたという。

こんな風に、記録に残るワニ氏の多くが、〝境〟を越えた敵を水中に沈めて殺しているのだ。

果たして、こちら側とあちら側を支配する水神は、事件を追う者たちの心身にも何らかの力を及ぼすのだろうか――？

「ところで、さっき言ってた〝死体が運転〟て、どういうこと？」

話題を変えようとして、結局殺人事件の血腥《ちなまぐさ》い話を振ってしまった時任に、志田は持ち前の腹式呼吸を生かした大声で、「では問題です！」と返してきた。

「作業室で一之瀬を殺してしまった岡は、急いで奈良《なら》の和爾《わに》へ行こうと思いました。警備員の相川《あいかわ》に見つからないように、死体と一緒に宇治から和爾まで行き、その後奈良市街まで引き返して血まみれの刀を時任のアパートに運び、こっそりまた宇治の博物館まで帰って来るにはどうしたらいいでしょうか」

長い問題文やな、と内心で思いながら、時任は答えた。

「自分の車を使わんで、一般駐車場に停めてある一之瀬さんのバンで行く。そうしたら、一之瀬さん本人が研究所を出たと思わせることもできるし」

「せやな。でも、死体をどうやってバンまで運ぶ？　研究所を出入りするには、必ず警備室の前を通らなあかん。館内の廊下や階段を使うんも危険やし、うまく外へ出られたとしても、一般駐車場は道路隔てた先や。絶対に誰《だれ》かに見られてまう。しかも、展示まであと一月《ひとつき》の段階で、死ぬほど忙しい担当者が定時に帰るてなると、目立ってしゃあない。岡は、絶対に館内にいなければいけない人間やった」

「そんなら……」時任は再び数秒黙考し、

「分かった。地下の作業室からエレベータで一階に上がって、もう閉まってる博物館のエントランスから出たんや。それなら外の石段下りるから、研究所側の警備室の前通らないで一般駐車場に行ける」

「惜しい。残念ながら、その日は博物館の二階で貸し会議室の利用があった。受付には、展示の終了時間を過ぎてなお、あのギョロ目の権藤《ごんどう》おばちゃんが座っとった。実際、権藤さんは煙草《たばこ》を吸いに出てきた岡と喋《しゃべ》ったらしい。どんな方法にせよ、もしその時に岡が死体を持ってたら、権藤さんの記憶に残ってまうわ」

何やらクイズめいてきた。また少し考えてみたが、時任の頭ではシンキングタイムに木魚がポクポク鳴るはずもなく、正解を言いたげな志田の圧力に負けて降参した。

「な、教授の言う〝岡単独犯行説〟やったら、どう考えても手が足らん。そうなるとあそこには、共犯者がおったんや。まず最初に、搬出入口につけたそいつの車へ、二人がかりで死体を乗っける」

「ど、どうやって？」

「作業室にはな、他館からの借り物入《もん》れるでっかい段ボールがそこかしこにあんねん。それに突っ込んで、台車で運んで、作業室の前の大型エレベータで搬出入口の前に直結や。作業室前の廊下に監視カメラはついてへんて、わしに教えてくれたんはジュニアやで。よしんば搬出ドアのカメラの方に台車を押す岡の姿が映ってても、展示担当者ならあとでいくらでも苦し紛れの言い訳ができるやろ」

　そんなものかな、と時任は頭の中で現場を再現してみた。搬出入口は職員駐車場の奥にあるから、警備室の小窓からは完全な死角になる。普通に定時で帰れる共犯者は、何食わぬ顔で玄関を出て職員駐車場に行き、バックで搬出入口に車をつけた。

「共犯者は死体を乗せて発進。一方の岡は煙草を吸うふりをして博物館のエントランスから出て、一般駐車場に停めてある一之瀬のライトバンに乗り込んだ。そんで、鉄工所からの帰りは共犯者の車に乗ったっちゅうわけや」

　岡は一刻も早く博物館へ帰るべく、ＪＲ奈良駅で車を下りた可能性もある。共犯者はその後、一人で時任のアパートに向かったかもしれないのだ。

時任は先ほど教授に隠れて電話をしてきた小泉さやかの告白を思い出した。

――あたしと教授が、時任さんのアパート近くで見つけたのは、岡さんじゃありません。

「志田さん。つまりあの時、岡さんと一緒におったんは……」

「――決めた。和邇へは行かん」

突如、ハンドルを叩《たた》いた志田が言った。

「さっきみたいに、四宮に逃げられたら時間の無駄や。和邇に行かんで浜大津《はまおおつ》に行く。それやったら二十分で行けるわ」

話が読めなかった。県庁や市役所がそろう大津中心部〝浜大津〟は、同じ市内とはいえ目指す和邇より二十キロも南だ。四宮誠が船で南下する保証はなかったし、だいいち志田が町中で何をする気なのか分からない。

時任が尋ねるより早く、伸びてきた志田の左手に首根っこをつかまれた。

「わしはな、今こそ時任クンの力が借りたいねん。一昨日から、お前を探すんでさんざん苦労させられたんや。せいぜい役に立ってもらわな」

「何の話……」

「記憶力のええのがわしの自慢や。お前、大津の膳所《ぜぜ》辺りに行きつけの店があるて、前に言うてたやないか。な、そこなら少しは融通《ゆうずう》きくやろ、今から予約せえ」

ああ、あかん。志田の意図に気づいた時任は、内心で呻《うめ》いた。

境も何もない。仕切りがあったら除《の》けるのが、この坊主のやり方だった。

ボートクラブ『クロコダイル』の桟橋を離れた真っ白なプレジャーボートは、ゆっくりと旋回して北に進路を取った。

三日続いた雨のせいか、冬場にしては水量が多い。

言わずと知れた日本最大の湖は、そこに注がれるいくつもの河川を呑《の》み込み、六七〇平方キロの広大な水面《みなも》を、淡く薄墨色に染めている。

「少し急ぎますよ」

四宮誠は手慣れた様子でハンドルとレバーを操作し、徐々に速度を上げていく。

千秋は着け慣れないライフジャケットのごわつきに顔をしかめ、乱れる髪を押さえた。

湖上を滑る冬の風に突き刺され、頰や耳が鋭く痛み始める。

エンジンが唸《うな》り、体の下で波が躍った。

湖面は比較的穏やかだったが、日暮れ近くなって上空に吹き出した北西風が、厚い雲を押し流そうとしている。普段は夕暮れ時まで釣りを楽しむ浜の釣り人も、この寒さと平日のせいか、ほとんど姿は見えない。

和邇川河口の砂洲《さす》から、湾曲して続く水泳場の砂浜を後ろに流して、ボートは冠雪した比良《ひら》山系を横目に湖上を進んで行く。

潮の香《か》がない分、かえって圧倒的な水の存在と質量の広がりを感じながら、千秋は〝近《きん》畿《き》の水瓶《みずがめ》〟をぐるりと見回した。

時の王権が重視した水上ネットワークの中継地、水運の要衝である琵琶湖は、すなわち巨大な水の境《サイ》なのだ。

海、川、湖。陸地と陸地を分かつ水を操り、その境を渡っていった一族・ワニ氏。壬申《じんしん》の乱や恵美押勝《えみのおしかつ》の乱といった古代の大きな戦で、この琵琶湖岸は勝敗と生死を決する舞台になった。そうした政治的な〝境〟の局面においても、この氏族はかたわらで諸々《もろもろ》の運命を見届けてきたのだろう。

寒風に顔色一つ変えず、四宮誠がおもむろに口を開いた。

「ここから南にかけて、和邇、小野、真野《まの》という地名が続いています。小野氏も真野氏もワニ系列ですから、まさにここら辺一帯はワニ氏が盤踞《ばんきよ》していた所というわけです。それぐらいは、僕でも知ってるんですよ」

その時、千秋はまさにあの写真と同じ風景を見ていることに気づいた。

湖岸近くまで迫《せ》り出していた山並みが、一度途切れるように西の奥へと引っ込み、ふと圧迫感から解放されたように開けた、仄明《ほのあか》るいワニ氏の里。

あっ、と身を乗り出す間もなく、景色は風とともに移り変わり、その後ふいに速度が落ちたかと思うと、ボートは岸から一キロちょっと離れた所で停まった。

湖上に連れ出した意図が分からず眉《まゆ》をひそめた千秋に、四宮誠は淡々と言った。

「この辺は遠浅なんです。浜辺から百メートル行っても、まだ水深が三メートルに過ぎない所もあります。でもここまで来れば、深さはようやく四十メートルになります」

革手袋をはめた右手を軽くハンドルにかけたまま、四宮誠は初めて色素の薄い目を千秋に向けた。

「それで、水死体と言うのは、水深四十メートルを超えれば上がってこないそうですよ。それより浅いと、体内に発生するガスの力で、たとえ重石《おもし》をつけても浮かんできてしまうと言うんです。――そう十六年前に教えてくれたのは、岡でしたよ」

千秋は身じろぎもせず、右隣に座った男を凝視した。きつく抱きしめたリュックがへこみ、中に入った新聞記事を思い出させる。

――大津市和邇中浜からおよそ一キロ離れた琵琶湖で、白骨化した遺体の一部を……

――

沸騰する熱さはどこからも湧き上がって来ない。ただ、度を超した怒りは臓腑《ぞうふ》の底まで凍らせるほど冷たいものなのだと、千秋はこの場になって初めて知った。

「……ずっと教授だと思っていました。教授が兄を湖上に連れ出して殺したんだと」

四宮誠から少しでも遠ざかるよう、千秋は片手で背もたれをつかみ、震える足で立ち上がった。

「でも、あなただったんですね」

2

「勘違いしてもらっては困ります」

微《かす》かに揺れる船の上で、四宮誠は首を左右に振った。

「あなたが執拗《しつよう》に私の父を疑うので、きちんと納得していただくためにここへお連れしただけです。十六年前、僕は琵琶湖に行った岡からその話を聞いただけですから」

「岡さんが兄を殺したって言うんですか……」

「当時、岡の様子から琵琶湖で何かあったに違いないとは思いましたが、本当に人を殺したのか、誰を殺したのかは確証がなかった。それが渡井隼人のことかもしれないと思い始めたのは、最近になって『古代逍遥《しょうよう》』が父の家に届いた頃《ころ》からです」

いっさいの反論も感情も潜《もぐ》り込む余地のない正確な口調で、四宮は続けた。

「岡が琵琶湖へ行ったという日は、確か父が近くで講演会をしていましたから、脅迫者がなぜ見当違いに父を糾弾《きゅうだん》するのかも、それで合点がいきました。だから僕は、そのことを岡に話しました。どんな事情があるにせよ、もし人を殺したのなら罪は償《つぐな》うべきだし、そんな人間に博物館を任せることはできないと。でも岡は頑《かたく》なに否定しました。おまけに、展示のチラシに渡井隼人の撮った事件当日の写真を使ったものですから……」

そのことがもとで、十六年前の殺人を一之瀬浩三《こうぞう》に気づかれたようだ、と四宮は言った。

「僕が推測するに、一之瀬さんは岡を脅した。少なくとも、岡はそう感じた。それで殺してしまったんでしょう。昨日、一之瀬さんの死体が和爾《わに》の公園で見つかったと聞いて、僕はまた岡を問い詰めました。でも、どうしても認めませんでした。正直なところ、僕がさやかと婚約して以来、仲がぎくしゃくしていましたからね。そうこうしているうちに、本人が殺されてしまいました。――研究所に忍び込んだ、あなたのお父様に」

軽蔑《けいべつ》の混じった冷たい視線に射貫かれながら、千秋は負けじと四宮を睨《にら》み返した。この男は間違っている。少なくとも、渡井弘《ひろし》は岡を殺していない。研究所に入り込んだのも、人知れず岡に会って話をするためだ。

「そもそも、岡さんが兄を殺す理由はないはずです」

「単純な嫉妬《しっと》ですよ。父と渡井隼人は相性が良かった。それに、父はああ見えて学者馬鹿ですから、学問的な才能の有無を非常に重視します。学問を追求する者として、センスのある発想や問題提起ができるかどうか、それを補強する論理的思考ができるかどうか」

四宮は千秋に口を挟《はさ》む隙《すき》を与えず、さらに言い募《つの》った。

「一流の料理人は、その食材を最も美味《おい》しくかつ見た目にも美しく食べられる方法を知っています。それと同じように、学問の魅力を最も効果的かつ客観的に引き出せる人間こそ、優れた学者だと父は言うんです。しかもそれは、天性の領分だと」

「だから……？」

「渡井隼人にはそれがあって、岡にはなかった。学者として魅力がないと判断されることは、人格まで否定されるに等しかったでしょう。僕は大学進学の時点で〝期待される息子〟の立場を早々にギブアップしましたが、お膝元《ひざもと》にいる岡は悔《くや》しかったと思いますよ」

その時四宮の口の端に浮かんだ薄い笑みが、一連の事件で命を落としたすべての死者への冒瀆《ぼうとく》に思え、千秋はマフラーに埋もれた頬を引きつらせた。

「高校時代、岡が僕と親しくしていたのは、僕の父が四宮俊昭《としあき》だったからです。大学で父のゼミに入ってからというもの、岡はひいきされる渡井隼人のことを、いつも恨みがましく話してきましたよ。死んだ人間のことを悪く言いたくはありませんが、岡は昔からひがみ屋で、不平不満の多い奴《やつ》でした」

すべての罪が、ここにいない「誰か」のせいにされていく。あたかも歴史の勝者が、みずからに都合のいい筋書きを史書に書き残してきたように。もっともらしい理由と理屈で塗り固められた嘘《うそ》は、図々しく「真実」の姿をまとって、その先何年も何十年も日のあたる道を歩き続けていくのだ。

「当時のあいつはね、悔しくて悔しくて仕方がなかったんです。学生なんて、まだ社会に出たことのない若造です。だからこそ、父の学究の徒に対する理想像に、押し潰《つぶ》されてしまったんですよ」

「もうやめてください」

千秋はたまらず遮《さえぎ》った。長々と語った四宮の嘘を、今ここで突き崩すだけの証拠はなかったが、少なくとも兄がなぜこの湖で死ななければならなかったのかは分かった。その答は昨日すでに、志田と話す四宮自身の口から漏れていた。嘘の亀裂《きれつ》から滲《にじ》み出た、偽らざる心の声が。

――岡とは高校時代からの腐れ縁ですが、僕は別の大学でした。父の所で学ぶのは気恥ずかしいというのは建前で、正直なところ山城大に入れる頭がなかった。父にとっては不満の、不肖の息子だったんです。

しょせんは四宮誠も、岡と同じ穴の狢《むじな》だった。狢が二匹、四宮教授という同じ餌《えさ》を巡って、渡井隼人という同じ敵に噛《か》みつき、十六年経《た》って仲間割れを起こした。ただそれだけの、たったそれだけの話だ。

「悔しかったのは、あなたでしょう。この期に及んで嘘つかないで」

「馬鹿馬鹿しい。なぜ僕が、会ったこともない渡井隼人に殺意を抱くんです」

「会ったことがなかったから、ここに連れ出して話そうと思ったんでしょう。岡さんを間に入れて。ワニ氏の土地巡りを口実にして。教授お気に入りの学生が、どんな人なのか確かめたくて。表面上は平静を装っていても、あなたの方が岡さんの数倍、兄のことを忌々《いまいま》しく思っていたから」

「いくら何でも、教え子に嫉妬はしません。岡とは立場が違う。僕はあの人の息子ですよ」

「──渡井隼人も教授の息子だったとしたら？」

言い放った千秋に、四宮の顔は蠟《ろう》のように白く固まった。

「少なくともあの当時、渡井隼人が教授の息子だと、あなたを含めた関係者全員が信じていたら？」

これこそ千秋の母が周囲に及ぼした、取り返しのつかない浅はかな呪《のろ》いだった。このたった一つの、真実に見せかけたもっともらしい母の嘘によって、それぞれの人生はたちまちにしてその流路を大きく変えたのだ。

輝之の書斎で白骨発見の新聞記事を見つけた時、千秋は三年前に母が病床で繰り返した「全部私の嘘なんよ」という呟《つぶや》きの意味を悟り、嘘を信じ続けて逝《い》った兄の絶望を思った。それと同時に、残された自分は、ずっとだまされたままでいた方が良かったのに、とも思った。

せめてその嘘を信じ続けていられたら、ただの嘘によって死なねばならなかった兄の運命を知るより、ずっと救いがあったろう。事実、天王寺公園で再会した実父もまた、最後に千秋の告げた真相を惚《ほう》けたように聞いた後、

——隼人は、靖子《やすこ》の舌先三寸で死んだんか。

と誰にともなく呟いたのだった。

四宮誠は怒りを押し殺した不穏な目つきで、千秋を睨《ね》め上げてくる。

「今度は父を侮辱《ぶじょく》する気ですか。じつに不愉快ですね」

「そう。十六年前も、あなたは不愉快になった。それで、実際にその息子とやらに会ってみることにした。ひょっとして、兄と会うよう焚《た》きつけたのは岡さんですか？　あなたがたの目的を知っていれば、兄は呑気《のんき》に和邇の写真なんて撮っていたはずはありませんから、初めはあなたの正体を伏せて船に乗せたんでしょう」

ちょうど、兄と岡と四宮の三人を乗せたボートも、この辺りに来たのだろう。四宮が、兄に対してどのように話を切り出したか知れない。だがその瞬間にワニ氏の土地巡りという名目は一転、教授の息子と息子かもしれない青年の間に、不穏な空気が流れたのだ。

「そこまで言い張るからには、何か証拠があるんですか。ただの憶測で僕らを侮辱するなら、名誉毀損《きそん》で訴えますよ」

あの時、四宮誠は同じことを兄にも言っただろうか？

激しい自責の念に襲われ、千秋は我知らず唇をわななかせた。

兄は四宮誠からそう問われても、唯一の証拠を見せられなかった。母と教授の会話を録音した、決定的な証拠。三郷町《さんごうちょう》の団地の部屋で、千秋が兄のリュックから無断で拝借した、あの黄色いカセットテープを。

「証拠ならここにあります。兄の代わりに、今聞かせます」

千秋はリュックの中から震える手でカセットプレーヤーを取り出し、再生ボタンを押した。明るい曲調が多いジッタリン・ジンには珍しい、物憂《ものう》いメロディーと歌声が流れる。

ああこんな事ばかり
ああこんな事ばかり
いつまで続くのだろう

ふいに音楽が切れ、テープは男女の会話に切り替わった。教授と母の声。話しているのは、兄に関するあれこれと、近年の暮らし向き。渡井弘の甲斐性《かいしょう》。

やがて、やけにはっきりした声で母が言った。

《隼人は、あなたの子です》

息を詰めた兄の、無言の緊張感が伝わってくる。再び男女のやりとり。否定する教授と、認めさせようとする母の、ドラマの台詞《せりふ》のような定番の応酬《おうしゅう》。

《君、それは脅しか?》

《そちらの家庭を壊すつもりはありません。でも隼人はあなたの所で学ばせてやりたい。

だからこうして、恥を忍んで打ち明けに来たんやないですか》

当時、父の塾の経営が危ないということを、兄はずいぶん気に懸けていたらしい。実際、家計は母のパートの収入を足してもぎりぎりだった。奨学金を利用して院に行くか、きっぱりと諦《あきら》めて就職するかの二択で悩んでいた兄に、母は言ったのだ。

――学費のことは心配せんでも、お母さんにあてがあるから。

だが、そのために父と結婚する前につき合っていた男のもとへ無心に出向くなど、あの母の地味な姿から誰が想像できただろう？

今のように、ＤＮＡ親子鑑定が一般個人レベルまで普及していた時代ではなかった。母は、相手に信じさせるだけでよかった。そして教授が信じたことも問題だった。

なぜなら、兄と四宮誠は同じ年だったからだ。

母の告白は、ただの出自の衝撃にとどまらず、兄の上に多くの重石を積み上げた。一方で、四宮誠はその不審や困惑や怒りの矛先《ほこさき》を、不実な父ではなく渡井隼人に向けた。自分の平穏な生活を奪い、さらにこの先壊滅的な状態に陥《おとしい》れるだろう、教授の「息子」に。

その意味で言えば、兄を殺したのも、四宮誠を人殺しにしたのも千秋の母には違いない。

だが、その結果四宮誠が兄の死を隠蔽《いんぺい》し続け、新たな殺人まで犯したとなれば、それはもう言い訳できる範囲を遥《はる》かに超えた罪悪だった。

黙ってテープを聞き終えた四宮は、下瞼《したまぶた》を微かに痙攣《けいれん》させて言った。

「今さらそんなものをちらつかせて、どうしようって言うんです。今度はあなたがそれをネタに父や僕を脅すんですか」

「あなたに話してほしいだけです」

千秋はライフジャケットをめくり、プレーヤーをウインドブレーカーのポケットにしまった。

「私の兄を殺したと認めて下さい。どんなふうに兄を殺したんですか」

「知りませんよ」

吐き捨てるように言い、ボートのハンドルに向きなおった四宮誠の肩を、千秋はぐいとつかんだ。

「白状する気がないなら、初めからこんな所に連れて来ないで。これ見よがしの舞台演出も、分別《ふんべつ》くさい芝居もうたくさん」

他人の目を完璧《かんぺき》に意識した四宮誠は、自分自身の印象を外枠から固めることで、内側の欠点を覆い隠そうとしている。その張りぼての自尊心の中には、ひどく凶暴で卑屈な何かが封じ込められているのではないのか。

「あなたはそうやっていつも、理想の自分を他人に見せつけてきたんでしょう。中身に自信がないから、外見と体裁《ていさい》ばっかり取り繕《つくろ》って。何でもないふりをして、本当はお粗末な自分自身を隠してきたんでしょう」

思えば、関西訛《なま》りのない喋り方も、洗練された身ごなしも、父親のそれとまったく同じだった。四宮誠は見本に忠実な姿形を保つことで、今でもずっと〝ジュニア〟を演じ続けている。そうやって父親と同じ側に立って生きてきたことこそ、息子としての執着と劣等感を表してはいまいか。

「十六年前、いきなり想定外の〝息子〟が現れて焦ったんでしょう。教授が渡井隼人を息子だと信じたら、あなたは比べられる。今まで岡さんから聞かされ続けてきた教授の〝お気に入り〟が、今度は自分と同じ立場になる。どう転ぶか分からない渡井隼人の存在そのものが、あなたにはどうしても許せなかったんでしょう！」

千秋は相手の怒りを煽《あお》るように矢継ぎ早にまくしたて、最後に四宮誠が最も厭《いと》うであろう言葉の毒を、とどめとばかりにねじ込んだ。

「どうなのよ坊《ボッ》ちゃん、さっさと答えなさいよ。不実な父親を憎むこともできないで、見返してやることもできないで、格好だけ真似《まね》してあとをつけ回してる、なりそこないのコピーのくせに！」

その瞬間、顔の側面に激しい衝撃が来て、眼鏡が船尾に吹っ飛んだ。耳が一瞬聞こえなくなり、ボートが揺れているのか、自分の頭が回っているのか、考えているうちに二度目の平手打ちが飛んで、千秋はアフトデッキに尻《しり》もちをついた。

「兄妹《きょうだい》そろって、うっとうしいな……」

したたか踏みつけられ、息が詰まった。馬乗りになった四宮誠が、千秋の頭をつかんで甲板《かんぱん》に叩きつける。

視界がぼやけてぐらぐらし、抵抗する間《ま》もなく首もとに手がかかった。

「お前の兄貴がどうやって死んだか、そんなに知りたいか」

爆発的な殺意を溢《あふ》れさせ、四宮誠は渾身《こんしん》の力を込めて千秋の首を絞めた。

「人気《ひとけ》のない湖上に連れ出して、ちょっと様子をうかがうだけのつもりが、こんな所で話し合うべきじゃないとか、教授に聞けとか、渡井がもうすっかり息子気取りで指図してくるから、頭にきたんだよ。だから言ってやった」

――頭のおかしい売女《ばいた》が、強請《ゆすり》たかりに来ただけだろう。

「それで渡井の馬鹿が突然逆上して、もみ合ってるうち座席の角に頭ぶつけて、勝手に動かなくなったんだよ」

四宮誠の腕はびくともせず、張りつめた革の手袋がみしみし鳴った。

「だから死んだと思って、岡と二人で捨てたんだよ。離岸した所と別の桟橋でトイレに降りる奴もいるから、行きと帰りで人数が違っても、ボートクラブのスタッフは怪しまない。船を降りる時、岡が拾った渡井のカメラもどこかに処分しておけば良かったんだ」

言った――。

危険から必死に逃げようとする本能とは別の所で、千秋の脳が快哉《かいさい》を上げた。

いくら何でも、座席の角に頭をぶつけたくらいで死ぬことはない。四宮誠と岡の二人は、まだ生きている兄を故意に水中へ落としたのだ。

兄はあまりに単純な諍《いさか》いの末に、あまりに呆気《あっけ》ないやり方で命を奪われた。

人殺し――。

目からこぼれた涙が耳の中へつたった。

〝楽浪《ささなみ》〟の枕詞《まくらことば》にふさわしい、琵琶湖にさざめく繊細《せんさい》な波音が、さあさあ、さあさあと鼓膜を震わせる。

ここにいた。兄は確かに十六年間、この琵琶湖の水底《みなそこ》にいた。

ワニ氏に魅了された兄は、転々と散らばる古代氏族の影を辿るうち、ついには満々と水をたたえた水神の棺《ひつぎ》に囚《とら》われたのだ。

ワニは塞《サイ》なんや、越えたらあかんねん――。

研究室で母と教授の会話を聞いてしまったあの時から、兄は境を踏み越えて、もう引き返せないあちら側に行ってしまった。学校帰りの雨の坂で出会った兄は、もうすでに千秋の知る兄とは別の何者かになっていたのかもしれない。

「もううんざりなんだよ。渡井隼人、渡井隼人、どいつもこいつも渡井隼人！」

そしてこの十六年、誰もが渡井隼人の幻影に取り憑《つ》かれていたのだろう。千秋も実父も教授も岡も四宮誠も。

もう解放しなくてはならない、と千秋は思った。

琵琶湖の水が川へ流れ、いつか広々とした海へ辿り着くように、西へ西へ兄の無念と千秋自身の後悔を流さなくてはならない。水際の呪力を持った水神の一族の手から、かつて彼らが越え渡った波間の果てへ、兄の魂を運ばなくてはならない。

さらに力を入れてのしかかってきた四宮誠の体の下で、ばたついた千秋の足が真っ白なデッキを鈍く叩いた。

空気を求めて口を開き、四宮誠の腕をつかみながら、千秋はもう片方の手をウインドブレーカーのポケットに夢中で突っ込んだ。

手探りでスマホのホームボタンを押す。和邇駅でふいに四宮が現れた時、不在着信の画面を出したままスマホをしまった。リストはすべて同じ番号だから、ディスプレイのどこを触っても、ただ一人の相手に繋《つな》がるはずだ。

二五九《ジゴク》二《に》ー一〇五九《テンゴク》。

永遠とも思える数秒が流れた後、音量調節を間違ったかと思うような大声が船上に響き渡った。

《おう宇野さん、生きとるか！》

スピーカーボタンまで押したらしい。志田の声に驚いて一瞬緩《ゆる》まった力が、再び強くなった。琵琶湖、の三文字さえ伝えられず、千秋の意識はしだいに遠くなっていく。

《何や、返事せえ。死んどるんか。死んどっても返事せえ！》
確かにあの坊主なら、死者の声も聞くだろう。千数百年の遠い昔に死んだ人も、これから死出の旅路に赴《おもむ》こうとする人も、志田の手にかかっては、みんなそろって蓮《はす》の上だ。
頭に靄《もや》がかかり、現実と過去の記憶が溶け、混濁した意識が声にならない悲鳴を上げる。
いいい、お兄ちゃん、助けて――。
《――四宮ぁ》
ふいに自分の名を呼ばれた四宮誠が、ぎょっとして弾《はじ》かれたように飛びすさった。
体が一瞬にして自由になると同時に、大量の空気が千秋の喉元《のどもと》へなだれ込む。細く甲高い息が一筋、冬の空気を切り裂いて、その次に荒い呼吸の連鎖が喉を塞《ふさ》いだ。
苦しさに体を折り曲げて咳《せ》き込む千秋の手の中で、四宮誠に向けられた低い声が、スマホの四角いディスプレイから炎のように立ち昇った。
《覚悟せえよ。仏さんはいつだって、お前のすぐそばにおるんやで》
その時、遠く大津市街の方角から、けたたましいエンジン音が近づいて来た。

3

千秋は左舷側《さげんそく》ににじり寄り、音のする方向を見つめた。
同時に、握りしめたスマホから、雑音交じりの騒がしい会話がわあわあと響き渡る。

《コラ時任、さっきから水しぶきばっかで全然進んでへんやないか。住之江《すみのえ》のボートみたいにビューッと景気よういかんかい！》
《そら競艇《きようてい》やろ。僕はせいぜい五馬力くらいのやつがええって言うたのに。二百二十五なんて、こんなでっかいエンジンにしたら、操縦が難しなるに決まってるやんか》
《無駄口叩かんと手ぇ動かさんかい。フルスロットルにせえ。速いやつ選んだ意味ないやろが》
《無茶言いな。こんなん、不良の乗り物《もん》やないか……》
無駄に大きいエンジン音と、ラスベガスの噴水ショーもかくやと言うほどの飛沫《しぶき》を上げながら、暗紅色のバスボートが激しく船首を上下させて近づいて来る。
何て不謹慎なんだろう、と千秋は思った。
素人目にも不格好に疾駆するバスボートは、琵琶湖の静穏をかき乱す害悪以外の何物でもない。それでも今、激しい水しぶきに包まれてこちらへ向かってくる姿は、白雲に乗った阿弥陀如来《あみだにょらい》がたくさんの菩薩《ぼさつ》を従えて浄土からやって来る、「聖衆来迎図《しょうじゅらいごうず》」を思い起こさせた。
《よっしゃ、見えたで。右よし、左よし、全速前進であのボートの左舷につけえ》
《前進したらぶつかんで》
《よい子が真似しなければええだけの話や》

舌打ちした四宮誠が、コックピットに戻って後退を始めた。その南方で、細長い船体が波を切り裂き、白い尾を引いて追いかけてくる。

見る見るうちに距離を縮めたバスボートは、数十メートル手前で回り込むように右旋回を開始し、やがて千秋の目はコンソールで立ち上がった志田の、朝別れた時と同じ僧侶《そうりょ》用ダウンコートとオレンジ色のライフジャケットが、ちぐはぐにはためく姿をとらえた。

バスボートは南西に船首を向けたプレジャーボートへ問答無用に迫ってくる。その時点で、間隙《かんげき》はわずか二メートル。白衣《びゃくえ》の裾《すそ》をまくった志田が、船縁《ふなべり》にグリーンの革靴を載せる。ほとんど減速しないまま、双方の左舷と左舷が近づく。「あかん、あかん！」とハンドルを握る時任の悲鳴と、「寄せえ！」と怒鳴る志田の声が、双方のエンジン音と波音にかぶさった。

「あいつ、何なんだ！」

衝突の恐怖を感じた四宮誠が、とっさに右へハンドルを切ろうとした瞬間、飛び移った志田の体重で激しく船体が揺れた。波が立ち、飛沫が跳ね、必死に船縁につかまった千秋の視界を、線香臭い大きな体がふさいだ。

「おうコラ四宮、妹の方も湖にほかす気やったんかい！」

法衣に革靴姿で仁王立ちした坊主は、文字通り〝怒髪〟を天に逆立てながら、巻き舌交じりの怒声を四宮に浴びせた。千秋はぼやけた裸眼でその広い背中を見上げながら、電話をかけたらすぐにやって来るとは一体どういう法力を使ったのか、酸素の欠乏した鈍い頭で考えてみたが、どうしても分からなかった。

「宇野さん、大丈夫か。可哀想《かわいそう》に、大事な文化財級の顔がひどいことになってんで」

「来てくれて、助かりました……」

志田につかまって立ち上がろうとした千秋だったが、バランスを崩してしがみつく形になった。とっさに手を回してきた志田が、「うん？」と呟いたきりやけに長くそのままなので、狼狽《ろうばい》した千秋は慌てて体を離した。

四宮誠は眼鏡を押し上げ、突然乱入してきた志田を迷惑そうに見上げた。

「まいったな。どうしてしつこく付きまとうんですか」

「情に厚いんは、わしの数ある美徳の一つや。お友達殺したあんたと違《ちゃ》うで」

「この女の話を真に受けるんですか。こいつは渡井隼人を僕が殺したと思い込んで、病的になじってきたんです。知ってるでしょう、最初は父を疑って、講演会終わりに妙な手紙まで寄こしてきた」

「しらばっくれる気？　よくも！」

千秋はよろめいて四宮に歩み寄りながら、かすれた声で叫んだ。すでに落ち着きを取り戻した四宮が、頭に人差し指を置いて冷笑する。

「この一家はね、全員おかしいんですよ。こいつの母親は、昔僕の父と少しの間つき合っていたのをいいことに、渡井隼人が父の息子だと脅してきた。渡井弘はそれを知って父に脅迫電話をかけ、岡まで殺した。僕はせめて誤解を解こうと思って、父の名でこの女をここまで呼び出しましたが、逆効果でした」

「ほお、それでしつこい女を黙らせようと首絞めたんか」

「渡井隼人が十六年前にこっそり録音したという、こいつの母親と僕の父との会話を聞かされましてね。父と僕を口汚く侮辱してくるものですから、つい頭にきました」

志田がかたわらの千秋を見下ろし、「わざわざ怒らせたんか」と眉を寄せた。

「〝言い方〟に気ぃつけえて何べんも言うたやろ。相手刺激して自分が殺されたら、元も子もないで」

「僕もやり過ぎたのは認めます。でも志田さん、あんたが来ようと来まいと、この人を殺す気なんてなかった。それに僕は渡井隼人の件とも無関係です。あれは、彼に嫉妬した岡がやったことです」

「さっきは自分がやったって言ったじゃない！」

呆れたように首を振る四宮の演技に、焦った千秋は志田の袖《そで》を力任せにつかんだ。

「こいつは、兄が教授の息子かもしれないってことを、すでに十六年前に知っていたんです。それで岡と一緒に、ワニ氏の土地巡りをするって名目で兄をボートに乗せて、そこで言い争いになって兄を湖へ落としたんです。さっき、こいつ自身が言ったんです！」

志田はちょっとうつむき、親指で鼻をこすった。その向こうで、時任の運転するバスポートが、今度はスピードを落としながら再びこちらへ回って来る。

志田はポケットに手を突っ込み、さっきよりいくぶん柔らかい口調で言った。

「なあ四宮さん。渡井隼人を殺したんが岡さんやったとして、一之瀬さんは誰が」

「それも岡でしょう」

「あんたは昨日、時任を心配して探すわしにきっぱり言うた。もしお友達の岡さんが窮地に立っても、あんたは助けへんと」

「言ったかもしれません。それが何か……？」

「せやったらあんた、岡さんが一之瀬さん刺した凶器を、なんで代わりに時任のアパートへ置きに行った？」

「はあ――？」ふいをつかれた四宮の目が泳いだ。

「じつはさっき、十三日の八時半頃に、時任のアパート近くであんたのこと見たって人に会《お》うてきたんやけど」

一之瀬の殺害現場が本当は博物館の作業室だったこと、凶器が復元刀だとばれないように和爾の鉄工所まで行ったこと、運悪く居合わせた時任に鉄刀レプリカを押しつけようとした意図などを、志田は立て続けにしゃべった。

「聞かせてもらおか。お友達を助けへんあんたが、岡を手伝うた理由。凶器のことだけやないで。和爾まで死体乗せてったんもあんたやろ。岡がこっそり作業室抜け出すには、共犯者が不可欠や。そこまで手ぇ貸すからには、相当の結束力がないとあかん」

「僕はそんな所にはいませんでしたよ。誰だか知りませんが、見間違いでしょう」

「嘘つき！」千秋は口を挟んだ。

「一之瀬さんはあの日、兄が撮った写真のことで岡さんと話をするために博物館へ行ったのよね。一之瀬さんを殺したのが岡さんだったにせよ、あの人がつかまったら十六年前の経緯《いきさつ》も話してしまう。だから手を貸したんでしょう。でも結局、そのことで岡さんともめて殺したんでしょう！」

「いい加減にしろ、全部お前の思いつきだろう！」

「わしもな、昨夜あんたが何か怪しいいて思ててん」

言葉を引き継いだ志田は、親指と小指を立てて電話をかけるジェスチャーをした。

「あんたはわしらに嘘をついた。岡さんのスマホが自動応答設定になってることを、知ってて知らんふりしとったやないか」

「覚えてないんですか。僕は、あんたが指摘して初めて気づいたんですよ」

「そんなら死体を見つける直前、石段上りながら岡さんへ電話をかけたあの時、あんたなんですぐ切った？　普通なら、音の出所を確かめるためにかけっぱなしにする。でもあんたはせえへんかった。岡のスマホがどこにあるかも知っとったし、かけ続けたら自動応答になってしまうことも分かってたからやろ」

言い返さない四宮に、志田は続けた。

「岡さんが博物館のアプローチ近くで六時に待ち合わせたんは、あんたや。仲間割れか何なのかは知らん。いずれにしても、あんたは作業室で岡を殺すわけにはいかんかった。岡が作業室で死んどったら、警察がその場所を調べる。そしたら、十三日の証拠まで出てきてまう。血痕《けっこん》は拭《ふ》き取っても、血液反応とやらはごまかされへんからな」

確かに昨日、四宮誠は六時の待ち合わせに十五分も遅れて事務室に入ってきた。石段の上り口で志田が岡を呼び止めたために、殺す予定の時間がずれたのかもしれない。すると四宮には始めから計画的な殺意があったということになる。ひょっとしてあの時、四宮が志田を事務室へ招き入れたのには、赤の他人に渡井弘の侵入を目撃させようという魂胆もあったのかもしれない。だから四宮は、脅迫者が「今日会いに行く」と電話をかけてきたのだと、わざわざ志田に嘘をついたのだ。

「十六年前、あんたが渡井隼人に対して落とし前つけへんかったから、こうなったんと違うんか。ホトケさんに対して少しでも申し訳ない気持ちがあるんやったら、ここら辺で正直に白状したらどないや」

「証拠がないもんだから、情に訴える気ですか」

「わしは刑事《デカ》の使いやあれへんで。証拠で極楽が語れるかい。そんなもんなくても、お前のしたことは別の奴が証言する。――ここへ来る前、わしが行ったんは教授んとこや」

四宮の顔色がわずかに変わった。

「お家にお邪魔して話を聞いた。何でも教授は十三日の夜七時半頃、岡さんに電話した。そしたら自動応答で繋がって、どういうわけか時任の悲鳴が聞こえた。それで心配になって、時任のアパート近くへ行ってみたそうや」

「嘘だ、父がそんなでたらめ言うはずがない」

「ほんなら、でたらめかどうか、帰ってパパに確かめたらどないや。パパはあんたが時任のアパート前の細道から出てきた姿を、きっちり目撃しとるんやで」

志田はふいに口角を歪《ゆが》ませて嗤《わら》い、一歩四宮に詰め寄った。

「あんた、昨日岡さんの死体発見後も、警察呼ぶの故意に遅らせて、教授と口裏合わせの作戦会議しとったみたいやけど。六時前後の行動を確認し合ってたか、それとも渡井弘を犯人にしようって話か。教授は三件の殺人に息子が関《かか》わってること、薄々勘づいとったんやろ。教授もうまいこと話合わせてたみたいやけど、もうここまで来たらかばいきれへんで。――あんたは頼みの父親に見捨てられるんや」

「馬鹿言うな、父が僕に不利な話をするわけがない。そんなことをしたら、四宮家と研究所の沽券《こけん》に関わる。余計なことは話すなと、昨夜釘《くぎ》を刺してきたのは父の方だぞ！」

鼻に皺《しわ》を寄せて怒鳴った四宮に、志田は一瞬沈黙した。

その時、千秋のウインドブレーカーの中で、タイミングよく録音ボタンの跳ね上がる軽い音がした。四宮がコックピットで腰を浮かせ、志田がへ、へ、と肩を揺すって笑う。

「ギリギリや。最初から分かっとれば、わしももう少しお上品に登場したんやけど」

さっき志田に抱きついた時、やっぱりポケットの所を触られてバレたんだと思いながら、千秋はカセットプレーヤーを取り出した。

「おかげさまで、証拠獲《と》れました……」

四宮に母と教授の会話を聞かせた後、千秋は録音ボタンを押してポケットにしまったのだった。四宮が白状する可能性は低かったが、結果として怒らせた甲斐はあった。おまけに志田の登場で、ほかの件の関与まで引き出せた。

あまりに古典的な手法だったが、相手に無断で録音したテープでも、状況次第で刑事事件の証拠にじゅうぶんなり得るということを、かつて千秋にそれとなく教えたのは、義父の輝之《てるゆき》だった。琵琶湖で見つかった白骨の記事と、教授の講演会のチラシを一緒にして保管していたことから考えても、輝之は母からすべて聞かされていたのだと思う。

「四宮さん、安心せえ」わざとらしく声を和らげ、志田が両手を広げて続けた。

「息子思いのパパは、あんたのことなんてこれっぽっちも喋ってへん。それどころか、全部岡さんの仕業で片付けようとしとる。そら、岡さんに未練たっぷりの元カノさんにとってはたまらんがな」

時任のアパート近くにいたのが四宮だと、志田に告げたのは小泉さやかか――。

千秋は昨夜の泣きはらしたさやかの顔を思い出し、結局あの女が最終的に選んだのは岡だったのだと思った。

「あかんで、女心はきっちりつかんどかんと」

「お前ら、ふざけやがって――」

四宮はこめかみに青筋を浮かべて再び立ち上がろうとしたが、腹立ち紛れに拳《こぶし》をハンドルへ打ちつけたかと思うと、

「畜生。岡の間抜けのせいでこうなったんだ……」

苛立《いらだ》たしげに眼鏡の下へ手を差し入れて、顔をおおったまま呻《うめ》くように言った。

「どういうことや」

「早い話が、岡は臆病風《おくびょうかぜ》に吹かれたんですよ」

岡はこの十六年、いつ湖上での一件がバレるかと、常に気にしていたらしい。自分が四宮誠を渡井隼人に引き合わせ、その結果最悪の事態を招いたことが、小心の岡を少しずつ蝕《むしば》んでいったのだという。

教授がワニ展の担当者に岡を指名してきた時、深読みを始めた岡の不安ははっきりと顕在化した。加えて、『古代逍遥』に〝渡井隼人〟の論文が載ったと知ったことで、不安は強迫観念に変わったのだった。

十三日――。展示を一ヶ月後に控えたプレッシャーと連日の残業で、神経が張りつめた岡はひどい寝不足だった。そこへ、折悪《おりあ》しく一之瀬が電話をかけてきた。

「総務の僕が電話を受けて、作業室の岡へ繋ぎました。一之瀬は、チラシに使った和邇の画像について、話したいことがあると言ってきたそうです」

岡が渡井隼人の写真をチラシに使ったのは、何も一之瀬のアドバイスを受け入れたからではなく、ワニ氏の里を説明するのに最適だという展示担当者としての欲求が勝《まさ》ったからだ。またいつもの〝素人口出し〟かと、不機嫌に電話を切ろうとした岡に、一之瀬はすかさず言ったそうだ。

――ちょっと小耳に挟んだんやけど、あの写真、渡井隼人くんに関係あるんでしょ。いろいろと大丈夫なんかなと思いまして。

「一之瀬にしてみれば、話を繋ぎ止めるための方便に過ぎなかったのかもしれない。でも、岡は見事に動揺したんです」

時任や実父の話を聞いていた千秋には、その意味が呑み込めた。

自分も関係者になっていると錯覚する喜び。

行き過ぎた好奇心。

時任と実父は、それぞれ一之瀬についてそう表現していたが、どちらも正しい人物評だったと言える。

一之瀬は十六年前の事件についてはほとんど何も知らず、自分の言葉が「脅し」になるなどとは夢にも思っていなかった。ただ思わせぶりな忠告で岡の気を引くことによって、自分がワニ展の裏事情に通じているとアピールしたかっただけなのだろう。

だが、こうして十三日の夕刻、作業室に岡と一之瀬がそろってしまった。

「タイミング悪く、その日岡は倉庫から復元刀を出していました。刀の背に入っている銘文の幅に合わせて、彫られている文字を示すディスプレイを考えていたらしく、そのサイズ調整のためだったそうです」

まずいことになった、と岡から連絡を受けて四宮が作業室に行った時には、一之瀬は背中に刀を突き立てられて死んでいたという。こいつ脅してきやがった、と岡は真っ青な顔で言ったそうだ。

「でもそれは、完全に岡の思い込みでした。一之瀬は、ただ世間話をしたに過ぎなかった」

十六年前、和爾下《わにした》神社で自分の妻が卒論用の写真を撮っている渡井隼人に会ったこと。チラシに使った和邇の写真が、ワニ展を左右する重大事に発展するかもしれないこと。警備員の渡井弘が隼人の父親だということ。

「たったそれだけの断片的な話で、岡は一之瀬がどういうわけか例の事件に気づいたと勘違いしてパニックになった。何より、毎日のように会っていた警備員の正体を知って、岡の精神は追い詰められたんです。脅しにともなう見返りを、一之瀬は何一つ要求してこなかったんですから、冷静に考えれば殺すことなんてなかったんですよ」

——岡さんもあの時、隼人くんと一緒やったんと違いますか……？

渡井隼人の年齢を計算した一之瀬は、四宮教授のゼミで一緒だったのではないかと尋ねた。だが岡は瞬時に、琵琶湖であの写真を撮った時に、の意味だととらえた。

その瞬間、ワニ展の成功と一之瀬の排除が、矛盾することなく岡の中で結びついた。過去のことがバレれば、博物館にはいられなくなる。そうなれば二年かけて準備してきたワニ展も台無しになる。ならば過去を知る一之瀬を黙らせるしかない——。

十六年分の強迫観念と防衛本能とが寝不足の頭の中で爆発し、気づいた時にはすぐそばにあった刀を取って一之瀬の背中を刺していたらしい。

「あとは志田さん、あんたの推測通りですよ。目玉の展示品を台無しにするわけにはいかない。だから同じ形の刀を凶器に仕立てることにしたんです。血が飛び散らないように梱包用の緩衝剤で死体を包んで、段ボールに突っ込みました。あの部屋には、いくらでも材料がありますからね」

「作業室が犯行現場だと気づかれさえしなければ、防犯カメラに研究所から出てくる一之瀬さんの映像がないってことも誤魔化せると思ったわけや。でも、そこまで協力したあんたが、なんで三日後にあっさり相棒を殺した？」

話が自分の犯行に及ぶや、四宮は途端に口が重たくなり、視線を左右に振りながら何度も前髪をかき上げた。

「今度は渡井弘が連絡を取ってきて、びびった岡が僕に突っかかってきたんですよ」

もううんざりや、と岡は学生時代の口調に戻って四宮に詰め寄ったらしい。

――渡井があんなことになったんは、お前のせいやろうが。なんでお前がやったことのために、俺まで人生棒に振らなあかんねん。

――勘違いするなよ。一之瀬を殺したのはお前じゃないか。

――自分がまいた種やろう。ええか、俺はもう、渡井のことで振り回されるのはたくさんや。十六年前、俺はあの場にいただけや。渡井を挑発したんも、引きずり倒したんも、湖に沈めたんも、全部お前やないか。

――だったらどうするんだ。渡井弘に本当のことを言うのか。それとも、また作業室に呼んで刺し殺すのか。

――あの写真のことで、俺が渡井弘に話す筋合いはない。嘘ついてごまかすなら、お前が勝手にしろ。人の女取っただけでじゅうぶんやろ。事件の尻ぬぐいまで俺にさせるな。お前がいつまでもその気なら、俺にも考えがある。お前に都合の悪いことを、渡井の親父に吹き込んだっていいんだからな……。

岡との口論を千秋と志田に話しながら、四宮はそこで白く乾いた吐息を漏らした。

「僕が渡井弘と話せるわけがないでしょう。あの男は父を疑っているのに、僕が出しゃばったらみずから名乗りを上げるようなものです。でも岡はえらい剣幕で、もう自分を巻き込むなの一点張りでした。——だから、こいつとの運命共同体ごっこも、この辺が潮時だと思ったんですよ。正直、岡がまださやかと未練がましく逢《あ》っているのも鬱陶《うっとう》しかった」

千秋は四宮の他人事《ひとごと》のような告白を聞きながら、志田の出現で一度は溶けかけた氷の塊が、しだいに自分の内側で大きくなっていくのを感じていた。

四宮と岡の理屈はどちらもただの自己弁護に過ぎず、そこには兄の死に対する償いも後悔も反省もない。死者を弔《とむら》う感情が不在ならば、行為としての罪を認めたところで兄が浮かばれるはずもない。

四宮は眼鏡を押し上げて続ける。

「だから渡井弘を利用することにしました。僕から話をつけると言って、岡には渡井を秘密裏に作業室へ呼ぶよう納得させました。六時ちょっと前になって、渡井の侵入経路で気になる箇所を見つけたから来て欲しいと岡に電話しました。あとは単純に、やって来た岡を何度も石で殴って……」

志田を六時に呼びつけた手前、時間の余裕は端《はな》からなかった。石は、尖《とが》った適当なものを事前に見つけておいた。茂《しげ》みに潜《ひそ》んで待ち、岡がやって来てすぐ一気に背後から襲いかかった。返り血などはほとんどなかったが、念のためにコートは裏返しで着ていた。職員玄関から中へ戻り、教授の部屋から事務室へ――。

千秋は志田の黒い背中に半分遮られた四宮を、食い入るように見つめた。

兄は、こんな奴に殺されたのかと思った。こんな奴は生きていて、兄だけが無駄に死んだ。カセットテープに証拠となる言葉を留《とど》めても、法的に四宮を裁いたとしても、こんな奴がのさばっている限り、兄の無念を晴らしたことにはならないのだ。

下瞼の裏に、凍った痛みが走った。耳の奥で風が消え、エンジン音が消え、時間と理性と判断力が消えた。冠雪した比良山系とワニの里が揺れる波間に近づいたり遠のいたりし、現実味と重力を失った灰色の世界の中で、ただ一つ残った怒りにえぐられた心臓が、氷のような殺意を一気に全身へ送り出した。

こんな奴だけが、生きていていいはずもない――。

ほとんど無意識のうちに、千秋は係船用に備え付けてある一二〇センチのボートフックを手に取っていた。

「――宇野さん、あかんて！」

いつの間にか隣に停まっていたバスボートから、時任の声が飛んだ。それとほぼ同時に、一歩踏み込んだ千秋は四宮めがけてアルミ製のヘッドを振りかざす。

とっさに頭をかばった四宮の手前で、振り下ろしたはずのボートフックがトーイング用のタワーに当たった。無機質な衝撃が千秋の手のひらに伝わった直後、すかさず体を割り込ませた志田がフックを取り上げた。目にも留まらぬ早業で、袖幅のある黒い腕がぐるっと千秋に回ってきたと思ったら、次の瞬間にはもう僧侶用のダウンコートに頰《ほお》が押し潰されていた。

「邪魔しないで！」

不安定な狭いデッキ上で易々《やすやす》と上体の動きを止められ、千秋はグリーンの革靴に視点を据えたまま憤慨して暴れたが、抵抗も虚しくそのままぐいぐいバスボートの方に引きずられる。

兄を殺した四宮誠との距離が開いていく。

「放してよ！」

「このアホ、兄ちゃんが悲しむような真似すな！」

二艘のボートの狭間《はざま》で、揺れる水面《みなも》に志田の怒声が降った時、千秋の目から堰《せき》を切ったように涙が溢れた。

黄昏時《たそがれどき》の湖を、バスボートが南へ下って行く。

東西の湖岸は徐々にすぼまり、最も狭まった所に架かった琵琶湖大橋が、北湖と南湖の境となって横たわっている。大橋より先の浜大津には、店舗や会社のビル、公共施設、民家が湖畔《こはん》まで迫り、滋賀と京都を隔《へだ》てる山の連なりもまた、比良《ひら》山系から比叡《ひえい》山系へと変わっていく。一方で南湖から瀬田川《せたがわ》へ流れ出した水は、宇治川《うじがわ》となり、淀川となって、最終的に大阪から海へとそそぎ出るのだ。

しだいに近づいて来る大橋には目もくれず、千秋は時任と志田に挟まれて、がっくりとうなだれていた。証拠を手に入れた最初の高揚感はなく、気持ちの決着がつかないまま、事件だけが終わりを迎えようとしていた。

事実、志田はまず四宮誠の目の前で宇治の警察署に電話をかけ、次に小泉さやかのスマホを介して「息子が認めた」と端的に教授へ告げた。もはや逃げる意志もない四宮誠は、最後に去っていくバスボート上の志田に一言、あの他人事のような口調で言ったのだった。

――僕が失敗したのは、昨日博物館の喫茶室であんたに声をかけたことでしょうね。

――あんたの失敗は、本当の過《あやま》ちに気づかんかったことや。

そうして、バスボートは時任がよく利用するという膳所《ぜぜ》のレンタルボート屋への波路を辿り始めたのだった。

和邇から小野、小野から真野へ、ワニ氏の里が風とともに流れ去っていく。

兄は最期に何を思っただろう。抱えたリュックに顔を埋《うず》め、千秋は考えた。

母が犯した愚かな行為への絶望か、自分の命を奪った四宮誠への恨みか、たった二十二年の人生の儚《はかな》さか、それとも完成させられなかったワニ氏の卒論のことか。

○菟道稚郎子《うじのわきいらつこ》伝承の成立と淀川水系の掌握について

応神天皇に愛された郎子《いらつこ》は、母方のワニ一族の悲願も虚しく、結局帝位に就くことなく宇治川のほとりで果てた。郎子の死が本当に皇位譲渡のための自殺だったのか、父の寵愛《ちょうあい》を嫉《ねた》んで皇位簒奪《さんだつ》を狙《ねら》った仁徳《にんとく》の謀《む》殺《ほん》だったのか、真実は千数百年の長すぎる時間に埋もれ、杳《よう》として分からない。だが少なくとも、郎子の存在に仮託したワニ一族の声を、兄は伝承から聞き取ろうとしたのだろう。

涙の向こうにぼやけた思い出の兄が、若くして逝った宇治の郎子の顔になり、虚実入り交じった悲しさが千秋の心をいたたまれなくさせる。兄は自分が教授の息子だと信じ、四宮誠の嫉妬を一身に浴びたまま、誰かに声を届ける間《ま》もなく湖の底に沈んだ。それに薄々気づいていながら、見て見ぬふりをした教授の黙殺自体が、十六年もの間真実を隠し続けてきたといえる。結局、教授は本当の息子をかばったのだ。

「せや、宇野さん」

ダウンコートの内ポケットを探っていた志田が、ふいに声をかけてきた。

「兄ちゃんに手ぇ合わせたらんかい。経、読んだるわ。阿弥陀さんとこの浄土には送られへんけど、そこは堪忍してな」

唐突な申し出に、千秋が泣きはらした目を上げると、数珠をぶら下げた志田の両手が鼻先に突きつけられた。

「手と手のシワとシワを合わせてシアワセて言うやろ。左手は自分、右手は仏さん、それを合わせてご縁を結ぶんが合掌の極意っちゅうわけや。生きとるあんたの幸せも、亡くなった兄ちゃんの冥福《めいふく》も、みいんなあんたの両手の〝境〟が生み出す、ありがたい祈りの力なんやで。ホラ、お坊さんにだまされたと思てやってみい」

肩でせっついてくるので、千秋は指先まで冷え切った両手を重ね合わせてみた。

「人はいろんな境を滑る舟や。あの世とこの世、善と悪、苦と楽。どっちか、やなくてどっちも、が人や。どっちかに偏《かたよ》ったら舟は沈んでまうやろ。せやから中道《ちゅうどう》を行かなあかん。自分の中にいてるホトケさんに守られて、ひと波、ひと波、一所懸命生きていかなあかん」

千秋はなぜかその時、故郷にあった風神を祀《まつ》る龍田《たつた》大社を思い出した。第一志望だった山城大学の日本史学科へ合格したお礼参りに、兄妹で出向いた時のことだった。確か、兄があまりに眩《まぶ》しそうに笑うので、歴史の勉強がそんなに嬉《うれ》しいかと千秋は聞いたのだった。

――この先千秋が大きなって、もし別の場所で暮らしてても、春や秋になったらきっと、ここの見事な桜や紅葉を思い出すやろ？　そうやって、土地の記憶が人に染みつくみたいに、人の記憶も土地に浸《し》み込む。歴史を学ぶいうんは、その土地で生きた人の記憶を、大事に大事に掘り起こすことやと僕は思うで。

――何や、難し過ぎてよう分からんわ。

――いつか千秋にも、きっと分かる日が来るよ……。

十六年前、兄はワニ氏の見た土地を見、十六年後、千秋は兄が見た景色を見た。

土地の記憶を共有して死者と生者の歴史が繋がり続けるなら、千秋もまた過去に生きた兄と確かに繋がっているのだろう。

ならば、千秋が日々を大事に生きること自体が供養だ。

世界はもう、裏か表かのオセロではない。「どっちか」ではなく「どっちも」だった。

千秋が二十七年過ごした時間と空間はどこまでも連続し、兄や母や古人の記憶の残滓《ざんし》と重なり合いながら、広大無辺の網の目状に広がっていく。

如是我聞《じょしがぶん》　一時薄伽梵《いっしふあきやふあん》　成就殊勝《せいしゅしゅしょう》　一切如来《いっせいじょらい》　金剛加持三摩耶智《きんこうかちさんまやち》
已得一切如来《いとくいっせいじょらい》　灌頂宝冠《かんでぃほうかん》　為三界主《いさんかいしゅ》

読経《どきょう》のリズムに合わせるように、バスボートがスピードを落とした。

吹く風に流動する雲が空の厚みをまだらに変え、早々に灯《とも》り出した建物のぼんやりした明かりが薄闇《うすやみ》に滲《にじ》んでいく。

於無尽無余《よぶしんぶよ》　一切衆生界《いっせいしゅうせいかい》　一切意願作業《いっせいいげんさくぎょう》　皆悉円満《かいしってんまん》　常恒三世《しょうこうさんせ》　一切時身語意業《いっせいししんぎょいぎょう》

清々朗々とした志田の声が漂う先には、往時〝三塔十六谷三千坊〟を有した延暦寺《えんりやくじ》に続く山並みが、不動の静けさで琵琶湖を見下ろしている。

「何や、高野山《こうやさん》仕込みの経を比叡山に向かって読むのもシュールやなあ。最澄《さいちょう》さんが目ぇ剝《む》くで……」

ハンドルにかけた手に顎《あご》を乗せ、時任がのんびりと笑った。

流れる経の狭間《はざま》に、千秋が兄の声を聞いた気がした時、西方の上空で雲が割れた。

その隙間から、傾《かたむ》いた太陽が数条の光を放つ。

一陣の風を受けて水面下から膨れ上がった波が、まるで夕陽を追いかけて行く一尋《ひとひろ》の鰐《わに》のように、細かな粒を燦《きら》めかせて湖面をうねった。

　　与《よ》八十倶胝《はっしゅうくち》　菩薩衆倶《ほさっしゅうく》　所謂《そい》
　　金剛手菩薩摩訶薩《きんこうしゅほさんばかさ》　観自在菩薩摩訶薩《かんしさいほさんばかさ》　虚空蔵菩薩摩訶薩《きょこうそうほさんばかさ》　金剛拳菩薩摩訶薩《きんこうけんほさんばかさ》
　　文殊師利菩薩摩訶薩《ぶんじゅしりほさんばかさ》　纔発心転法論菩薩摩訶薩《さいはっしんてんぼうりんほさんばかさ》　虚空庫菩薩摩訶薩《きょこうこほさんばかさ》
　　摧一切魔菩薩摩訶薩《さいいっせいまほさんばかさ》

ぽっかりと目を見開いた千秋は、その奇跡のような光景にしばし言葉を失う。

連山の冠雪に最後の黄金色《こがねいろ》を映して、さよならの引導を渡された魂は今、太陽とともにゆっくりと西の果てへ消え行こうとしていた。

終章

杉並区の盆栽屋で取材を終えた千秋《ちあき》が、西早稲田《にしわせだ》にある『創造之社《そうぞうのしゃ》』へ帰社したのは、すっきりした冬晴れの日差しが眩《まぶ》しい、午後二時を回ったところだった。

いつになく良い記事になりそうで、気分が良かった。正月ボケも早々に抜け、盆栽雑誌『おもと万年』の進行も順調とあって、編集長に「最近、何かいいことあったの」と聞かれるほど、年明けの心は晴れやかだった。

これも菟道稚郎子《うじのわきいらつこ》のご利益だろうか、と考える。

宇治《うじ》神社で引いたみかえりうさぎのおみくじは、十数年間出たことのなかった大吉。「方角」に関するお告げだけ「西方に注意」のマイナスコメントだったが、しばらくは西の方へ行く予定はなかったし、おみくじを引いた時とは状況も異なっている。

あの三日間の出来事を通して、長く引きずった兄の件にもようやく決着をつけることができた。

関西から戻ってすぐ、千秋はおみくじが入っていた素焼きのうさぎを、兄の代わりに母の位牌《いはい》の隣へ置いて、「終わったよ」と二人に報告した。それを見ていた義父の輝之《てるゆき》は、金沢に行ったはずの娘が買ってきた京都生八ツ橋を、何も聞かずに美味《おい》しい美味しいと言って食べた。何も変わらない父娘《おやこ》の毎日は、それを境に何かが少しだけ変わって、切ない過去の記憶の上に新しい時間を積み重ねていく。

兄の死に対する悲しさや悔《くや》しさが完全に消えたと言えば嘘《うそ》になるが、志田が湖上で経を読んでくれた時、死者に対する供養のベクトルは、後ろ向きの過去から前方の未来へとはっきり方向を変えたのだった。

と、『創造之社』の古ぼけたビルに入った時、斜めがけにしたバッグの中でスマホが震えた。

何かトラブル起きたかな――。

持ち前のネガティブ思考が、一瞬息を吹き返す。連載コラムをお願いしている女流盆栽職人が入院したとか、苗木の販売会社が急に広告を引き上げるとか、千秋は想定しうる問題をとっさにあれこれ考えてしまったのだが、かけてきたのは古代史雑誌『アカシック』編集部の下條《しもじょう》亜佐美《あさみ》だった。

今どこにいるかと尋《たず》ねてくるので、ちょうど戻って一階にいる、と千秋は答えた。

――土子《ツチノコ》雄馬《UMA》先生が来てるの。せっかくだから、ご挨拶《あいさつ》しない？

「え、なんで……？」

――よく分からないけど、時任《ときとう》先生の件でお礼が言いたいんだって。危うく大型共同企画が駄目になる所だったから、土子先生けっこう困ってたんだって。

お礼と言われても、時任の件を解決したのはほとんど志田《しだ》だ。

千秋が奈良《なら》県警や京都府警に事情を聴かれたのも一時のことで、今はそれも落ち着いた。メディアに出ていた〝有名人〟の教授はいまだに方々で叩《たた》かれているようだが、ワニ展には興味本位の野次馬が殺到し、皮肉にも大盛況だと聞く。くだんの復元刀はさすがに展示できなかったようだ、と『おもと万年』に記事を寄せたついでに、時任が教えてくれた。

小泉《こいずみ》さやかは四宮《しのみや》との婚約を早々に解消し、研究所も辞めたという。

「私は何もしてないし。土子先生って、どんな感じの人……？」

事前知識を求めた千秋に亜佐美は答えず、引きつった奇妙な声でへ、へ、へと笑った。

いずれにしろ、ペンネームがあれの時点でアウトだろう。『アカシック』が取り上げるのは、古代史ではなくオカルトまがいの〝超〟古代史が主《おも》だから、出入りする人も「鳥人族が作った古代文明」とか「酒船石《さかふねいし》は宇宙船の計器板を模したもの」とか、真剣に論じている変わり者ばかりだ。

古びたエレベータで三階に行き、編集部までの廊下を歩く。眼鏡にかぶさってきた前髪を指先で直しながら、土子雄馬との対面を考えて我知らず溜息《ためいき》をついた。

「別に会いたくないんだけどな……」

その時、突然背後から漂ってきた線香の匂《にお》いに、千秋の足は止まった。

前から歩いてきたアルバイトの娘が、千秋の頭上に視線をやって顔を引きつらせ、見てはいけないものを見たようにさっと目をそらして小走りにすれ違う。

その意味を瞬時に悟るや、千秋は生唾《なまつば》を呑《の》み込《こ》んだ。
一、二、三――。たっぷり三秒を数え、千秋はゆっくりと後ろを見上げた。
毒々しいハイビスカスと南国の鳥が散りばめられたスーツ。光沢のあるアラベスク柄のシャツ。ハードワックスでセットした短髪、金鎖のネックレス、トンボの目にしか見えないライムグリーンのサングラス、オーストリッチの白い革靴――。

危うく悲鳴を上げるところだった。東京へ来るためにめっぽう洒落《しやれ》込んできたと思《おぼ》しき〝デコレーション坊主〟が、ポケットに両手を突っ込んで真後ろに立っている。

「宇野さん、心の声が漏れとるで」

「なんで……」

その時、編集部からひょっこり顔をのぞかせた下條亜佐美が、よそゆきの声で志田に言った。

「土子先生、トイレの場所分かりました?」

「おう。あんたの言う通り、そこビューーッと行ってシュッと曲がったらあったわ」

これまた営業用の快闊《かいかつ》な笑顔で志田が応《こた》え、千秋は自分の何気ない日常を荒らされた気がして泣きたくなった。志田があああまで〝お友達〟の時任のために奔走《ほんそう》したのは、百パーセント純粋な友情からではなかったらしい。

ご機嫌だった心が、みるみるうちに萎《しぼ》んでいく。事件以来、千秋が何度も胸の内で「ありがとう」を言った相手だったが、このエネルギーを職場でまともに浴びるのは辛《つら》い。

「古代史はただの趣味だって言ってたじゃないですか……」

「趣味やろ。わしの本業は、ご覧の通りのお坊さんやし」

両手を広げ、これ見よがしに全身を見せびらかしてくる。

「趣味で古代史やるんやったら、クソ真面目《まじめ》に勉強しとってもおもろないやろ。中途半端はあかん、何事も振り切らな。ああ、せや、時任がよろしく言うてたで。機会があったら、今度三人で〝ごくろうさん会〟しような。指折り数えて待っててや。今日はあんたにもちゃあんと土産《みやげ》持ってきたったし――」

そうして西から来た坊主は、押し黙る千秋を前にひとしきり喋《しゃべ》り、

「まあ、時任ともども、これからもよろしゅう頼んます」

恐ろしい強面《こわもて》の笑顔とともに、見事な合掌をしてみせたのだった。

了

【参考文献】（五十音順）

・「菟道稚郎子の一考察」岩下均　目白大学　人文学研究　第十三号　二〇一七（インターネットより）
・『古事記』　倉野憲司　校注　岩波文庫　一九六三
・『古代刀と鉄の科学増補版』　石井昌國　佐々木稔　雄山閣　二〇〇六
・『古代を考える　近江』　水野正好　編　吉川弘文館　一九九二
・『東大寺山古墳と謎の鉄刀』　東大寺山古墳研究会　編　雄山閣　二〇一〇
・『日本書紀』（①②）　小島憲之　直木孝次郎　西宮一民　蔵中進　毛利正守　校注・訳　小学館　一九九四・一九九六
・『日本の古代遺跡4　奈良北部』　森浩一　企画　前園実知雄　中井一夫　共著　保育社　一九八二
・『悲劇文学の発生・まぼろしの豪族和邇氏』　角川源義　角川ソフィア文庫　二〇一七
・『わが心のヤマタイ国』　角川春樹　立風書房　一九七六
・『和珥氏――中国江南から来た海神族の流れ――』　宝賀寿男　青垣出版　二〇一二
・『ワニ氏の研究』　加藤謙吉　雄山閣　二〇一三
・「ワニ氏の伝承　その一――氏名の由来をめぐって――」　黒沢幸三

奈良大学紀要　第一号　一九七二（インターネットより）

ほか

※この話はフィクションです。登場する人物、団体、名称などは、実在のものとは関係ありません。なお、作中の歌詞はJITTERIN'JINN（ジッタリン・ジン）の『雨』を使用させていただきました。

日本音楽著作権協会（出）許諾第1811882-801

本書は、ハルキ文庫の書き下ろし作品です。

ハルキ文庫

た 25-2

水神《すいじん》の棺《ひつぎ》 古代豪族《こだいごうぞく》ミステリー 和邇氏篇《わにしへん》

著者 橘《たちばな》 沙羅《さら》

2018年11月18日第一刷発行

発行者 角川春樹

発行所 株式会社角川春樹事務所
〒102-0074 東京都千代田区九段南2-1-30 イタリア文化会館

電話 03(3263)5247(編集)
03(3263)5881(営業)

印刷・製本 中央精版印刷株式会社

フォーマット・デザイン 芦澤泰偉
表紙イラストレーション 門坂 流

ISBN978-4-7584-4214-5 C0193 ©2018 Sara Tachibana Printed in Japan
http://www.kadokawaharuki.co.jp/[営業]
fanmail@kadokawaharuki.co.jp[編集] ご意見・ご感想をお寄せください。